UIT EVENWICHT

Hetty Luiten

UIT
EVENWICHT

Westfriesland

www.kok.nl
www.hettyluiten.nl

ISBN 978 90 205 2926 5
NUR 301

Omslagontwerp: Julie Bergen
Omslagfoto: Getty Images
© 2009 Hetty Luiten/Uitgeverij Westfriesland, Kampen

HOOFDSTUK 1

'*Si! Si! Naturalmente. D'accordo. Si. Mille grazie. Ciao!*' Met fonkelende ogen legde Cynthia de hoorn op het toestel. '*Yes!*' siste ze en sloeg van vreugde met haar vlakke hand op haar bureau. '*Yes!*' Het liefst maakte ze een rondedansje, maar dat ging helaas niet. Niet overdag, als ze de koele, zakelijk accountmanager Export was. Ze streek glimlachend over haar strak naar achteren gekamde blonde haren, die in een knotje bijeengebracht waren boven op haar hoofd. Daarna duwde ze haar moderne groenblauwe bril beter op haar neus. Ze had de opdracht! Ze had hem binnen! Italië was gevallen. Voor haar charme? Voor haar overredingskracht? Voor haar vakbekwaamheid? Het maakte niet uit. Ze had de opdracht binnen. Daar ging het om. Haar grootste opdracht tot nu toe! Ze had zin de directeur te bellen om hem dit grote nieuws te vertellen, maar ze besloot het niet te doen. Dat paste niet bij een zakenvrouw die haar emoties, uiterlijk in elk geval, altijd onder controle had.

Een mail zou ze hem echter wel sturen. Ha! En de chef verkoop, de boekhouder, de... Ze moest een vergadering beleggen. Er moesten afspraken gemaakt worden over het hoe en waarom en vooral het wanneer van de diverse zendingen naar Italië. Wow! Ze was echt in de wolken en streek in gedachten verzonken een pluisje van de mouw van haar donkergrijze colbertje.

Twee jaar werkte ze nu bij Karpet Diem. Twee jaar van ploeteren en zwoegen om zich in te werken, om contacten te leggen met vooral buitenlandse kopers. Twee jaar van zich verdiepen in alle mogelijke soorten, materialen en kwaliteiten van karpetten – vloerkleden dus. Naar beurzen reizen, zich voorstellen en zakelijk opstellen en vooral laten zien dat ze van wanten wist en dat ze zich aan haar afspraken hield, dat ze betrouwbaar was en dat ze het kon.

Ze glimlachte. Vooral aan dat laatste werd in het begin nogal eens getwijfeld. Haar voorganger was een man geweest en er waren klanten die haar fronsend bekeken hadden, die het niet zagen zitten met een vrouw zaken te doen. Die lieten zich liever door haar voorzien van koffie, eventueel was ze geschikt als gezelschapsdame bij een lunch of diner, maar niet om mee te onderhandelen. Cynthia Vossen liet echter niet met zich sollen. Ze had meteen haar functie duidelijk gemaakt en zich niet als loopmeisje laten gebruiken. Dit was de eerste kroon op haar werk! Eerste, want ze was ervan overtuigd dat er meer zouden volgen.

Natuurlijk had ze in die twee jaar al een aantal orders binnen kunnen halen, maar zo'n grote als deze en dan ook nog bij een nieuwe klant, dat was nog niet eerder gebeurd. Ze legde haar handen op het toetsenbord van haar computer en merkte dat ze trilden. Nou en? Was het onzakelijk om opgewonden te zijn bij het binnenslepen van zo'n grote opdracht? Zou een echte zakenman niet iets dergelijks voelen wanneer hij dit succes had? En trouwens, wat deed het ertoe? Zij was geen man, integendeel, ze was op en top vrouw en daar schaamde ze zich echt niet voor.

Haar blik gleed door de glazen wand die haar kamer scheidde van de grote afdeling, waar typistes en administratieve krachten hun werk zaten te doen. Opeens zag ze het hoofd Personeelszaken met grote passen door de ruimte lopen. Gevolgd door een man van eind dertig, die ze nog niet eerder gezien had. Een aantrekkelijke man, slank, vlot gekleed. Hij droeg een kostuum en het was duidelijk een kostuum van goede kwaliteit en het zat hem als gegoten. Hij maakte een sympathieke indruk en Cynthia kon het niet laten hem met haar ogen te volgen. Zou hij hier komen werken? Ze zag hoe ook hij door de ruimte keek en plotseling haar in het vizier kreeg. Ze glimlachte en boog zich toen snel over haar toetsenbord om hem niet het gevoel te geven dat ze in hem geïnteresseerd was. Toch keek ze weer op. Ze voelde hoe haar wangen kleurden, want al kon ze geen woord verstaan van wat het hoofd PZ tegen de man zei, ze wist precies wat hij hem over haar vertelde. 'Onze accountmanager Export, single, maar koud als ijs, onze ijskoningin dus.' Nog een blik van de onbekende man, toen was zijn aandacht voor haar voorbij.

IJskoningin. Ze had het woord opgevangen toen ze op het toilet zat. Voor de spiegel stonden twee vrouwen zich op te maken en ze hadden het over haar! Ze wisten niet dat Cynthia in een van de toiletten was. 'IJskoningin' hadden ze haar genoemd. Omdat ze niet voor de charmes van het hoofd van de afdeling personeelszaken was gevallen, die blijkbaar al heel wat relaties met vrouwelijke werknemers gehad had. Het woord sneed haar door de ziel en wekte herinneringen op. Opnieuw voelde ze de pijn van drie jaar geleden die haar op dat moment het gevoel had gegeven dat haar leven voorbij was.

Met deze baan, in een andere woonplaats en met een compleet andere functie dan ze gewend was geweest, had ze geprobeerd een nieuwe start te maken, een nieuw leven op te bouwen. Daarin was alleen geen plaats voor het hoofd Personeelzaken en dus was ze de ijskoningin. Aan de gelaatsuitdrukking van de vreemde man had ze net gezien dat hij het nu ook wist. Maar het was zo bezijden de waarheid!

Ze keek grimmig naar buiten, waar de zon stralend scheen. Oké, het ging haar goed af koel en zakelijk te zijn. Ze genoot van de afspraken, contacten, gesprekken, ontmoetingen op beurzen. Ze genoot van de kostuums die ze op haar werk droeg. Een jasje en een broek. Vaak in de kleuren zwart of grijs. Een heel enkele keer in bordeauxrood. Ze hield van de vele schoenen met hak die ze voor haar werk had aangeschaft. Haar koele en zakelijke uiterlijk en houding brachten ook afstandelijkheid met zich mee. Iets waar ze geen bezwaar tegen had. Ze zat inderdaad niet te wachten op een nieuwe relatie en al helemaal niet met iemand die getrouwd was, zoals het hoofd Personeelszaken! Maar diep van binnen was ze precies het tegenovergestelde. Daar was ze hartstochtelijk, gepassioneerd en vooral geëmotioneerd. Niets koel en zakelijk, maar uitsluitend gevoelsmens. Die natuurlijk ooit, als de pijn niet meer zo voelbaar was, heel graag een nieuwe relatie wilde beginnen. Al zou dat er waarschijnlijk nooit meer in zitten...

Het verraste haar dat ze de pijn weer zo duidelijk voelde. Ze dacht dat ze er wel aardig overheen was. Drie jaar was een lange tijd en vooral in de laatste twee jaren was er zo veel gebeurd door deze nieuwe baan in een totaal nieuwe omgeving. Toch zat het verdriet er duidelijk nog. Ze zuchtte even, maar toen ze haar blik weer naar haar bureau wendde en ze de aantekeningen zag die ze gemaakt had van het telefoongesprek met de Italiaanse klant, maakte haar hart weer een sprongetje van blijdschap. De order. De grote opdracht!

Ze dacht even na en schreef toen een mail aan de hoofden Inkoop en Verkoop en aan de accountmanager Import en nodigde hen uit 's middags om twee uur bij haar op haar kamer te komen voor een korte bespreking. De directeur stuurde ze een korte, zakelijke mededeling per e-mail. Vervolgens zocht ze het telefoonnummer op van hun agent in Italië, die natuurlijk ook moest weten wat Compagnia Tappeti net bij haar besteld had. Zij zouden immers het directe aanspreekpunt zijn als er iets mis ging met de karpetten. Zij zaten in de buurt en Cynthia was maar zelden in Italië.

Ze strekte haar hand uit naar de telefoon en glimlachte. Ze had duidelijk grote vorderingen gemaakt. Ze sprak al Italiaans voor ze hier kwam werken, maar ze wist nog goed hoe eng ze het vond naar Italië te bellen, bang als ze was dat ze hen misschien niet verstond of dat zij haar niet verstonden. Nu greep ze zonder aarzelen de telefoon en belde ze zelfs met mensen die ze nog nooit gezien had.

Een korte klop op de deur deed haar opkijken. Meneer Ratsma, de directeur, kwam opgewekt binnen, direct gevolgd door de slanke, knappe man. 'Cynthia, wat geweldig!' Meneer Ratsma kwam met uitgestoken hand op haar af.

Ze kwam snel overeind, streek haar broek glad en liep om het bureau heen.

'Gefeliciteerd. Wat een geweldig bericht. Tienduizend karpetten. Hoe heb je dat voor elkaar gekregen?'

Ze lachte, maar hield zich in. Zakelijk, koel. Toch kon ze niet voorkomen dat haar blauwe ogen licht twinkelden. Ze knikte om hem te bedanken voor de felicitatie. 'Leuk dat u even persoonlijk langskomt.'

'Bij zo'n opdracht? Dat spreekt vanzelf. We moeten er zelfs het glas op heffen, vind ik. Dus als je vanavond tijd hebt? Dit is trouwens mijn zoon.' Hij wees naar de man naast hem. 'Jakob.'

'Uw zoon?' Even gingen haar wenkbrauwen omhoog, ze wist helemaal niet dat hij een zoon had, toen drukte ze de hand die haar werd toegestoken.

Een paar donkerbruine ogen keken haar ondeugend aan, een glimlach hing rond zijn lippen. 'Ja, ik ben Jakob Ratsma. Ik heb tien jaar in Amerika gewoond, maar nu ben ik van plan me hier te gaan vestigen.'

'Zonder je mail was ik ook wel met hem langsgekomen,' zei de directeur glimlachend, 'want ik wil hem graag aan iedereen voorstellen. Maar over vanavond… Komt het uit om dan iets met ons te drinken? Kun je meteen ook wat uitgebreider met mijn zoon kennismaken.'

Ze aarzelde. Het was donderdag. De dag waarop ze altijd naar fitness ging.

'Een uur of negen, Oranjehotel,' drong meneer Ratsma aan.

'Prima. Ik ben er,' zei ze met een glimlach.

'Dan kun je meteen iets meer over de klant vertellen,' vond Jakob. 'Wat is het voor iemand? Staat hij betrouwbaar aangeschreven? Is hij solvabel? Ingeschreven bij de Italiaanse Kamer van Koophandel?'

Cynthia probeerde de boosheid die in haar opkwam niet te laten merken. Kwam zomaar uit de lucht vallen en twijfelde meteen aan haar capaciteiten! Ze zei niets terug, liet alleen met een kort knikje merken dat ze hem gehoord had.

'Het is een splinternieuwe klant, zei mijn vader,' bracht Jakob ter verdediging aan.

Ze knikte nogmaals. 'Dan zie ik u vanavond wel,' zei ze en liep weer om haar bureau heen en ging erachter zitten. Haar gezicht stond zakelijk. Er viel niets vanaf te lezen.

'Ik wil liever weten wat voor soort karpetten ze willen hebben,' zei de directeur. 'Dat interesseert me meer.' Hij glimlachte. Daarna verlieten beide mannen haar kamer. Ze zag ze over de afdeling lopen en merkte dat ze van binnen echt boos was. Wat dacht hij wel niet van haar. Tien jaar in Amerika gezeten en nu zou hij hier de boel wel even overnemen? Ze schrok van het idee, dat vermoedelijk zelfs waar was. Meneer Ratsma was de vijfenzestig al gepasseerd, dus die zou er binnenkort wel mee stoppen. En dan nam *Mister America* het heft dus in handen. Nou, prima, Jakob, ik ben er klaar voor. Val me maar aan als je geen vertrouwen hebt in vrouwen met een leuke functie. Ik ben het inmiddels gewend mezelf waar te maken en zo gauw krijg jij mij niet klein.

Ook de hoofden Inkoop en Verkoop en de accountmanager Import waren enthousiast over deze grote opdracht. Ze planden de leveringen die, op verzoek van de klant, eens per maand zouden plaatsvinden. De inkoper zou direct de orders gaan uitzetten bij de diverse bedrijven waar hun karpetten gemaakt werden. Ze kochten in Denemarken, België, Duitsland, India, Afghanistan, Pakistan, Marokko en China in en de Italiaanse klant had zoveel verschillende karpetten besteld dat er bij elke fabriek wel iets ingekocht moest worden. Het hoofd Verkoop wreef vergenoegd in zijn handen. De accountmanager nam alle gegevens over die Cynthia over de klant verzameld had en was al net zo tevreden. 'Dus een klant die geld heeft en betaalt,' zei hij opgetogen.

Hun gesprek duurde langer dan Cynthia verwacht had. Pas tegen halfvijf vertrokken ze weer. Meteen daarop werd er op haar deur geklopt en zag ze door de glazen wand heen dat Malou voor haar deur stond. Ze stak haar hand op en de jonge vrouw kwam binnen. 'Ga je nog naar fitness vanavond?'

'Tuurlijk. Het is immers donderdag!'

'Ga je niet met de baas... eh...'

'Ja, ik ga wat met hem drinken ter ere van de grote opdracht die ik binnengehaald heb vandaag, maar eerst naar fitness, hoor!'

'Grote opdracht?'

Cynthia knikte. 'Ik heb voor een nieuwe klant gezorgd, een grote. Hoezo?'

'Hm, ze zeiden dat je met de baas en zijn zoon uit eten ging.'

'Wie zijn 'ze'?'

Malou haalde haar schouders op.

Cynthia keek even naar buiten. Dat zou het hoofd Personeelszaken wel verteld hebben en als het dan niets werd tussen Jakob en haar kon hij nog harder rondvertellen dat ze koud als ijs was en als het wel wat werd, zou hij op wraak zinnen.

'... kapot. Kan dat?'

Cynthia keek verward op. Ze had helemaal niet gehoord wat Malou zei. 'Sorry, zeg het nog eens.'

'Je zit met je gedachten bij de zoon, ik zie het wel,' zei Malou lachend, 'hij is ook een stuk, maar ik vroeg of ik met jou mee kan rijden naar fitness, mijn auto is kapot.'

'O, best, hoor. Ik moet nog wat opruimen en een paar

mails versturen, maar ik ben tegen halfzes wel klaar. Is dat goed?'

'Super. Het is wel een uur lopen hier vandaan. Zie je!' En weg was Malou.

Een stuk. Was Jakob een stuk? Ja, natuurlijk was hij een stuk. Al was ze niet naar een man op zoek, hij had toch ogenblikkelijk haar aandacht weten te vangen, alleen maar door over de afdeling te lopen. En toen ze hem van dichtbij zag, vielen zijn ondeugende ogen op en wist ze dat ze die vaker wilde zien. Hij had alleen niet van die vragen moeten stellen, waarmee hij liet blijken eigenlijk geen vertrouwen in haar als accountmanager te hebben! Of had hij geen vertrouwen in zichzelf?

Na haar wekelijkse fitnesstraining bracht ze Malou naar huis, die in eerste instantie protesteerde. 'Je hebt me ook al meegenomen.'

'Joh, stap in. Het is een kleine moeite en mijn auto doet het werk, hoor!' Cynthia veegde haar voorhoofd af met de handdoek die ze nog om haar schouders had hangen van het douchen. 'Krijg jij het ook altijd zo warm van de training?'

Malou lachte. 'Echt wel, maar dat is juist goed. Dan weet je dat je wat gedaan hebt. Ga jij alleen op donderdag?'

'Jij niet dan?'

'Nee, ik ga drie keer in de week.'

'Drie keer? Waar haal je de tijd vandaan?'

'Ach...' Malou haalde haar schouders op. 'Ik heb het er gewoon voor over. Ik wil er graag goed uitzien en ik heb een afschuwelijke hekel aan vet. Aan mijn lijf wil ik geen grammetje vet!'

'Joh, je ziet er al fantastisch uit. Ik ben soms gewoon jaloers op je!' Cynthia keek opzij naar de vrouw die zeker tien jaar jonger was dan zij. Ze wist best dat ze er zelf ook nog erg goed uitzag voor haar vierendertig jaar, maar van Malou kon ze het nooit winnen.

'Overmorgen is mijn auto weer klaar,' vertelde Malou en

ze sprong van de hak op de tak door er achteraan te vragen: 'Wat vind jij van die Jakob Ratsma? Hij is eerder van jouw leeftijd dan de mijne.'

'Hij ziet er goed uit, maar verder weet ik niets van hem,' zei Cynthia kortaf. Ze wilde Malou echt wel naar huis brengen, maar op dit soort privévragen zat ze niet te wachten.

'Ik vind hem echt mooi, weet je, maar ja, ik ben maar een typiste, naar mij kijkt hij toch niet. Zou hij de zaak van zijn vader overnemen?'

'Geen idee. Meneer Ratsma heeft me daar niets over verteld.'

'Waar gaan jullie wat drinken?' vroeg Malou nieuwsgierig.

'In het Oranjehotel en wat heeft je beroep er nou mee te maken?'

'Ha, je denkt toch niet echt dat de zoon van de directeur wat met een typiste wil. Ja, misschien voor een avontuurtje, maar nooit voor echt. Wat trek je aan?'

'Hoezo?'

'Nou, het Oranjehotel is niet niks. Daar ben ik bijvoorbeeld nog nooit geweest. Veel te chic!'

Cynthia zweeg even. Ze had er nog niet over nagedacht. Malou had gelijk. Het was een chic hotel, maar moest ze iets anders aan dan naar haar werk?

Die vraag stelde ze zich opnieuw toen ze thuis voor haar kledingkast stond. Toch dacht ze er niet lang over na. Ze pakte een zwarte lange broek en een zwart topje en haar korte bordeauxrode jasje. Haar haren, die losgegaan waren tijdens de fitness, kamde ze opnieuw strak achterover en bond ze weer vast boven op haar hoofd. Ze keek in de spiegel en knikte tevreden. Het topje maakte het net iets minder zakelijk dan haar gebruikelijke blouse, maar een zakelijke uitstraling had ze nog steeds. Ze kleurde haar lippen opnieuw en koos een bril met zwart monteur. Dat gaf haar een wat streng uiterlijk en dat was precies de bedoeling.

Eigenlijk verheugde ze zich toch wel op dit onverwachte uitje. Ze ging zelden uit. Ja, op reis voor haar werk, op donderdag naar fitness, maar iemand om mee uit te gaan had ze hier nog niet gevonden. Het was moeilijk nieuwe vrienden te maken in een nieuwe omgeving. Bovendien had ze zich afstandelijk opgesteld. Misschien dat een paar vrouwen van haar werk haar wel mee wilden nemen als ze gingen stappen, maar die had ze tot nu toe niet de kans gegeven haar te vragen door haar afstandelijkheid. Eigenlijk was ze erg alleen, voelde ze nu. Meestal was dat heel welkom, want dan wist ze ook precies waar ze aan toe was, maar ze ontdekte nu dat het ook best leuk was om een afspraak te hebben. Al was het met de directeur en zijn ietwat arrogante zoon.

Vanuit de keuken hoorde ze een geluidje. De magnetron was klaar. Snel haalde ze er de halve pizza uit en ging ermee aan de eettafel in de huiskamer zitten.

Ze moest iets in haar maag hebben, want ze was alleen voor een drankje uitgenodigd en drinken op een lege maag, dat kon verkeerd vallen. Ze had de krant, toen ze het flatgebouw inkwam, uit de brievenbus gehaald, meegenomen naar boven en op de tafel gelegd. Terwijl ze een hap van de pizza afbeet, gleden haar ogen over de koppen op de voorpagina. Sommige artikelen las ze helemaal. Ze keek op haar horloge en zag dat ze geen tijd meer had om verder te bladeren.

Ze haastte zich naar de keuken, spoelde haar bord af en zette het in de afwasmachine. Daarna waste ze haar handen zorgvuldig, bekeek nog even haar lange roodgelakte nagels, maar die zagen er prima verzorgd uit. Toen greep ze haar autosleutels, liep haar flat uit en ging met de lift naar beneden.

'Ha, daar is mijn accountmanager voor de export!' Meneer Ratsma ging staan. 'En wat zie je er weer prachtig uit. Neem plaats. Ik heb champagne besteld, maar ik weet niet eens of je daar wel van houdt.'

Cynthia lachte naar de directeur en draaide toen haar hoofd naar zijn zoon, die ook was opgestaan. Ze lachte ook naar hem voordat ze tegenover hen ging zitten. 'Op zo'n grote opdracht drink ik graag een glas champagne,' zei ze.

'Mooi.' Meneer Ratsma stak een hand op en de ober kwam meteen met de fles champagne aanzetten. Hij wilde de drank inschenken, maar meneer Ratsma stuurde hem weg. 'Dat doe ik zelf,' vond hij.

Cynthia keek toe hoe hij de champagne in de drie glazen schonk, ondertussen was ze zich terdege bewust van de onderzoekende blik van Jakob. Ze probeerde hem te negeren, wilde vooral niet de indruk wekken dat ze in hem geïnteresseerd was. Oké, hij zag er geweldig uit en het verraste haar dat ze hem 'een stuk' vond, maar ze wilde niets van hem en niets met hem, of hij nu de zoon van de directeur was of niet. Ze wilde dan ook geen enkele aanleiding geven. Daar kwam bij dat hij haar ogenblikkelijk zou laten vallen als hij haar grote geheim kende. Daarvan was ze overtuigd. Hij kon trouwens heel goed getrouwd zijn en waarom zou hij eigenlijk precies in haar geïnteresseerd zijn? Ze glimlachte inwendig om zichzelf, maar ze wist het antwoord: het waren zijn onderzoekende en ondeugende ogen die haar dat idee gegeven hadden.

'*Salute*, zullen we maar zeggen,' zei de directeur lachend. 'Of is dat geen proost in het Italiaans?'

'*Si, salute!*' Ook Cynthia hief haar glas, keek van de een naar de ander, nam een slok van de bruisende goudkleurige drank en knikte naar de beide heren.

'En vertel eens,' begon Jakob. 'Wie is die Compagnia Tappeti?' Hij keek haar belangstellend en met een innemende lach aan, toch voelde Cynthia de vraag als een steek onder de gordel.

'In Italië een van de grootste importeurs op het gebied van karpetten,' zei ze. Ze keek hem recht aan. Ze wist dat ze haar werk goed gedaan had, maar ze wist ook dat ze zich als vrouw telkens opnieuw moest bewijzen. Was ze een man geweest, dan had hij haar beslist joviaal op de schouder geslagen en uitsluitend gefeliciteerd.

'Dat zegt niets,' zei hij inderdaad vernietigend, al bleef hij vriendelijk glimlachen. Hoe had ze ook maar een seconde kunnen denken dat hij wat in haar zag als vrouw?

'Natuurlijk niet,' zei ze net zo vriendelijk glimlachend. 'Zelfs de betrouwbaarste bank kan failliet gaan. Tappeti is echter een volledig betrouwbaar bedrijf. Voor te late betalingen, laat staan het uitblijven van betalingen, hoeven we niet bang te zijn.'

'Dat klinkt geweldig,' zei Jakob met een ernstig gezicht, 'maar Italianen zijn charmeurs en maffiosi tegelijk. Ze lijken betrouwbaar, maar zijn het vaak niet.'

Ze keek hem zwijgend aan. Hij zat haar midden in haar gezicht te beledigen en dat voelde niet goed. Ze begreep dat hij haar niet op haar blauwe ogen geloofde, zoals zijn vader inmiddels wel deed, maar die had haar nu natuurlijk ook al twee jaar meegemaakt. Hij kon echter wel iets van dat vertrouwen van zijn vader overnemen, toch?

'Wat wil je zien?' vroeg ze met een zo zakelijk mogelijke stem.

'Hun winst- en verliesrekening van de voorgaande jaren. Hun inschrijving bij de Kamer van Koophandel. En vooral graag minimaal twee referenties.'

Wat was ze blij dat ze hierop gerekend had. Ze pakte haar zwartleren aktetas die ze naast haar stoel gezet had en legde die op haar schoot. Ze zocht er even in en overhandigde hem toen een stapeltje papieren. 'Alsjeblieft. Nog meer?' vroeg ze met een koele blik in haar ogen.

Hij bladerde er vluchtig doorheen en keek haar toen indringend aan. De blik in zijn ogen was veranderd. Er sprak nu bewondering uit. 'Je hebt je zaakjes prima voor elkaar!'

'Dank je,' zei ze afgemeten, terwijl ze de papieren weer van hem aannam en in haar tas stopte, waarbij ze haar hoofd boog, zodat hij niet kon zien dat hij haar verwarde. De bewondering had oprecht geleken, en dat vleide haar,

al deed de belediging nog steeds zeer. Hij wekte tegenstrij-
dige gevoelens in haar op. Hij was aantrekkelijk, charmant, maar tegelijk vijandig. Het was duidelijk dat hij niet
van zakenvrouwen hield, wel van vrouwen.
'Ik heb je gezegd dat Cynthia goed is,' zei zijn vader met
geïrriteerde stem. 'Niet alleen beledig je haar door haar
duidelijk te laten voelen dat je haar niet vertrouwt, maar
mij beledig je ook, door mijn keuze van werknemers niet
te accepteren.'
Cynthia durfde niet op te kijken. Het liefst wilde ze
meneer Ratsma dankbaar aankijken, maar een koele
zakenvrouw toonde haar emoties niet. Dat hij echter zijn
zoon een uitbrander gaf waar ze bij zat, ging wel heel ver
en opnieuw voelde ze bewondering voor de directeur.
Jakob lachte en haalde zijn schouders op. 'Ik heb ook
ervaring, al was het dan niet hier maar in Amerika, en als
ik het bedrijf overneem, wil ik weten waar ik aan toe ben
en met wie ik van doen heb.'
Nu keek Cynthia hem met opgetrokken wenkbrauwen
aan, alsof de gedachte dat hij het bedrijf over zou nemen
nog niet in haar opgekomen was. Verrast wendde ze zich
tot haar baas. 'Gaat u ermee stoppen?'
'Tja, ik word in oktober zeventig, dus het mag wel eens,
maar ik ga niet helemaal stoppen, hoor. Ik blijf altijd in de
buurt als adviseur.'
Ze knikte begrijpend. In oktober. Dat was over vier maanden. Vier maanden de tijd dus om zich opnieuw waar te
maken, maar nu voor Jakob. Aan de blik in zijn ogen te
zien was dat niet voldoende. Ze hoopte dat ze niet merk-
ten dat ze inwendig zuchtte. Ze had zo haar best gedaan
en het ging zo goed, maar onder Jakobs ogen leek ze weer
van onderaf aan te moeten beginnen.
'Je werkt nu twee jaar bij Karpet Diem?' vroeg Jakob alsof
er geen vuiltje aan de lucht was.
Ze knikte en nam een slokje van de champagne.
'En wat deed je hiervoor?'
Hier had ze dus echt geen zin in. 'De chef PZ heeft vast

17

wel een uitgebreid dossier over mij,' zei ze koel.

'Dat denk ik ook wel, maar ik hoor het liever van jou,' hield hij vol. Ondertussen wierp hij haar zijn charmantste glimlach toe en ze moest toegeven, dat die er wel heel verleidelijk uitzag.

'Ik heb diverse werkgevers gehad en meerdere cursussen gevolgd, maar echt tevreden met wat ik deed was ik nooit. Tot ik bij Karpet Diem kwam. Ik voel me hier thuis, dit is werk wat ik met erg veel plezier doe.'

'En je bent single?'

'Jakob,' siste zijn vader.

'Ach, als ik haar dossier opvraag bij PZ zal dat er ook wel instaan, toch?'

'Ik ben alleenstaand, ja en jij?' flapte ze er zeer onzakelijk uit, maar vreemd genoeg wilde ze weten waar ze aan toe was met hem. Ze had namelijk het gevoel dat hij ondanks zijn wantrouwen aangaande haar zakelijke kunnen toch met haar zat te flirten en als bleek dat hij getrouwd was, had ze haar standpunt al ingenomen.

Hij schoot in de lach om haar vraag. 'Wat zou je willen dat ik antwoordde?' Hij keek haar uitdagend aan.

Cynthia liet hem een minzaam glimlachje zien. 'Het maakt mij niet uit of mijn baas getrouwd is of niet. Als hij maar prettig in de omgang is.'

'Die zit,' zei meneer Ratsma lachend. '*Salute!*' Hij hief opnieuw zijn glas. 'Drink eens door, meisje, de fles is nog lang niet leeg. Wacht, ik zal ook wat borrelhapjes bestellen. Daar heb ik namelijk echt zin in.'

Maar terwijl de directeur even met de ober in gesprek was, boog Jakob zich naar Cynthia toe en fluisterde hij in haar oor: 'Weet je waar ík zin in heb? Om die speldjes uit je opgestoken haar te trekken en mijn handen door je losse haren te halen.'

HOOFDSTUK 2

Was ze dikker geworden? Verwoed sjorde Maria aan het lijfje van de lange jurk, die vorig jaar nog als gegoten zat. Ze wierp een hulpeloze blik in de spiegel, maar dat hielp niet veel. Op blote voeten en met de wijde rok zwaaiend rond haar benen haastte ze zich naar de badkamer, waar ze haar contactlenzen indeed. Zo, dat was een heel stuk beter. Nu zag ze tenminste wat ze deed. Opnieuw begon ze aan haar jurk te trekken. Het lijfje met smokwerk leek echt strakker te zitten dan het jaar ervoor. Toch had ze op de weegschaal niet gezien dat ze in gewicht was toegenomen. Ze liep terug naar de slaapkamer en bekeek zichzelf in de grote spiegel. Onzin, ze zag er nog steeds geweldig goed uit. Ze glimlachte en draaide een rondje. De donkerblauwe wijde rok danste met haar mee. Het leek haast alsof de witte bloemetjes op de rok ervan opengingen.
Ze gleed met haar hand over de dunne stof die in kreukelvrije golven rond haar benen viel. Daarboven het strakke lijfje en daar weer boven haar borsten, die in deze jurk voller leken dan ze in werkelijkheid waren. Misschien kwam het ook omdat de jurk geen mouwen had. Twee dunne spaghettibandjes sierden haar schouders. Ze zag er romantisch uit. Het enige wat nog ontbrak was haar hoed. Ze haalde het grote strooien geval boven uit de kast en zette de hoed op haar hoofd. Prachtig! Ze was er bijna klaar voor. Ze zette de hoed weer af en zocht in een laatje naar een donkerblauw lint. Dat knoopte ze rond de bol van de hoed. De twee slierten liet ze aan de achterkant naar beneden vallen. Perfect.

Ze legde de hoed op haar grote bed, liep weer naar de badkamer en borstelde haar lange haren die in krullen op haar
schouders vielen. Een beetje blauw op de ogen, een beetje
rood op de wangen, meer niet. Donkerblauwe sandaaltjes
had ze ook nog, al kostte het even tijd om ze te vinden.
Vorig jaar was het weer niet zo denderend geweest en had
ze de jurk met sandalen weinig gedragen. Maar nu scheen
de zon en op de thermometer op haar balkon had ze gezien
dat het buiten 26 graden was. Prima weer voor deze jurk.
Zo. Sandalen aan, hoed op, stola om voor het geval het
toch niet warm genoeg was voor blote schouders. Ze was
er helemaal klaar voor. Haar uitstapje kon beginnen. Ze
grinnikte, terwijl ze kleine danspasjes maakte en zo in de
huiskamer belandde. Daar lagen de krantenknipsels die ze
zorgvuldig uitgezocht en opgespaard had. Ze pakte ze op
en voelde de kriebels in haar lichaam. Het was misschien
een vreemde hobby, maar het was haar grootste. Op huizenjacht gaan. Daar kon ze zo van genieten. Het was haar
lust en haar leven. Het leukste eraan was haar fantasie. Die
ging altijd met haar op de loop en dat liet ze uitgebreid
gebeuren. In die fantasie kon ze al haar gedachten en
gevoelens kwijt en ze deed er niemand verdriet of kwaad
mee, zichzelf ook niet. In tegendeel, ze gloeide er altijd van
en voelde zich op zulke momenten in- en ingelukkig.
Onder de knipsels lag de kaart van de omgeving, waar zelfs
de kleinste weggetjes en gehuchten op stonden. Even keek
ze naar de eerste huizenadvertentie, vond het adres en
gleed met haar blik over de kaart om zeker te weten welke
kant ze uit moest rijden, al had ze de kaart de avond tevoren al uitgebreid bestudeerd en haar route bepaald. Eerst
de winkel, dan het droomhuis en ten slotte de molen.
Ze greep haar autosleutels van het kastje in de hal, slinger-
de haar kleine rieten handtasje om haar schouder en ging
naar buiten.
In de auto was het al warm van de zon. Overmoedig deed
ze het schuifdakje open. Heerlijk. Het was weekend en het
was zomer. Wat wilde een mens nog meer? Ze grinnikte,

want dat wist ze wel. Mooie huizen zien.

Het eerste adres was een halfuur rijden. Het was een winkel geweest die nu als woning te koop werd aangeboden. Een winkel was in principe niet iets waar ze gek op was, vooral vanwege de grote winkelruit die erin moest zitten en vermoedelijk ook nog vlak aan de straat. Maar omdat er stond dat er veel voorraadruimte was, had ze de advertentie toch uitgekozen. Opgewekt reed ze het dorp in. Ze vond de winkel meteen, want een groot plakkaat op het raam gaf aan dat hij te koop stond. Ze parkeerde een eindje verderop en stapte uit. Ze greep haar hoed, die ze in de auto afgedaan had, omdat ze er anders niet inpaste en zette hem op. Haar tasje hield ze in haar hand. De zon scheen stralend en de mensen in de straat waren vrolijk, knikten of groetten lachend. Ze reageerde net zo lachend, maar voelde zich toch enigszins teleurgesteld. De winkel lag echt in het centrum van het dorp, aan de grote straat, en het was er druk. Nee, hier viel niet echt over te fantaseren. Toch liep ze met vrolijke passen over de stoep in de richting van de winkel. Het gebouw was oud en trok haar wel. Oude gebouwen hadden iets, vond ze. Natuurlijk zag ze ze het liefst van binnen, maar die kans zat er vast niet in. Ze wist heel goed dat kijkers niet zomaar binnen gelaten werden. Daarvoor moest je een afspraak maken met de makelaar. Dat had ze dus niet gedaan, omdat ze heus wel wist dat ze het pand niet kopen wilde. Ze wilde het alleen maar zien en ervan dromen. Dat was misschien net zo stom als naar voetbal kijken, dacht ze lachend in zichzelf. Een paar uur naar 22 mannen kijken die achter een bal aan rennen. Je opwinden, schreeuwen, teleurgesteld voelen en dan was het weer voorbij. Zoiets was dit ook. Eigenlijk precies hetzelfde! Er waren alleen maar weinig mensen die op deze manier op huizenjacht gingen en ze wist dat anderen het vreemd vonden als ze erover praatte. Dus dat deed ze dan ook niet meer. Het was haar geheimpje geworden, waar ze in haar eentje van genoot.

Toen ze voor de winkel stond, ging de deur open en kwam

er iemand uit. 'Hallo, was u geïnteresseerd in de woning?'
Een oudere man kwam op haar af en stak zijn hand uit. 'Ik
ben Everts, makelaar.'
'Misschien wel,' zei ze glimlachend. 'Maria.' Ze schudde
zijn hand. 'De voorraadruimte wekte mijn belangstelling
op.'
'Kom dan maar even binnen. Ik wilde net weggaan, maar
ik heb nog wel even speling voor ik bij het volgende huis
verwacht word.'
Enthousiast door dit buitenkansje volgde ze hem de winkel
in. Het was best een grote ruimte, de winkelruimte, en er
viel beslist een mooie woonkamer van te maken. Maar de
ruimte achter de zaak was verrassend. 'Dat kun je toch
echt aan de voorkant niet zien,' zei ze verbaasd. 'Wat is het
hier groot!'
Meneer Everts keek haar enthousiast aan. 'En wat je er
allemaal mee kunt doen! Je kunt de woonkamer hier bouwen, dan heb je uitzicht op je eigen tuin, al is die niet groot,
maar toch. Bijvoorbeeld schuifpuien erin.'
Ze knikte. 'Leuker dan aan de voorkant, waar iedereen
vlak langs het raam loopt, maar je zou er ook een grote
badkamer kunnen bouwen en een leuke slaapkamer.'
'Je kunt er van alles mee doen, want boven de winkel is het
eigenlijke woonhuis. Daar kan je ook gaan wonen en dit
gebruiken voor werkruimte of speelruimte voor de kinderen.'
Haar gezicht betrok even, maar ze schudde haar gedachten
weg en reageerde niet op zijn opmerking. 'Een kamer met
fitnesstoestellen lijkt me ook erg aantrekkelijk,' zei ze terwijl ze achter hem aanliep en de verschillende voorraadkamers bekeek, maar hoe meer ze zag, hoe onprettiger ze zich
begon te voelen. Er hing op de een of andere manier een
naargeestige sfeer in de ruimtes.
'Ik hoor het al,' zei meneer Everts lachend, 'jij ziet het wel
zitten.'
'Eigenlijk niet,' zei ze eerlijk.
'O?'

'Nee, er moet te veel aan gebeuren. Het is hier koud en kil. Er zal verwarming aangelegd moeten worden, ramen geplaatst. Alle muren en vloeren moeten bekleed worden. Het is veel te kaal,' vond ze.

'Wat had je dan verwacht?'

Ze haalde haar schouders op. 'Geen idee, daarom kwam ik ook kijken.'

'Wat zoek je dan?'

'Het mag best oud zijn, maar het moet wel meer sfeer hebben dan dit.'

'Maar als je hier toch alleen maar wilt fitnessen, wat maakt het dan uit? Zullen we even naar boven gaan?'

Ze schudde haar hoofd. Op de een of andere manier sprak dit huis haar totaal niet aan. Het stond haar zelfs opeens tegen. Ze zag zich hier niet zitten en dat was wel de voorwaarde voor haar belangstelling. Als ze zichzelf niet in deze ruimte kon plaatsen, kon ze ook niet fantaseren. 'Bedankt, meneer Everts, ik heb genoeg gezien. Het is niet wat ik wil.'

De man keek haar teleurgesteld aan. 'Ik dacht anders…'

'Ja, de ruimte was groter dan ik dacht, maar…' Ze rilde, trok de stola dichter om haar schouders en draaide zich om. Hij volgde haar, hield de deur voor haar open en liet haar galant voorgaan naar buiten. Ze schudden elkaar nog even de hand, toen liep ze terug naar haar auto. Jammer, maar het had erin gezeten. Op naar het volgende huis! Dat beloofde veel meer! Want dat lag niet aan een drukke straat. De tekst van de advertentie kende ze inmiddels uit haar hoofd. 'Vrijstaand huis met zes slaapkamers, de grote tuin ligt op het zuiden'. Oef, ze kreeg het er warm van en vergat ogenblikkelijk de rillingen die de winkel haar gegeven had. Dit was een droomhuis. Wat zou je zo'n huis leuk kunnen inrichten! Elke kamer in een andere kleur. Een aparte televisiekamer, misschien zelfs wel een kamer voor fitnesstoestellen. Een werkkamer en een droom van een slaapkamer.

Ze tuurde door de voorruit. Hier moest het ergens zijn, maar het leek er eerder op dat ze het dorp weer aan het uitrijden was. Ah, daar stond het straatnaambordje, dus ze zat goed. Nu nog een nummer zien te vinden. Dat was eigenlijk best vreemd. Er waren altijd veel huizen zonder nummer of met een nummer dat nauwelijks te zien was. Ze had soms medelijden met de postbodes, want die moesten er wel een hele klus aan hebben om de post telkens op het juiste adres te bezorgen. Daar zag ze nummer 9. Ze moest op 15 zijn. Ze was er bijna dus, al zag ze totaal geen huizen meer en lag het dorp inmiddels achter haar. Gewoon doorrijden, het huis kwam vanzelf.

Opeens zag ze een klein bordje met een pijl. Nummer 13 was die kant op. Verstopt in een bos dus. Dat beloofde wat voor nummer 15, waar nog steeds niets van te zien was. Maar toen hield het bos op en daar stond het grote huis, midden op een kortgeknipt gazon. Ze reed er langzaam voorbij en probeerde het in zich op te nemen, maar de weg was inmiddels zo smal geworden dat ze op moest letten waar ze reed. Na vijf minuten vond ze een plekje om de auto te draaien. Al die tijd had ze geen huis meer gezien. Dat betekende dus dat het aan een kant geen buren had en aan de andere kant een huis verstopt in een bos. Lekker haar favoriete muziek keihard. Niemand die daar last van had. Wow. Dit was echt een droomhuis.

Ze draaide de auto en reed terug. Voorzichtig parkeerde ze in de berm naast het pad op een ruime afstand van het huis en stapte uit. Wat was het hier heerlijk rustig. Ze hoorde geen geluid! Geen auto's, geen brommers, geen muziek. En het rook zo fris, zo puur natuur. Het zou toch wel geweldig zijn om hier te wonen, dacht ze. 's Avonds na het werk even nordic walken tussen de weilanden door. Zomaar direct vanuit je huis de natuur in. Niet eerst een eind rijden met de auto. Glimlachend liep ze verder terwijl ze de stilte en de natuur in zich opnam. Toen stond ze vlak voor het huis. Het was haast een villa te noemen of een herenhuis. Het was echt groot. De muren waren wit geschilderd en er zaten groene luiken voor de ramen op de benedenverdieping. Boven zag ze een balkon met plantenbakken, waar geraniums uit hingen. Dat zou ze zelf niet doen. Dat leek zo Oostenrijks en dat paste geweldig in Oostenrijk, maar niet hier op het Nederlandse platteland.

Voor het huis een groot gazon en ernaast een pad. Nergens een bord met 'Te koop'. Ze was toch niet verkeerd? Hoewel ze inmiddels voldoende ervaring had om te weten dat er ook mensen waren die geen bord in de tuin wilden, omdat dan iedereen die toevallig voorbijkwam stilhield en begon te gluren. Op een advertentie kwamen alleen geïnteresseerden af. En zij dan. Ze glimlachte en liep aarzelend het pad op. Ze was zo nieuwsgierig, wilde zo graag even rond het huis lopen, maar dat kon niet zonder afspraak. Het huis leek echter niet bewoond. Ze zag geen auto, geen mens. Ook niet achter de gordijnen. Zou ze het riskeren? Ach wat. Ze kon toch gewoon 'eerlijk' zeggen dat ze belangstelling had en eerst even wilde kijken hoe het huis eruitzag voordat ze de makelaar belde? Ze liep langzaam door, telde de ramen links en rechts van de voordeur die in het midden van het huis zat. Zouden er twee huiskamers beneden zijn of was daar een slaapkamer? Die kon dan prachtig als werkkamer dienen. Het huis moest ook een grote keuken hebben, dat kon niet anders. Stom dat ze in de krant geen afmetingen gezet hadden. Misschien dat ze die op internet had kunnen vinden, maar ze vond het nu eenmaal leuker om de krant uit te pluizen dan achter het computerscherm te zitten. Daar zat ze door de week voor haar werk al vaak genoeg achter.

Op het pad lagen kiezels. Dat liep niet prettig. Zeker niet met die dunne zooltjes onder haar sandalen. Maar ze liep door. Ze werd nog steeds niet tegengehouden en haar nieuwsgierigheid was niet meer in te tomen. Ze liep gewoon langs het huis en kwam aan de achterkant terecht. Daar hield ze haar adem in. Wat een tuin. Wat een paradijs! Geweldig goed onderhouden en overal plekjes om te zitten of te zonnen. O, dit was echt te gek. Ze merkte niet eens dat haar mond open bleef staan van bewondering. Hier kon ze een schitterend tuinfeest houden en elke avond barbecueën zonder dat de buren last hadden van de geur. Hier kon ze...

'Vind je het mooi?'

Ze schrok zich te pletter van de oude vrouw die onverwachts achter een struik vandaan kwam, een gietertje in haar handen.

'O... Hallo... sorry, ik dacht dat er...' Ze schudde haar hoofd en lachte. 'Neem me niet kwalijk. Ik dacht dat er niemand thuis was en dit huis staat toch te koop?'

'Dat klopt, ja en ik ben er wel dus. Heb je een afspraak met de makelaar?'

'Nee, nee, ik wilde eerst zelf even zien waar het huis precies lag en hoe het eruitzag.'

'En? Wat vind je?' vroeg de vrouw met een warme blik in haar ogen.

'In een woord: schitterend! Het ligt prachtig en deze tuin is werkelijk een paradijs.'

De vrouw glunderde. 'Die is ook mijn trots.'

'Doet u dat allemaal zelf dan?'

'Vroeger wel, maar nu geef ik alleen de planten in de potten nog water. Daar heb ik al bijna een dagtaak aan. Voor de rest heb ik een tuinman. Hoe heet je?'

'Maria.' Ze stak haar hand uit naar de oudere vrouw.

'Grappig. Zo heet ik ook! Heb je zin in koffie?'

'Nou eh... ik wil u niet lastig vallen.' Opeens voelde ze zich bezwaard. 'Ik bel de makelaar wel als ik het echt wil hebben. Ik ga nog meer huizen bekijken vandaag en ik... Het spijt me, ik wilde u niet storen.'

'Maar het lijkt me juist leuk als je koffie komt drinken. Ik krijg bijna nooit bezoek. Loop even mee naar de keuken. Ik heb al gezet. Ik hoef het alleen maar in te schenken. We gaan natuurlijk wel buiten zitten met dit mooie weer.'

Maria liep achter haar naamgenoot aan. Ondertussen gaf ze haar ogen goed de kost. Een bijkeuken met ruimte voor tien fietsen, terwijl er vast wel ergens ook een schuur zou zijn. Een lange gang die uitkwam bij de voordeur, maar waar ze na twee stappen alweer uit verdwenen, omdat daar de keuken was. 'Wat een heerlijke keuken,' riep ze spontaan uit. 'Wat kun je hier lekker zitten ontbijten. U hebt nog een oud fornuis!'

'Ja, modern ben ik niet. Ik heb me ook eigenlijk altijd verzet tegen de moderne tijd. Ik heb bijvoorbeeld ook geen centrale verwarming. In de grootste kamers staat een gaskachel. Koffie zet ik met de ketel. Zo'n apparaat is alleen maar onzin.'

'U hebt best gelijk, maar in deze tijd waarin alles vlug vlug moet, heb ik toch echt wel een koffiezetapparaat nodig, hoor.'

'Waarom moet het vlug vlug? Je kunt ook een kwartier eerder opstaan of sommige dingen niet doen. Niets hoeft vlug vlug. Dat laat je je aanpraten.' De oude vrouw haalde een kopje met schoteltje uit een kastje en schonk het vol. Ze pakte een steelpan met melk van het fornuis en wilde wat melk bij de koffie doen. 'Nee, nee, dank u, ik drink het graag zwart.'

'Geen melk?'

'Nee, en ook geen suiker.'

Voor zichzelf schonk de vrouw een beker half vol koffie en vulde de rest aan met gekookte melk uit de steelpan. 'Melk is gezond, hoor. Kijk maar naar mij. Hoe oud denk je dat ik ben?'

Ze keek haar onderzoekend aan. 'Moeilijk te schatten. Tegen de tachtig?'

'Doe daar maar dertien jaar bij. Ik ben vorige maand drieënnegentig geworden!'

'Dat meent u niet?'

'Zal ik toch maar melk in je koffie doen?'

Ze lachte, maar schudde haar hoofd. 'Nee, liever niet. Ik drink de melk liever apart van de koffie.'

'Ik heb er helaas geen koekje bij. Mijn kleinzoon zou vandaag boodschappen voor me doen, maar die is nooit vroeg uit bed.'

'Dat geeft toch niets. Ik kom toch ook helemaal niet op de koffie. Zal ik mijn kopje zelf meenemen?'

De oude Maria ging de jonge Maria voor naar een plekje in de schaduw. De jonge bleef verrast staan. 'Een serre! Wat prachtig. O, wat zouden mijn cactussen het daar goed doen!' Geschrokken hield ze haar mond. Ze mocht de oude vrouw niet het idee geven dat ze het huis wilde kopen.

'Ga zitten, meisje en vertel. Heb je veel kinderen?'

Ze keek haar verward aan. 'Véél kinderen?'

'Ja, waar heb je anders zo'n groot huis voor nodig?'

'Ik…' stamelde ze. Ze viel door de mand. Dat kon niet anders als ze de vrouw niet wilde voorliegen. 'Ik…' begon ze opnieuw, maar de oude vrouw luisterde blijkbaar niet en begon zelf te praten. 'Ik heb er zeven gekregen, maar twee zijn er al overleden. Dat is het ergste wat een mens kan overkomen. Dat je kind eerder sterft dan jij. Toen mijn man overleed, was ik er ook kapot van. We waren zestig jaar getrouwd geweest. Dan blijf je wel erg alleen achter. Toch is de pijn om mijn overleden kinderen groter dan die om mijn man.' Ze zweeg even, keek naar de beker in haar hand, zette hem op het tafeltje. 'We hebben hier een heerlijke tijd gehad. De kinderen hebben genoten van de tuin en de velden. Ze waren altijd buiten aan het spelen. Boomhutten maakten ze.'

Toen schudde ze haar hoofd. 'Mijn achterkleinkinderen spelen liever met hun computerspelletjes. Ik word er gek van als ze hier zijn. Ze zitten maar in een stoel te piepen met dat ding. Nee, voor hen hoef ik de tuin niet meer aan te houden.'

'Maar voor uzelf toch wel?'

De oude vrouw keek op. Er gleed een traan over haar gerimpelde wang. 'Het enige wat ik nog kan is een beetje rondlopen. De kleine gieter kan ik nog net dragen. Verder doe ik niets meer. Ik krijg eten aan huis bezorgd, mijn kleinkinderen doen de boodschappen, mijn schoondochter poetst af en toe de huiskamer en mijn slaapkamer. De rest van het huis zit onder dikke lagen stof, maar dat ziet niemand, want daar komt ook nooit iemand meer.'

'U zei net dat u niet veel bezoek kreeg, maar zo te horen komt uw familie regelmatig langs.'

'Dat is wat anders. Dat is familie. Dus jij wilt hier wel wonen?'

'U toch ook?' ontweek ze het antwoord.

'Ik ga naar een verzorgingstehuis. Dat vinden mijn kinderen beter. Dit huis is veel te groot voor mij alleen, de tuin ook. Jij lijkt me een aardige vrouw. Ik zou het fijn vinden als jij hier kwam wonen. Als je het te duur vindt, doen we gewoon wat van de vraagprijs af.' Opeens giechelde ze. 'Dat zal Pieter, mijn oudste zoon, niet leuk vinden. Die is enorm op de centen, maar het is nog steeds mijn huis, nietwaar?'

Maria liet haar stola van haar schouders glijden. Het was te warm, ook al zaten ze in de schaduw. Ze voelde zich rot. Het liep niet zoals ze gehoopt had. Het bezoek werd te persoonlijk en ze wilde de vrouw niet kwetsen. Ze stond op.

'Kom, ik heb u lang genoeg van uw bloemen afgehouden. Ik ga maar weer eens verder.'

'Wil je het huis niet?'

'Het is ontzettend mooi. Het mooiste wat ik tot nu toe gezien heb. Maar ik ga vandaag nog meer huizen bekijken. Dus ik kan nu nog niets zeggen.'

'Maar ik wil heel graag dat jij hier komt wonen. Misschien kan ik hier dan wel blijven wonen? Lijkt je dat niet leuk? Twee Maria's in een huis. Dan doe jij mijn boodschappen en eten we elke dag samen. Hoeveel kinderen had je nou ook alweer?'

'Ik heb geen kinderen,' zei ze naar waarheid.

'Geen? Maar dat is toch geweldig! Dan kan het juist heel goed. Je mag de hele bovenverdieping hebben. Zal ik je die even laten zien? Mijn schoondochter heeft alles schoongemaakt toen we het te koop gingen zetten. Voor de kijkers, weet je. Kom.'

'Nee, mevrouw, het is veel te vermoeiend voor u om naar boven te lopen en ik wil u niet beledigen, maar ik wil een huis voor mij alleen.'

De oude vrouw keek haar verdrietig aan. 'Jij ook al. Niemand wil me in huis hebben. Geen van mijn kinderen. Ze stoppen me gewoon in een verzorgingstehuis.' Nu gleden er nog veel meer tranen over haar wangen.

De jonge Maria stak een hand naar haar uit, legde die even op haar arm. De oude greep de hand beet en keek haar met vochtige ogen aan. 'Laat me niet alleen!'

Ze kreeg het er warm van. Waar was ze nou in verzeild geraakt? Hoe kwam ze hier weer uit? Ze kon toch onmogelijk bij haar intrekken, maar ze durfde haar, zoals ze nu was, ook niet alleen te laten.

'Hé, oma, hebt u bezoek?'

De reddende engel. De twee Maria's keken om.

'Hallo!' zei de jonge opgelucht.

'Wie ben jij nou weer?' vroeg de oude Maria verbaasd.

'O, o, is het weer zover,' zei de kleinzoon, die minstens zo oud als Maria was. 'Ik ben Roderick, oma. De zoon van Pieter. Ik heb boodschappen gedaan. En wie ben jij?' vroeg hij aan de gast.

'Ik heet ook Maria,' zei ze, 'en ik kwam naar het huis kijken. Ik wilde juist weer gaan.'

'Ga je het kopen?'

'Dat weet ik nog niet. Ik ga nog meer huizen bekijken vandaag. Mevrouw Maria, bedankt voor de koffie en veel sterkte met alles.'

'Waarmee?' vroeg de oude vrouw.

'Met de verh…' maar ze hield zich in. Het leek alsof ze niet meer wist dat ze zou gaan verhuizen. Triest. Ze glimlachte naar Roderick en voelde hoe hij haar nakeek. Ze liep minder energiek dan toen ze gekomen was. De ontmoeting met Maria had haar meer gedaan dan ze had verwacht.

HOOFDSTUK 3

Thuis aangekomen toetste ze meteen het nummer van haar eigen oma in.

'Maria! Wat leuk dat je belt. Mijn lievelingskleindochter. Bel je zomaar of is er iets gebeurd?'

De jonge vrouw glimlachte om het woord 'lievelings-kleindochter'. Oma had maar een kleindochter, maar omdat ze gedeeltelijk naar haar vernoemd was, zei ze altijd lievelingskleindochter. 'Neen, nee, oma, er is niets ergs gebeurd. Ik vroeg me alleen af...'

'Wat?'

'Hoe gaat het met u?'

'Vroeg je je dat af?'

'Ja.'

'Waarom?'

'Ach, oma...'

'Er is toch iets gebeurd!'

'Ik heb een vrouw ontmoet. Zij heette ook Maria. Ze was wel vijftien jaar ouder dan u, maar ik ben van haar geschrokken. Ze is dement of zo.'

'En nu ben je bang dat ik dat ook ben.'

'Nee, nee, dat niet, maar u zou het kunnen worden en stel dat u mij dan niet meer herkent.'

Oma Maria zweeg even. Ze zuchtte hoorbaar. 'Die kans zit er altijd in, meisje. Daar is niets aan te doen. Iedereen kan dat krijgen.'

'Maar bent u daar dan niet bang voor?'

'Natuurlijk wel. Als ik me iets niet meer herinner, schrik ik daarvan en tegenwoordig komt dat best veel voor, maar de dokter zegt dat dat gewoon ouderdom is en niets met dementie te maken heeft.'

'Bent u naar de dokter geweest?'

'Ja, maar er was niets aan de hand. Met mij gaat alles goed dus.'

'Gelukkig maar.'

'Het enige wat je ertegen kunt doen,' zei oma Maria opeens met een geheimzinnig lachje, 'dat is nu nog bij je oude oma op bezoek gaan, nu het nog goed met haar gaat en ze je nog herkent. Dan weet je tenminste zeker dat je haar een plezier doet. Als ik niet meer weet wie je bent, hoef je ook niet te komen.'

'U hebt gelijk. Helemaal! Zal ik morgen in de auto stappen en uw kant op komen?'

'Nou, nou, was jij altijd al zo dat je meteen de daad bij het woord voegde? Ik begin me opeens af te vragen of het met jou wel goed gaat?'

'Oma!' Ze lachte. 'Met mij gaat het prima. Ik ben alleen, nou ja, dat zei ik al, geschrokken van die mevrouw. Het ene moment was er niets aan de hand. Ik was zelfs verontwaardigd dat haar kinderen haar in een verzorgingstehuis willen plaatsen terwijl ze nog zo goed is en nog zo van haar huis houdt en het volgende moment is ze de kluts helemaal kwijt.'

'Aha, jij bent weer op huizenjacht geweest. Nog iets moois gezien?'

'Het huis van die oude Maria was schitterend. Met een tuin om in te dansen! Maar het mooiste heb ik voor het laatst bewaard. Een molen die te koop staat. Ik had alleen opeens geen zin meer en ben naar huis gegaan om u te bellen. Nou, zal ik morgen komen?'

'Dat vind ik heel lief van je, maar morgen komt me niet goed uit. Ik ga met Greet en Anna naar een tentoonstelling en daarna samen ergens eten.'

'Wat leuk, oma. Wat voor tentoonstelling?'

'Keramiek uit Brazilië. Ik weet niet of het wat is, maar het wordt in elk geval een leuk dagje uit.'

'Nou, dan wens ik u veel plezier en kom ik een andere keer. Dag, oma!'

Ze verbrak de verbinding en bleef even voor zich uit zitten kijken. Het was duidelijk dat haar oma nog helemaal in orde was. Die ging niet achter de geraniums zitten, nee, die ging met haar vriendinnen op stap. En ook nog uit eten. Geweldig! Maar dat het tijd werd om weer eens in de richting van haar ouderlijke woonplaats te rijden, begreep ze ook. Behalve haar oma had ze ook haar ouders alweer een poos niet gezien. Ze zag er alleen tegenop. Ze stelde het telkens weer uit. Dat lag niet aan haar ouders, maar aan de plaats. Met haar ouders kon ze prima overweg en ze belde hen regelmatig, maar ze had moeite die stad weer in te rijden. Er lagen te veel pijnlijke herinneringen en ze merkte toch af en toe dat ze die nog steeds niet goed verwerkt had.

Ze zuchtte en keek naar de advertentie van de molen. Wat moet het leuk zijn om in een molen te wonen. Geen enkele rechte kamer, alles afgerond. De wieken zouden er wel niet meer op zitten, maar toch gaf het een heel andere indruk dan een gewoon huis. Aan de omschrijving te zien lag hij buitenaf en al woonde ze zelf midden in de stad omdat ze ervan hield de winkels en uitgaansgelegenheden vlakbij te hebben, het trok haar toch altijd. Ze keek op haar horloge. Nee, de molen zou ze voor morgen bewaren. Ze kon nu mooi nog even wat werk doen dat ze mee naar huis genomen had, maar toen ze weer zag hoe mooi het weer nog was, veranderde haar mening als een blad aan de boom. Opgewekt zette ze haar hoed weer op, keek even hoeveel geld ze in haar portemonnee had en ging naar buiten. Een paar straten verderop was een terras. Dat moest om deze tijd nog in de zon liggen. Het zou stom zijn om binnen te gaan zitten werken, terwijl het buiten zo heerlijk was. Dat werk liep niet weg en kon 's avonds ook nog.

Het was er druk. Ze vond echter nog een tafeltje met twee lege stoelen. Ze ging zitten en bestelde een glas rode wijn.

'Geef er ook maar iets te eten bij, ik heb na het ontbijt niets meer gehad.'

'Een schaaltje borrelhapjes?'

'Lekker!'

Ze keek om zich heen. Zag jongelui op skeelers, vaders met hun kinderen aan de hand. Een jong stel dat zo verliefd was, dat ze tegen een lantaarnpaal opbotsten omdat ze niet uitkeken waar ze liepen. Ze moest om hen lachen, maar voelde ook een beetje jaloezie. Even sloot ze haar ogen en dacht ze terug aan haar eigen relatie, die zo mooi geleken had.

'Is deze stoel nog vrij?'

Geschrokken deed ze haar ogen weer open. Ze keek in een paar bruine, lachende ogen.

'Ik heb je toch niet wakker gemaakt?' vroeg hij.

'Nee, hoor en die stoel is vrij.'

'En deze kant van het tafeltje ook? Er is namelijk nergens anders nog een stoel of tafeltje vrij en ik wilde ook zo graag nog even van de zon genieten.'

'Natuurlijk. Ga zitten!'

'Dank je.'

Het meisje kwam terug en zette de wijn voor haar neer. 'De hapjes komen zo,' zei ze. 'En wat wilt u drinken?' vroeg ze aan de man tegenover haar.

'Een biertje graag en wat voor hapjes zijn dat? Ik heb ook wel ergens zin in.'

'Prima, laat ik een grotere schaal maken.'

De man knipoogde naar Maria en toen het meisje weg was zei hij lachend: 'Ze denkt dat we bij elkaar horen, maar ik betaal natuurlijk mijn eigen hapjes. Ik heet trouwens Lesley en misschien denk je dat het een smoes is om met je in contact te komen, maar ik moet gewoon even zeggen dat je er fantastisch uitziet. Die hoed staat je schitterend en ik ben gek op jurken, helemaal op lange. Die zie je tegenwoordig niet meer zo vaak.' Hij keek haar bewonderend aan, terwijl hij zijn hand uitstak.

'Maria,' zei ze, 'en bedankt voor je compliment.' Ze zei

niet dat ze vond dat hij er ook erg leuk uitzag in het licht-kleurige overhemd met korte mouwen op de donkere linnen broek. Dat hoefde hij niet meteen al te weten.

'Je ziet ook maar zelden iemand met een hoed op in de stad. Ik vind het eigenlijk heel dapper dat je hem durft te dragen, want het trekt zeker bekijks en er zullen ook mensen zijn die je erom uitlachen, of niet?'

'Je hebt gelijk. Een hoed trekt aandacht en soms hoor ik de mensen achter me fluisteren en giechelen,' zei ze glimlachend.

'Daar moet je dus tegen kunnen,' vond hij.

'Ja, en dat lukt niet altijd. Er zijn dagen dat ik niet zo vrolijk ben als vandaag en dan zet ik ook geen hoed op. Het moet wel echt bij mijn stemming passen en dan maakt het me ook niets uit wat de mensen ervan zeggen. Als ik het maar leuk vind staan, daar gaat het om en ik vind een hoed nou eenmaal leuk.' Ze zweeg, verrast door haar eigen openhartigheid. Zo was ze zelden meteen al bij een eerste gesprek, maar de man had iets vertrouwds over zich of nee, iets betrouwbaars. Alsof je hem alles kon vertellen en dat het dan bij hem veilig was.

'Helemaal mee eens. Je moet alleen doen wat je zelf leuk vindt en je nooit iets aantrekken van anderen. Ah, daar komt mijn biertje aan.'

Ze had gewacht met drinken tot hij ook wat had, maar nu pakte ze haar glas. 'Proost,' zei ze.

'Op deze verrassende ontmoeting.' Zijn bruine ogen twinkelden en bleven haar aankijken toen hij een flinke slok van zijn bier nam.

'Had u deze hapjes besteld?' Een jongen van amper dertien stond opeens met een bord vol lekkers bij hun tafeltje.

'Ja, zet maar neer,' zei Maria. 'Lekker, hoor.' Ze keek naar de kleine gefrituurde hapjes en de blokjes kaas en stukjes worst.

'Ha, olijven,' zei Lesley vergenoegd, pakte er een en stopte hem in zijn mond.

'Vind je die ook zo lekker?' zei ze lachend. 'Als je maar een paar blauwe voor mij laat liggen.'

'Doe ik,' zei hij en stak nog een groene in zijn mond.

Maria begon aan de warme hapjes. Ze voelde opeens dat ze echt trek gekregen had. Ze zaten een poosje zwijgend te eten. Om hen heen het geroezemoes van de andere mensen op het terras. Glasgerinkel, stoelen die verschoven werden, gelach, gezelligheid. Ze voelde zich goed. Ze was blij dat ze haar oma even gebeld had en daardoor het trieste gevoel van zich af had kunnen schudden. Ze was vooral blij dat ze opeens besloten had naar het terras te gaan. Van onder haar wimpers bekeek ze Lesley en ze kon niets anders bedenken dan dat hij echt een leuke man was, die er goed uitzag en bijzonder aardig overkwam. Eigenlijk hoopte ze dat hij niet meteen op zou staan om te verdwijnen als zijn glas leeg was, maar van die gedachte schrok ze. Ze had zichzelf toch beloofd nooit meer aan een relatie te beginnen?

'Heb je iets leuks gedaan vandaag?' vroeg hij opeens.

'Hoezo?'

'Omdat je er zo mooi uitziet. Moest je ergens naartoe? Een trouwerij of zo?'

Ze schoot in de lach. 'Nee, hoor, dit is mijn gewone weekendkloffie. Het kwam doordat de zon zo heerlijk scheen dat ik deze jurk gekozen heb, maar ik heb in het weekend bijna altijd een jurk of lange rok aan.'

'Echt? Geweldig, ik ben nu al gek op je.'

Ze merkte dat ze licht begon te blozen. Wat deed hij met haar? 'Ik ben huizen wezen kijken,' flapte ze er tot haar eigen schrik uit. Wat had die man toch dat ze hem privédingen zat te vertellen?

'Zoek je een nieuwe woning? Wat leuk. Ik ook!' Hij keek haar uitgelaten aan. 'Waar ben je wezen kijken? Wat zoek je? Wil je trouwens nog iets drinken?' Hij wenkte de serveerster. 'Nog een wijn en een biertje, graag. Ja, toch?' Hij keek haar vragend aan.

'Graag.' Ze was blij met de onderbreking die hij zelf veroorzaakt had. Misschien ontkwam ze zo aan het beantwoorden van zijn vraag. Om nog meer afstand te creëren stopte ze het laatste stukje kaas in haar mond en schoof de twee groene olijven die nog op de schaal lagen zijn kant uit.

Hij pakte ze er lachend af en even waren ze stil, maar hij was zijn vraag niet vergeten. 'Waar ben je wezen kijken?' Dat was gelukkig de goede vraag, waar ze met plezier antwoord op gaf. Als hij opnieuw gevraagd had wat ze zocht, was het moeilijker geweest. Ze noemde de adressen en hij knikte geïmponeerd. 'Die heb ik wel op internet gezien, maar ze leken me veel te groot. Daar ben ik niet eens wezen kijken. Nog afgezien van wat ze kosten. Althans die grote vrijstaande woning. De winkel viel wel mee, maar ik vermoed dat daar zoveel aan verbouwd moet worden, dat het ook onbetaalbaar voor mij wordt. Een klusser ben ik namelijk niet, dus ik zal alles moeten laten doen.'

'Morgen ga ik bij een molen kijken,' zei ze en kon het puntje van haar tong wel afbijten. Dit klonk duidelijk als een uitnodiging. Waarom zei ze dat?

'Een molen? Dat klinkt goed. Maar die is toch niet zo groot?'

'Er zitten drie slaapkamers in.'

'Dat valt nog mee, maar voor iemand die bij een winkelpand met grote voorraadruimtes kijkt en een woning met zes slaapkamers is dat eigenlijk veel te klein, toch?'

Suf, stom. Ze had niet moeten antwoorden. Ze had moeten zeggen dat het hem niets aanging. Wat had hij toch dat ze veel meer zei dan ze wilde. Nu zat hij op een verklaring te wachten en daar had hij gelijk in. Gelukkig kwam de serveerster de drankjes brengen, dat scheelde nog een paar seconden, toch kon ze geen ander antwoord bedenken dan de gewone waarheid. Ze wist dat hij haar dan voor gek zou verklaren en waarschijnlijk niet eens zijn glas leeg zou drinken voor hij zou vertrekken. 'Ik zoek geen huis,' zei ze zacht, maar toen dacht ze aan haar hoed. Daar werd ze ook om uitgelachen en dat kon haar niets schelen. En dat ze huizen bekeek zonder er een te zoeken, kon haar ook niets schelen. Zelfs als hij haar gek zou vinden, kon het haar opeens niets schelen. Had hij niet zelf gezegd dat je moest doen wat je leuk vond? Ze stak haar kin in de lucht en keek hem met fonkelende ogen aan. 'Ik zoek geen huis. Ik vind het gewoon alleen maar ontzettend leuk om huizen te bekijken en in gedachten te doen alsof ik er zelf in woon.'

Hij keek haar met grote ogen aan. 'Dus je loopt allerlei adressen af zonder…'

'Precies.'

'En dan denk je dat je daar woont?'

'Ik richt ze in gedachten in of ik zie mezelf bij de open haard zitten of over het gras dansen.' Bah, nu zei ze alweer zoiets raars. Hij moest echt een vreemde indruk van haar krijgen. Welke volwassen vrouw danste er nu over het gras? Zie je, daar had je het al. Hij schoot zo hard in de lach dat hij zich in zijn bier verslikte. 'Sorry, Maria, sorry,' hoestte hij. 'Wat een heerlijk mens ben jij en wat zou ik graag met jou over dat gras dansen. Mag ik morgen mee die molen bekijken?'

Stak hij nu de gek met haar of meende hij het? Ze keek hem onderzoekend aan. Ze zag echter alleen maar pretlichtjes in zijn ogen. Hij leek haar niet uit te lachen. 'Daar moet ik nog een nachtje over slapen,' zei ze.

'Prima, maar dan moet je me wel je telefoonnummer geven. Dan kan ik je morgen bellen om te vragen hoe je geslapen hebt.'

'Geef me het jouwe maar, dan bel ik wel.'

'Je bent een verstandige vrouw.' Hij haalde een kaartje uit zijn borstzakje en stak het haar toe. 'Ik moet helaas weg. Ik heb mijn ouders beloofd bij hen te gaan eten, maar ik hoop echt dat je me morgen belt.'

Hij riep de serveerster en betaalde alle drankjes en hapjes en liet een beduusde Maria achter. Net zo plotseling als hij gekomen was, was hij weer verdwenen, maar hij had wel een diepe indruk bij haar achtergelaten.

De volgende morgen scheen de zon weer. Het was echt fantastisch zo heerlijk als het buiten was. Ze voelde het op haar balkon, waar ze haar kopje thee dronk en haar knäckebröd met kaas at. Naast haar bordje lag zijn kaartje. Ze had het natuurlijk meteen de vorige avond al bekeken en het was haar ook ogenblikkelijk duidelijk geworden waarom Lesley haar zo gemakkelijk aan het praten kreeg. Hij was psycholoog. Hij was het gewend om mensen aan de praat te krijgen. En hoewel ze hem ontzettend leuk vond en hij zelfs gevoelens in haar wakker maakte waarvan ze gedacht had dat ze die nooit meer zou voelen of zou kunnen voelen, had ze toch besloten om niet met hem naar de molen te gaan. Een psycholoog was veel te eng. Die kon dwars door je heen kijken. Die zag het altijd meteen als er iets aan de hand was en dan zou hij net zo lang doorzeuren tot ze het verteld had. Voor een goede psycholoog kon je geen geheimen bewaren en ze was voorlopig nog niet zo ver dat ze al haar geheimen kon vertellen.

Aarzelend pakte ze haar draadloze telefoon die ook op het balkontafeltje lag en toetste *31* in voordat ze zijn nummer koos. Op die manier kreeg hij haar nummer niet in beeld als hij nummerweergave had.

'Maria, je belt echt!' riep hij uit.

Hoe wist hij dat?

'Hé, je bent het toch wel of vergis ik me? Ben je iemand anders?'

'Nee, nee, ik ben het wel.'

'Gelukkig,' zei hij lachend, 'toch goed gegokt. Ik kreeg geen nummer in beeld, dus het moest wel een onbekende zijn. Hoe is het? Goed geslapen?'

'Dat wel, maar ik heb besloten dat ik alleen naar die molen ga kijken.' Zo, dat was eruit. Nu wist hij meteen waar hij aan toe was.

Hij viel even stil en het was alsof ze de teleurstelling door de telefoon heen kon voelen.

'Jammer,' zei hij toen slechts.

Ze zuchtte onhoorbaar. Gelukkig, hij ging niet moeilijk doen. Hoewel...

'Mag ik vragen of dat op de molen slaat of op mij? Ik bedoel: wil je mij niet meer zien of wil je de molen graag in je eentje bekijken.'

'Allebei,' zei ze duidelijk, terwijl haar hand de kruimels van het knäckebröd van haar vrolijk gekleurde rok veegde.

'Heb ik iets verkeerds gezegd?'

Zijn stem klonk warm en vol belangstelling. Ze moest vechten om bij haar beslissing te blijven. 'Nee, je hebt het verkeerde beroep,' zei ze eerlijk.

Hij lachte en zijn lach klonk zo vrolijk dat Maria ook moest lachen.

'Ik wilde maar meteen eerlijk zijn,' zei Lesley. 'Ik weet dat veel mensen een hekel hebben aan een psycholoog. Het leek me beter om dat maar direct te laten weten.'

'Dat waardeer ik ook heel erg, maar ik heb geen behoefte aan een psycholoog in mijn leven. Die heb ik al genoeg gezien.' Goeie genade, waarom zei ze dat nu weer? Zie je, het was inderdaad beter niet met hem om te gaan. Hij liet haar voortdurend dingen zeggen die ze helemaal niet wilde zeggen. Ze moest van hem af zien te komen. 'Ik vond het echt heel gezellig gisteren. Nog bedankt. Maar nu hang ik op. Succes met het zoeken naar een huis.'

'Dank je, Maria en jij veel plezier gewenst.'

Dat was dat. Het was voorbij voordat het begonnen was. Ze moest blij zijn dat hij het zo gemakkelijk opnam, maar behalve opluchting voelde ze ook iets van spijt. Hij had iets in haar wakker gemaakt en dat verwarde haar. Was ze toch nog in staat om een man leuk te vinden? Om iets voor een man te voelen? Voordat ze het antwoord wist, had ze hem echter alweer uit haar leven doen verdwijnen. Was dat de goede beslissing geweest? Ja, natuurlijk was dat de goede beslissing geweest. Wat moest een man nog met haar? Hoewel, ze waren niet allemaal zoals Roger. Ze mocht niet alle mannen over een kam scheren. Er waren ook mannen die er anders over dachten... Had ze dit dan toch niet meteen moeten afkappen? Stop, niet over nadenken. Het was goed zo. Ze wilde en mocht niet opnieuw bezeerd worden!

Ze stond op, nam haar kopje en bordje mee naar de keuken, liep vervolgens naar haar slaapkamer en zocht haar vrolijk gekleurde kleine hoedje op, dat precies paste bij haar wijde rok, die tot net boven haar knieën kwam en zette het op. Ze lachte geforceerd naar zichzelf in de spiegel in een poging haar sombere gedachten te laten verdwijnen. Ze zag er nu niet romantisch uit zoals de dag ervoor. Ze straalde vrolijkheid uit door de felle, zomerse kleuren van de rok en het hoedje. Haar effen witte topje onderbrak de kleuren op een perfecte manier. Ze had bewust voor deze kleren gekozen. Ze voelde zich minder vrolijk dan ze eruitzag en hoopte dat haar kleren niet alleen naar buiten toe vrolijkheid uitstraalden, maar ook haarzelf zouden beïnvloeden. Nu nog haar rode open schoenen met hakje en haar rode handtasje en ze was er klaar voor.

Ze had de molen snel gevonden en stond er even in doodse stilte naar te kijken nadat ze geparkeerd had en uitgestapt was. Het waaide harder dan ze verwacht had en ze moest haar hoedje vasthouden, maar het plaatje was adembenemend! Ze voelde haar binnenste bruisen van opwinding en haar fantasie aan de slag gaan. Om hier te wonen! Ze zag het helemaal zitten. Midden in de weidse velden. De enige buren waren vredig grazende schapen en koeien. Als ze de woonkamer op de bovenverdieping zou inrichten, had ze een schitterend uitzicht dat kilometers ver moest reiken. Of haar werkkamer? Misschien wel allebei, dacht ze glimlachend. Vanuit de huiskamer naar de zonsopkomst kijken en vanuit haar werkkamer naar de zonsondergang. Dan moest de slaapkamer vermoedelijk beneden. Dat was eigenlijk jammer, want wakker worden met het uitzicht op de verte was natuurlijk ook een droom!

Langzaam liep ze over het paadje naar de molen toe. Ze wilde er graag even omheen lopen, al begreep ze al snel dat dat niet zou lukken. Er stond een wit hekwerk rond de molen dat duidelijk aangaf dat daar de privégrond begon die bij de molen hoorde.

Het hekje in het midden stond echter open en ze zag dat als een uitnodiging. Vanuit de molen kwam geen enkel geluid. Het leek alsof er niemand was. Ze kon zich niet inhouden en liep door het hekje heen. In de voordeur zat een klein dropvormig ruitje. Ze keek erdoor naar binnen en zag tot haar verrassing een behoorlijk grote ruimte die er echt gezellig uitzag. De molen had dus geen halletje, je viel met de deur in de woonkamer, maar wat voor een woonkamer! Ze liep een stukje om de molen heen en keek opnieuw door een raampje. De ronde vorm van de kamer maakte dat de kamer er duizend keer knusser uitzag dan haar eigen vierkante kamer in haar moderne flat. Zelfs ongemeubileerd zou de kamer al veel en veel meer sfeer uitademen dan haar eigen gezellig ingerichte woning. Het was alleen jammer dat de huiskamer beneden was, dacht ze terwijl ze verder om de molen heen liep. Natuurlijk had ze van daaruit ook een prachtig uitzicht, maar het kon niet anders dan dat het uitzicht van bovenaf mooier en verder zou zijn.

Ze zag een groentetuin, met planten waaraan rijpe sperzieboontjes hingen en in gedachten liep ze er met een pannetje naartoe om er een maaltje af te plukken. Verser kon je het niet krijgen, toch?

Opeens zag ze in de verte een auto aankomen. Ze voelde haar hart iets sneller slaan. Als dat Lesley maar niet was! Dat zou ze ongelooflijk flauw vinden. Hij had gedaan alsof hij haar mening accepteerde, dan had hij hier ook niets te zoeken op dit moment. Ze volgde de auto met haar ogen tot die naast de hare stilhield. Er stapte een man uit die ze niet kende en even voelde ze zowel opluchting als teleurstelling, maar het volgende moment voelde ze heel iets anders. De man leek geïrriteerd omdat hij niet de enige kijker was en dat maakte dat bij haar alle stekels overeind kwamen te staan. Hij kon namelijk de eigenaar niet zijn, want die zou dichter bij de molen parkeren, net als de makelaar. Met grote passen liep hij over het pad. Ze glimlachte en liep zelf verder om de molen heen om even later precies tegelijk met de man bij de voordeur uit te komen.

'Wat een bouwval,' zei hij terwijl hij met een verachtelijke blik tegen de molen schopte.

Maria wist dat ze gelijk had! Hij was boos omdat hij niet de enige geïnteresseerde was.

'Hier kun je niets meer mee,' zei hij snuivend en in de hoop om haar belangstelling te doen afnemen.

'Vind je?' vroeg ze vriendelijk.

'Kijk dan! Hier en hier! Het huis staat op instorten. Moet je deze muur zien? Helemaal ontwricht. Die houdt het niet lang meer.'

'Hm,' zei ze met haar zonnigste glimlach. 'Ik dacht anders dat er nog heel wat moois van te maken viel.'

'Ik ben bouwvakker,' bromde hij. 'Ik heb er verstand van en hier is niets meer van te maken.'

'In elk geval is de omgeving prachtig,' ging ze opgewekt verder. 'Moet je je eens indenken dat je alleen maar koeien en schapen als buren hebt. En hoe ver je kunt kijken vanaf de bovenverdieping.'

'Als je daar nog komen kunt!' Hij wierp een blik door het ruitje in de voordeur. 'Die trap is totaal verrot!'

'Tja, iets moet je er wel voor over hebben, natuurlijk. Een andere woning kost altijd geld.'

'Je snapt het niet. Als de trap verrot is, is de vloer van de bovenverdieping ook verrot. Trouwens, het lijkt wel leuk met die schapen, maar het is natuurlijk doodeng om hier in je eentje te wonen. Vooral als vrouw zijnde. Als er een inbreker of erger nog langskomt, heb je geen buren die je kunnen helpen. Nee, dit ligt veel te afgelegen.'

'Daarom heb ik ook een sterke man getrouwd,' zei ze stralend.

Hij keek steeds kwader, omdat het hem niet lukte haar te doen beslissen dat ze de molen niet wilde hebben. Hij had er duidelijk zijn zinnen opgezet. 'Het enige wat je ermee kunt doen is afbreken en wat dat al niet kost. Laat staan om iets nieuws te bouwen.'

'Ach,' hield ze opgewekt vol, 'zolang je vrienden hebt die dat voor je willen doen, is het probleem niet zo groot. En heb je de groentetuin al gezien?'

'En heb jij de hazen in de wei al gezien? Die eten alles op voordat je er zelf aan begonnen bent.'

Ze had echt plezier. Dit was gewoon grappig! Wat was het toch leuk om op huizenjacht te gaan. Er gebeurde steeds weer iets anders. 'Ik zie het wel zitten, hoor,' zei ze. 'Ik zou hem trouwens niet afbreken, hooguit renoveren. Ik denk dat het nog wel meevalt met die verrotting.'

'Het is duidelijk dat je er geen verstand van hebt!'

'Oeps!' De wind had haar hoedje te pakken gekregen. Ze rende er lachend achteraan, maar toen ze weer terugkwam, had hij zijn reactie al klaar. 'Het waait hier altijd zo hard. Logisch, op open terrein. Dus lekker buiten in de zon zitten is er ook niet bij.'

'Daar heb ik toch geen tijd voor,' zei ze opgewekt. Ze keek naar het bord met te koop, haalde demonstratief de advertentie uit haar rode handtasje en vergeleek de telefoonnummers. 'De nummers zijn gelijk. Dus geen drukfout in de krant. Ik weet genoeg!' Opgewekt knikte ze naar de man en liep weer naar het hekje en verder over het pad naar haar auto. Hij kwam met driftige passen achter haar aan en ging kwaad achter het stuur van zijn auto zitten. Hij startte eerder dan zij en reed slippend achteruit, draaide met woeste gebaren aan het stuur en verdween ten slotte uit het zicht van haar achteruitkijkspiegeltje.

Ze schaterde het uit. Dit was echt leuk geweest! Hier wilde ze wel een glaasje wijn op drinken en had ze onderweg niet ergens een leuk terras in een klein, gezellig dorp gezien? Haar dag was wat moeilijk begonnen, maar nu kon ze alleen nog maar hartelijk lachen.

HOOFDSTUK 4

Sinds Jakob Ratsma op kantoor verschenen was, was de sfeer bij Karpet Diem veranderd. Cynthia voelde dat niet alleen aan zichzelf, maar ook aan de anderen op het werk. Het geroezemoes op de grote administratieve afdeling was luider dan normaal, maar zodra Jakob zijn gezicht liet zien, viel er een diepe stilte. Ze wist dat ze onderling over hem spraken, dat ze zich afvroegen of hij vrijgezel was of getrouwd en op wie van hen hij zou vallen. Ze wist dat ze geruchten verspreidden alleen maar om iets over hem te vertellen te hebben.

Ze vond het eigenlijk wel logisch ook. Hij was immers een charmante, aantrekkelijke man, niet alleen qua uiterlijk, maar ook zijn uitstraling was bijzonder innemend. Omdat hij nog veel moest leren over het vak was hij vaak op de afdelingen te vinden. De anderen volgden hem dan met hun ogen, vooral de vrouwen. Als hij een vraag stelde, kreeg hij een zo uitgebreid mogelijk antwoord, omdat iedereen graag bij hem in de smaak wilde vallen. Hij was zo anders dan zijn vader, die een oude rot in het vak was en meteen doorhad of iets fout ging of juist niet. Meneer Ratsma stelde nooit vragen, die trok conclusies en gaf orders. Bovendien was hij grijs en in de ogen van de meeste vrouwen oud en daardoor lang niet zo aantrekkelijk als de jongere uitgave, die eind dertig was.

Het enige wat Cynthia niet aan hem beviel was zijn arrogantie. Hij gaf je het gevoel dat hij altijd alles beter wist en dat jij het fout of niet goed genoeg gedaan had. Zonder de achtergronden te kennen, had hij zijn mening vaak al klaar. Dat irriteerde haar, maar tegelijk prikkelde het haar ook om hem te laten zien dat hij ernaast zat. Hij ergerde haar en daagde haar uit. Af en toe knap verwarrend.

Wat echter nog verwarrender was, dat waren zijn fluisterende toespelingen waarvan ze er nu al meerdere gehoord had. Ze gingen voornamelijk over het knotje boven op haar hoofd, maar soms ook over de strenge brillen die ze droeg. Althans, hij vond dat ze er te streng mee uitzag en was van mening dat ze toch echt eens naar contactlenzen moest gaan kijken. Maar ze was blij met haar brillen. Ze gaven precies die bescherming die ze nodig had. Een soort van masker waar hij net niet achter kon kijken. Uit een soort van protest had ze er nog maar een bij gekocht. Nu een diepblauwe, die precies paste bij de blouse die ze ook gekocht had en nu droeg.

Ze bekeek opnieuw de papieren die ze die ochtend met de post gekregen had. Precies op tijd, want ze zou de volgende dag naar de betreffende klant toe en het was prettig van tevoren op de hoogte te zijn van het wel en wee van de klant.

Ze keek op omdat er op haar deur geklopt werd en zag Malou door de glazen wand. Ze stak haar hand op en de jonge vrouw kwam binnen. 'Hoi, Cynthia, je hebt een nieuwe bril. Wat een mooie kleur.'

'Dank je, maar wat kan ik voor je doen?'

'Voor mij niet,' lachte Malou. 'Jakob verwacht je.'

'Oh?'

'Ja, hij is blijkbaar je telefoonnummer vergeten, want hij belde mij om te vragen of ik je even roepen wilde.'

Cynthia fronste haar voorhoofd, maar zei niets. Dit was ontzettend vreemd, want hij had haar al zo vaak gebeld. Ze knikte. 'Ik zal zo wel even naar hem toe gaan.'

Malou kwam een stapje dichterbij. 'Zou hij echt jouw nummer vergeten zijn?'

Cynthia haalde haar schouders op.

'Ik vind het zo raar. Ik kreeg de indruk...' maar ze ging niet verder.

'De indruk?'

Malous wangen werden rood. 'Waarom zou hij mij gebeld hebben?'

'Meid, dat weet ik echt niet.'

'Zou hij wat in mij zien?' vroeg ze een beetje giechelig.

Cynthia glimlachte. 'Daar kan ik je echt geen antwoord op geven. Ik weet niet op wat voor soort vrouwen hij valt. Ik weet trouwens ook nog steeds niet of hij getrouwd is of niet.'

'Hij is gescheiden, daarom is hij teruggekomen naar Nederland. Hij was met een Amerikaanse getrouwd, maar dat klikte niet meer.'

'Zo, je weet meer dan ik.'

'Meen je dat?' Malou keek haar ongelovig aan. 'Jullie zijn al wezen stappen. Jij weet vast nog veel meer.'

'Stappen? Ik heb een glaasje gedronken met hem en zijn vader en verder heb ik hem uitsluitend hier op kantoor ontmoet voor zakelijke besprekingen.'

'Wat een tegenvaller,' probeerde Malou uit, maar Cynthia liet zich verder niet over hem uit.

'Geef toe dat je hem wel ziet zitten,' hield Malou vol.

'Ik dacht net nog dat jíj hem zag zitten.'

'Nou ja, een avondje stappen met zo'n stuk zou ik wel willen, even met hem pronken. Poeh, dat lijkt me best gaaf. Maar meer wil hij toch niet. Jij bent vast veel meer zijn type.' Ze grinnikte. 'Maar daarom mag ik nog wel kijken en dromen, toch?'

'Is je auto alweer gemaakt?' vroeg Cynthia om van onderwerp te veranderen.

'Twee weken geleden toch al!'

'O, da's waar ook. Nou, mocht je meneer Ratsma junior nog spreken, dan kan je zeggen dat ik zo naar hem toe kom.'

Malou begreep de hint en verliet vrolijk Cynthia's kamer. Cynthia bleef in gedachten verzonken zitten. Haar blik dwaalde naar buiten, waar nu wat wolken verschenen waren en het er minder zonnig uitzag dan de afgelopen tijd. Was dat een waarschuwing voor wat haar te wachten stond? Ze kwam overeind, streek haar broek glad en trok haar jasje recht, voelde of de punten van de kraag van haar blouse aan beide kanten gelijk zaten en verliet haar kamer. Ze had geen idee wat hij van haar wilde en wist dus ook niet of ze papieren mee moest nemen.

Terwijl ze over de afdeling liep, voelde ze dat vele ogen haar volgden. Malou had vast verteld dat Jakob haar verwachtte en iedereen was nieuwsgierig wat er gebeuren zou. Het was beslist vreemd te noemen dat hij Malou gebeld had. Alsof iedereen op de afdeling het weten moest dat hij haar wilde spreken. En ze hadden elkaar al vaak genoeg gesproken. Waarom deze rare manoeuvre? Ze begreep het niet en merkte dat ze zich onzeker begon te voelen. Wat was hij van plan? Ze liep naar de kamer van de directeur, die hij tegenwoordig deelde met zijn zoon. Ze glimlachte naar de directiesecretaresse en wilde doorlopen, maar de vrouw hield haar tegen. 'Heb je een afspraak?'

Cynthia voelde de kilheid om haar hart slaan. Wat was er met Josine aan de hand? Dit had ze nog nooit gevraagd. Hun blikken ontmoetten elkaar en Cynthia glimlachte. 'Word je heropgevoed door Jakob?' Het was meer een constatering dan een vraag.

Josine rechtte haar rug en keek Cynthia uitdagend aan. 'Ik mag alleen mensen binnen laten met wie een afspraak gemaakt is.'

'En dat geldt ook voor personeel?'

'Precies.'

Ze had gelijk gehad. De sfeer bij Karpet Diem was veranderd sinds Jakobs komst. Killer, afstandelijker. Waarom? Wat was er mis met de prettige sfeer die er eerst altijd geheerst had? Josine gaf ongevraagd antwoord. 'Meneer Ratsma junior houdt meer van de Amerikaanse stijl van bedrijfsvoering.'

'En dus moet jij mij argwanend bekijken.' Opnieuw keken ze elkaar onderzoekend aan, maar het was Josine die haar ogen neersloeg. 'Hij was niet tevreden met de gang van zaken hier,' zei ze zacht. 'Een directiesecretaresse zit er niet voor niets, zei hij. Die hoort te voorkomen dat de directeur te pas en te onpas gestoord wordt.'

'De oude meneer Ratsma was anders van mening dat zijn deur altijd open moest staan voor personeel. Op welk tijdstip dan ook en met welk probleem dan ook.'

'O, daar denk ik precies zo over,' zei Jakob volkomen onverwachts. Cynthia keek om en zag hem in de deuropening staan. Hij leunde nonchalant tegen de deurpost, zijn handen in zijn zakken.

'Alleen graag volgens afspraak. Dan weet ik waar ik aan toe ben.'

'Dus spontane gesprekken met de directeur zijn vanaf nu niet meer mogelijk?' zei Cynthia met opgetrokken wenkbrauwen. Ze wilde nog iets toevoegen, maar het leek haar beter dat niet te doen waar Josine bij was.

'Kom binnen,' zei hij. 'Ik wacht op je.'

Ze glimlachte even snel naar Josine en liep toen op hem af. Hij ging beleefd opzij en liet haar passeren. De kamer was leeg. Zijn vader was er niet. Ze bleef voor het bureau staan wachten tot hij haar zei dat ze kon gaan zitten. Als alles volgens strakke regels moest, zou ze zich zo gedragen ook.

'Neem plaats,' zei hij.

Ze ging gehoorzaam zitten, sloeg haar benen over elkaar en veegde een onzichtbaar stofje van haar broekspijp.

'Je bent het er niet mee eens dat het personeel een afspraak moet maken om met mij te kunnen spreken?' vroeg hij toen hij tegenover haar achter het grote bureau van zijn vader was gaan zitten.

'Het maakt de sfeer er niet prettiger op,' zei ze naar waarheid. 'Als spontaniteit niet meer mogelijk is, zullen de mensen op den duur steeds minder zaken met de directie willen bespreken.'

'Ik houd van stijl en klasse en ik ben straks wel de directeur.'

Verwaande kwast, dacht ze, maar hield haar gezicht in de

plooi. Een kort knikje was haar enige reactie. Vragen waarom hij haar had laten roepen, deed ze ook niet. Als hij kil wilde zijn, kon zij dat ook en hij hoefde vooral niet te denken dat ze benieuwd was naar de reden.

'Je gaat morgen naar Parijs?'

Aha, het ging over de nieuwe klant die ze daar zou bezoeken. Dat was bekend terrein en ze ontspande zich een beetje. 'Ja. Eens zien of ik hem ook binnen kan halen.' Stom, dacht ze. Stomme reactie. Natuurlijk ging ze hem binnenhalen. En ze had gelijk. Haar reactie was niet de goede geweest.

'Twijfel je daaraan?'

Ze keek hem strak aan. 'Nee, maar zeker weten doe ik het natuurlijk pas als ik de order binnen heb. Dus ik houd graag een slag om de arm.'

'Dat komt niet zelfverzekerd over, dame en daarom ga ik morgen met je mee.'

Haar mond viel open, maar gelukkig realiseerde ze zich dat meteen en ze sloot hem snel. Met grote ogen keek ze hem aan. Ze wist even totaal niets te zeggen. Ze wist ook dat het hem gelukt was haar masker af te zetten, nee: af te slaan, dacht ze grimmig. Ze probeerde zich te herstellen, maar ze kreeg de kans niet.

'We vertrekken om acht uur met de trein. Josine heeft de kaartjes al geregeld en een hotel geboekt. Ze zorgt er ook voor dat er om halfacht een taxi voor je deur staat, zodat je je auto niet op het station hoeft laten staan.'

Ze hief haar kin omhoog en keek hem haast vijandig aan. 'Sorry, Jakob, maar dit gaat niet door. Ik heb mijn eigen reis geregeld en mijn eigen hotel geboekt. Dat ga ik allemaal niet ongedaan maken. Als je de klant ook wilt ontmoeten, is dat natuurlijk prima, maar we reizen niet samen.'

Hij schoot in de lach. 'Mevrouw is op haar tenen getrapt? Luister, Cynthia, als toekomstig directeur heb ik het hier voor het zeggen en de hele reis is geregeld, dus je hebt je maar aan te passen.'

Ze stond op, waardoor ze op hem neerkeek, hetgeen haar gevoel van eigenwaarde teruggaf. 'Meneer Ratsma,' zei ze ijzig, 'als u wilt dat ik goed werk lever, moet u mij mijn eigen werk laten doen. Het is natuurlijk altijd toegestaan dat u meegaat naar een klant, maar dat weet ik dan graag van tevoren. U verdoet op deze manier kostbare tijd, want ook mijn tijd is kostbaar. Eerst laat u me storen door Malou om te zeggen dat u met mij wilt spreken. Dan houdt Josine mij op door mij de toegang te weigeren tot dit kantoor. Nu blijkt dat alles wat ik zelf al geregeld heb voor niets is geweest. Ik had die tijd dus beter kunnen besteden. Ik kan niet zeggen dat dit efficiënt is. Bovendien ga ik met de auto naar Parijs, want ik heb nog diverse afspraken voor onderweg gemaakt. Dat vind ik namelijk efficiënt.' Ze draaide zich om, maar hoorde dat hij ook opstond. Hij kwam snel achter haar aan en legde een hand op haar schouder. Tot haar grote verwarring voelde ze die hand door haar jasje en blouse heen branden.

'IJskoningin,' zei hij zacht.

Haar hart sloeg een tel over van afschuw.

'Zo zei mijn vader dat ze jou noemen en ik begrijp nu waarom. Je ogen kunnen ijskoud staan.' Hij liep om haar heen, ging voor haar staan en keek haar indringend aan.

'Jakob, ik probeer mijn werk goed te doen en dan is er geen tijd voor dit soort fratsen.'

Hij lachte. 'Noem je dat zo? Ik wil gewoon graag zien hoe jij met onze klanten omgaat.'

'Dat is prima, dat zei ik toch, maar niet op zo'n korte termijn. Ik ga met de auto en houd me aan de afspraken die ik al gemaakt heb.'

'Dan rijd ik met je mee. In welk hotel heb jij geboekt? Ik zal Josine opdracht geven de treinkaartjes ongedaan te maken en een kamer voor mij in jouw hotel te regelen. Is het zo in orde?' Hij glimlachte zijn innemende lach, maar voor Cynthia had hij een grens overschreden. Ze voelde de kilheid in haar hart. 'Ik ga op de terugweg bij mijn ouders langs,' zei ze. 'Die wonen in Breda en daar kom ik ongeveer langs als ik van Parijs via Antwerpen terug naar Nederland rijd.'

'Prachtig, dan kan ik die ook leren kennen!'

Ze schudde haar hoofd en keek zo mogelijk nog ijziger. 'Daar komt niets van in. Ik blijf het weekend bij hen logeren. Ik heb morgenavond om acht uur een afspraak met onze Parijse klant in een restaurant. Daar kunt u ook naartoe komen. Ik zal Josine het adres wel geven.' Ze stapte langs hem heen, legde inwendig trillend haar hand op de deurklink, maar draaide haar hoofd nog even naar hem om. 'En als u me weer nodig hebt, kunt u me zelf bellen. U weet mijn nummer. Malou heeft het al druk genoeg met haar eigen werkzaamheden.' Ze drukte de klink naar beneden en verliet het kantoor. Hoofd omhoog, dacht ze. Rechte rug. Ze wist dat ze bekeken zou worden door de anderen. Niemand mocht zien dat het hem even gelukt was haar klein te krijgen. Met een stalen glimlach op haar gezicht betrad ze de grote administratieve afdeling, maar ze keek niet om zich heen, liep met snelle passen en tikkende hakken door naar haar eigen kamer. Ze verafschuwde de glazen wand tussen haar kamer en de afdeling, zodat ze zichtbaar was voor iedereen die langsliep. Waar was Jakob mee bezig? Waarom deed hij er alles aan om haar tegen de haren in te strijken? Waarom irriteerde hij haar telkens opnieuw? IJskoningin, had hij gezegd. En opeens begreep ze het. Hij wilde natuurlijk dat ze haar masker liet vallen, dat ze liet zien dat ze ook vrouw was, een gevoelsmens. Dat ze emoties had. Nou, die had ze. Ze voelde woede, ze voelde zich beledigd en aangevallen. Maar ze voelde zich ook verward. Hij keek haar af en toe zo indringend aan alsof hij dwars door haar heen keek en zag dat het hem lukte haar te verwarren. Wat ze niet begreep, was dat hij haar kón verwarren. Kwam het omdat hij ook zo innemend kon lachen? Kwam het omdat hij een stuk was, zoals Malou zei? Kwam het omdat ze zich diep van binnen toch gevleid voelde als hij fluisterde dat hij haar haren los wilde zien of dat ze er zonder bril nog mooier uit zou zien? Maar ze was toch zeker geen puber meer? Ze was een volwassen vrouw die al vijf jaar had samengewoond. Ze was een aanwinst voor het bedrijf, had meneer Ratsma gezegd en haar salaris meer dan waard. Wat bezielde haar om door Jakob in de war te raken?

Ze zag dat er buiten nu zoveel wolken hingen dat er van zon totaal geen sprake meer was. Het zag er onverwacht triest uit. Precies zoals ze zichzelf voelde. Ze wist waarom het hem lukte haar te verwarren. Omdat ze diep van binnen inderdaad niet zelfverzekerd was. Dat haar relatie stukgelopen was en de reden waarom, hadden haar zo'n knauw gegeven dat ze op dat moment het leven niet meer zag zitten en niet meer wist hoe ze verder moest. Van de gepassioneerde vrouw die ze voor die tijd was, was totaal niets meer over geweest. Ze voelde zich intens mislukt en afgedaan als vrouw.

Met deze baan had ze zich weer uit die diepe put kunnen halen. Het masker van zakelijkheid had haar beschermd tegen eventuele toenaderingen van mannen. Alleen in haar vrije tijd kon ze het masker afzetten en werd ze tegenwoordig steeds meer de vrouw die ze vroeger ook geweest was. Maar haar vrije tijd en haar werk waren twee verschillende werelden. Die wilde ze per se gescheiden houden. De mannen die ze tijdens haar werk tegenkwam, kon ze met haar koele en afstandelijke uiterlijk weren zonder onbeleefd te worden en tegen de eventuele mannen die ze in haar vrije tijd tegenkwam, kon ze eerlijk zijn: ze wilde geen relatie. Of ze hen dan teleurstelde was niet van belang, want ze zag ze toch nooit meer.

Niet zelfverzekerd genoeg. Dat was het dus wat Jakob doorgehad had en wat hij bloot wilde leggen. Hij had inderdaad dwars door haar heen gekeken. Maar ondanks dat hij dat goed gezien had, hoefde hij haar toch niet te beledigen en te kwetsen? Hij kon haar toch wel nemen zoals ze was? De zakenvrouw die grote klanten binnenhaalde! En toch... Toch verwarde hij haar, omdat ze

53

ergens zijn belangstelling en het feit dat hij de moeite gedaan had dwars door haar heen te kijken als een compliment zag. Hij mocht dan voortdurend aanmerkingen hebben, hij vond haar duidelijk toch interessant. Want anders besteedde hij geen tijd aan haar. En ondanks dat ze niet op zijn belangstelling zat te wachten, voelde dat goed. Hij kon elke vrouw binnen het bedrijf krijgen en buiten het bedrijf aan elke vinger wel een, maar hij liet merken dat hij háár beter wilde leren kennen, dat zíj interessant was en toen ze zich dat realiseerde kwam er een verrassend gevoel van zelfverzekerdheid over haar, want het gaf haar plotseling een gevoel van macht.

Ze hoorde aan het geluid op haar computer dat er een mail binnenkwam. Blij met de afleiding keek ze naar de afzender. Jakob Ratsma, stond er. Wat moest hij nu dan nog van haar? Met zijn arrogantie en gevoel voor zogenaamde stijl en klasse kon ze wel overweg, maar ze voelde nu dat ze ook in staat was juist te reageren op zijn toespelingen. Glimlachend begon ze de tekst te lezen, maar na het lezen, was haar glimlach verdwenen. Ze moest duidelijk nog wennen aan haar nieuwe gevoel van zelfverzekerdheid en aan de gedachte dat ze macht over hem had, want in een klap was weer alle grond onder haar voeten weggeslagen: 'Mooie dame, ik was zo verblind door jouw aanwezigheid dat ik vergat te zeggen dat die nieuwe bril je prachtig staat!'

Hij had het gezien! Zelfs dat kleine detail had hij gezien. En waar vond je tegenwoordig nog een man die zoiets opviel?

Het werden rare dagen, die dagen van haar reis. Via een fabrikant van vloerkleden in het zuiden van Nederland reed ze naar Brussel, waar een klant zat die ze al eens op een beurs ontmoet had en die ze hoopte binnenkort de eerste hoogpolige karpetten te verkopen waarin hij duidelijke interesse had getoond. Vervolgens reed ze naar Parijs, waar ze een hotel ver buiten het centrum geboekt had en waar ze gemakkelijk kon parkeren. Ze bestelde er koffie, nam een douche en kleedde zich zorgvuldig. Omdat ze die avond nog geen zaken zouden doen, maar alleen zouden gaan dineren ter nadere kennismaking, koos ze voor een nauwe rok in plaats van een broek. Met een taxi liet ze zich naar het Centre Pompidou brengen, waar het restaurant vlakbij was. Ze genoot van de Franse sfeer op het plein voor het culturele centrum, van de boeienkoning die er zijn kunsten vertoonde, van de portrettekenaars en van een levend standbeeld waar ze vol bewondering minutenlang naar keek. Om zo stil te kunnen staan. Ze zag hem niet eens ademhalen en ze begon te twijfelen aan zijn echtheid. Het enige dat erop wees dat hij vermoedelijk een mens was, was de hoed die voor hem op straat lag met wat munten erin. Toen knipoogde hij naar haar. Cynthia's gezicht barstte open in een stralende lach en ze gooide royaal wat munten in zijn hoed. Ze wierp nog even een blik op het imposante Centre Pompidou, waarvan ze nu nog steeds niet wist of ze het mooi of lelijk vond en liep daarna met zelfverzekerde passen op hoge hakken door naar het restaurant. De geur van heerlijk eten kwam haar tegemoet, net als een ober. 'Monsieur Bovet, s'il vous plaît,' zei ze vriendelijk.

De man knikte en ging haar voor, maar tot haar verrassing trof ze niet alleen meneer Bovet aan en twee van zijn medewerkers, maar ook Jakob Ratsma, die haar zijn meest innemende glimlach gaf.

De maaltijd verliep prima en was bijzonder prettig, maar nadat ze een tijd hadden afgesproken waarop ze elkaar de volgende dag op het Franse bedrijf zouden ontmoeten, ging iedereen zijns weegs. De Franse heren liepen de ene kant op en Cynthia de andere kant, maar Jakob hield haar tegen. 'Dat had je gedacht. Wij gaan nog samen ergens een slaapmutsje drinken.'

'Nee,' zei ze kordaat. 'Ik ga naar bed. Ik moet mijn hersens er morgen goed bij hebben, dus ik moet uitgeslapen zijn.'

'Oké, als je liever hebt dat ik met je mee naar bed ga, dan wat met je drink...'

Er gleed een minzaam glimlachje rond haar lippen. Hij liet zich eigenlijk veel te veel in de kaart kijken. Dat ze dat niet eerder gezien had. Hij droeg ook een masker, het masker van arrogantie. 'Tot morgen,' zei ze en liep weg, maar ze hoorde zijn voetstappen haar volgen en tot haar verrassing en schrik stapte hij ook bij haar in de taxi, omdat hij inderdaad een kamer in hetzelfde hotel als zij geboekt had. 'Een slaapmutsje op jouw of mijn kamer moet kunnen,' hield hij vol, maar ook Cynthia hield vol en al snel lag ze in haar eentje in het grote tweepersoonsbed naar het plafond te staren.

Waar was Jakob toch op uit? Dat hij haar wilde versieren, stond nu wel voor haar vast, maar was hij serieus of was het uitsluitend een flirt? Ze had er geen behoefte aan opnieuw bezeerd te worden en alhoewel ze natuurlijk af en toe wel sterk de behoefte voelde aan een paar armen om zich heen of nee, doodgewoon aan seks, zou ze nooit aan een avontuurtje met iemand van haar werk beginnen, want dat kon niet anders dan verkeerd aflopen.

De volgende ochtend trof ze Jakob in de ontbijtzaal, waar hij zich tegoed deed aan een vers stokbroodje met brie. Zelf koos ze voor een croissant met jam en een kop sterke koffie. Ook nu deelden ze de taxi naar het bedrijf van de heer Bovet en Cynthia wist dat ze er verstandig aan gedaan had een hotel buiten het centrum te boeken toen ze zag hoe druk het op de weg was en hoeveel auto's er deuken en beschadigingen hadden.

Jakob en zij spraken niet veel en daar was ze blij om. Ze moest zich nu concentreren op het gesprek dat komen ging. Het was al erg genoeg dat hij erbij zou zijn.

Alsof hij dat begreep, stond hij een halfuur nadat ze rond de grote vergadertafel waren gaan zitten op en zei dat hij de verdere onderhandelingen aan madame Vossen, Cynthia dus, overliet omdat hij nog andere afspraken had.

Ze keek hem perplex na en wist niet wat ze ervan moest denken, maar ze vergat hem snel omdat monsieur Bovet meteen ter zake kwam en vierduizend karpetten bestelde. Ze stelden een contract op, noteerden welke kwaliteiten en welke soorten hij verlangde en nog voor de lunch stond ze weer op straat, maar wel met een fantastisch papier in haar aktetas.

Meneer Bovet had voorgesteld een taxi voor haar te bellen, maar ze zei dat ze liever even door de straten liep en nog wat Parijs opsnoof voor ze naar Antwerpen in België reed. Opeens zag ze zichzelf in een grote etalageruit. Een jonge vrouw, met haar haren achterop haar hoofd in een keurig knotje bijeen gebonden, een bordeauxrode bril op haar neus en een chique aktetas in haar hand. Een op en top zakenvrouw en ze lachte, kon zich even niet inhouden en maakte van vreugde een paar huppelende pasjes die in de verste verte niet bij een zakenvrouw hoorden, maar ze was geslaagd, ook deze opdracht had ze binnen en ze was ontzettend blij! In de volgende etalageruit zag ze dat er een sliert haren losgegaan was en op haar schouder hing, maar ze zag ook een schitterend pakje hangen van zwart velours volgens de allernieuwste mode.

Wat ze niet zag was dat Jakob aan de overkant van de straat liep en haar nauwlettend in de gaten hield.

Cynthia ging de winkel in, paste de broek en het nauwsluitende jasje en kocht de set, hield een taxi aan, liet zich naar het hotel brengen waar haar tas met kleren al klaarstond en reed daarna met haar eigen auto naar Antwerpen voor een kort bezoek aan een vaste klant.

Tegen acht uur reed ze Breda binnen, maar ze zat zo vol van alles wat ze de afgelopen dagen meegemaakt had, dat het niet tot haar doordrong dat ze in deze stad pijnlijke herinneringen had liggen. Haar moeder stond al voor het raam en vloog naar buiten toen ze haar aan zag komen. Het werd een ouderwets heerlijk weekend, waarin ze ging winkelen met haar moeder, uit eten met haar ouders en ook nog bij haar grootmoeder op bezoek ging.

HOOFDSTUK 5

Na het teleurstellende gesprek met Maria had Lesley op internet gezocht naar de molen die zij bezoeken wilde. Die was niet moeilijk te vinden, want veel molens stonden er nu eenmaal niet te koop. Hij kon zich wel voorstellen dat ze die graag wilde bekijken. De ruimte om de molen heen, het weidse landschap. Een plaatje om te zien. Voor hemzelf was het echter niets. Hij hield ervan om onder de mensen te zijn en zocht naar een geschikte woning in de stad. Hij woonde er nu een klein jaar en was in eerste instantie in een flat getrokken, om van daaruit op zijn gemak rond te kijken.

Hij voelde zich benauwd in een flat met buren boven, onder, links en rechts. Hij had behoefte aan meer vrijheid, maar de molen lag hem te afgelegen. Bovendien beviel zijn werk als psycholoog bij het gezondheidscentrum waar hij sinds een jaar werkzaam was hem goed en wist hij dat hij voorlopig nog niet weg zou. Dus had hij besloten dat het tijd werd eens naar iets anders op zoek te gaan.

Hij had de molen weggeklikt in de hoop daarmee ook de gedachte aan Maria uit te wissen, maar dat bleek niet zo te zijn. Hij was achtendertig en sinds acht jaar gescheiden en sinds die tijd vrijgezel. Zijn huwelijk was na drie jaar op de klippen gelopen, toen bleek dat hij onvruchtbaar was en geen eigen kinderen kon krijgen. Zijn vrouw was zo teleurgesteld, dat ze besloten had bij hem weg te gaan. Hij wilde graag een kind adopteren, maar dat leek haar niets. Ze wilde zelf zwanger zijn en bevallen. Daarna had Lesley geen relaties meer aangeknoopt. Dat was best moeilijk geweest, maar hij had geen zin om opnieuw gedumpt te worden, zoals hij het noemde. Zo had het namelijk gevoeld. Alsof het zijn schuld was dat hij onvruchtbaar was! En wat was er tegen adoptie?

Nu was hij Maria tegengekomen en hij was direct voor haar gevallen. Die prachtige hoed, die mooie, romantische, lange jurk. Haar oogopslag en vooral haar openheid. Hij grijnsde. Dat ze huizen ging kijken om te dromen. Wat een aparte hobby! Maar hij hield juist van mensen die anders dan anderen waren. Hij had zich in lange tijd niet zo heerlijk gevoeld, daar aan dat kleine tafeltje op het zonovergoten terras. Wat jammer toch dat hij naar zijn ouders moest! Misschien had hij ze af kunnen bellen, maar ze rekenden op hem en hij wist dat zijn moeder altijd veel werk van het eten maakte als hij kwam, dus hij had het niet over zijn hart kunnen verkrijgen zo op het laatste nippertje af te zeggen. En daarna was het dus misgegaan. Maria had gelezen dat hij psycholoog was en ze hoefde hem niet.

Wat had ze gezegd? Ze had al psychologen genoeg gezien. Wat zou ze daarmee bedoeld hebben? Ze zag er niet uit als iemand die psychisch in de knoop zat of depressief was. Integendeel zelfs. Ze zag er opgewekt en vrolijk uit. Ze had een bijzonder lieve, vrolijke en zelfs wel uitdagende uitstraling. Als het waar was wat ze zei, dan hadden die psychologen hun werk goed gedaan, want hij had in de verste verte geen patiënte in haar gezien.

Hij zuchtte en stond op om nog een kop koffie voor zichzelf in te schenken. Ze was duidelijk geweest. Ze wilde geen contact. Hij kende dat. Zodra hij tegen iemand zei dat hij psycholoog was, hielden ze hun mond. Bang als ze waren dat hij hen zou ontleden en op hun problemen zou wijzen. Ze zagen hem niet meer als mens, maar als hulpverlener en hoewel er tegenwoordig steeds meer mensen naar psychologen, psychiaters en psychotherapeuten toegingen, vonden de meeste mensen het toch maar niets om privé om te gaan met een van hen. Ze hadden het gevoel alsof er dan een steekje aan hen los was, of dat hij, en hij dacht dat Maria tot die groep behoorde, meteen aan je kon zien dat er iets niet in orde was. Maar met Maria was alles in orde. Ze leek de perfecte vrouw voor hem! Het enige probleem kon zijn dat ze nog graag kinderen wilde en die kon hij haar dus niet geven. Hij schatte haar begin dertig, dus vermoedelijk had ze nog wel de wens om moeder te worden. Hij schudde verdwaasd zijn hoofd. Wat wist hij eigenlijk van haar? Misschien was ze allang moeder en had ze thuis een compleet elftal aan jonge spruiten rondlopen. Nee, vast niet. Dan zat ze niet in haar eentje op een terras. Bovendien had ze geen ring om gehad. Ze was niet getrouwd. Gescheiden dan?

Onbewust had hij doorgeklikt op de website van de makelaar en plotseling werd zijn aandacht getrokken door een vrijstaand huis vlak bij het centrum van de stad. Het zag er prachtig uit. Behoorlijk oud, maar daar hield hij juist van. Het was zeker van voor de Tweede Wereldoorlog. Zulke huizen hadden iets, vond hij en vol belangstelling las hij de rest van de tekst. Het had drie slaapkamers en een ruime zolder waar ook nog ruimte voor een of twee kamers was en het leuke was, het had een ruime kelder en kelders waren altijd koel.

Lesley was een sportief iemand. Hij hield ervan twee tot drie keer in de week aan bodybuilding te doen om al zijn spieren te trainen. In zo'n ruime kelder kon hij misschien een sportruimte voor zichzelf creëren, dan kon hij sporten op elk willekeurig moment. Drie slaapkamers en eventueel nog een op zolder had hij niet nodig. Hooguit een logeerkamer voor een vriend of familielid, maar hij wilde graag een biljarttafel hebben en daar was misschien wel ruimte voor op de zolder. Hij was meteen die dag het huis nog gaan bekijken, maar kwam tot de conclusie dat de prijs die ze vroegen echt veel te hoog was. Hij zou de hypotheek misschien wel rond kunnen krijgen, maar zo veel geld had hij er niet voor overgehad. De dag erop had hij een bod uitgebracht van honderdduizend euro minder.

De makelaar had hem niet serieus genomen en had het bod niet willen noteren. Het enige wat hij op wilde schrijven waren Lesleys naam en telefoonnummer.

Sindsdien waren er weken voorbijgaan. Hij had nog vaak aan Maria gedacht en was met opzet allerlei bijzondere huizen gaan bekijken in de hoop dat hij haar per toeval tegen het lijf zou lopen, maar dat was niet gebeurd. En langzaam maar zeker was ze weer uit zijn gedachten verdwenen.

Gisteren had hij een huis gevonden waarvan hij zelf dacht dat het interessant was. Hij was er na zijn werk even naar gaan kijken en zo enthousiast geraakt dat hij meteen een afspraak met de makelaar had gemaakt om het van binnen te mogen zien. Hij keek op zijn horloge en realiseerde zich dat hij op moest schieten.

Hij sprong op zijn fiets, het vervoermiddel waar hij vaak de voorkeur aan gaf als hij dwars door de stad moest. Hij kwam na een kwartier aan in een oude statige wijk, waar voornamelijk vrijstaande huizen stonden. Veel huizen waren inmiddels slecht onderhouden omdat er allang geen statige mensen meer in woonden, maar vaak jongelui die probeerden er nog iets van te maken. Dat beviel hem wel. Zelf was hij ook niet statig. Integendeel eigenlijk. Hij sprong van zijn fiets af, parkeerde die tegen het hekje dat de ingang van de tuin afsloot, zette hem op slot en liep het hekje door, de tuin in, naar de voordeur. Ondertussen gaf hij zijn ogen goed de kost en hij merkte opnieuw dat het huis en de tuin hem enorm aanstonden. Hij begreep wel dat hij een tuinman in dienst moest nemen als hij de tuin zo mooi wilde houden als die nu was. Hij hield zelf ook wel van tuinieren, maar dit was gewoon te veel werk voor één man. Het huis was van vlak na de oorlog, had de makelaar hem door de telefoon verteld. Dat was wel te zien ook. Het was geen strak huis, niet modern, maar het had hoeken en ronde vormen. Dat trok hem vooral! Zoals de erker aan de voorkant en het portiek bij de voordeur. Hij keek omhoog en zag opnieuw de bijzondere uitbouw aan een van de kamers. Ook een soort van erker, heel anders dan een dakkapel. Hij was benieuwd hoe dat er van binnen uitzag.

De voordeur ging open en er kwam een vrouw van zijn eigen leeftijd naar buiten. 'U komt naar het huis kijken?'

'Inderdaad. Ik had een afspraak met de makelaar.'

'Kom binnen. De makelaar belde net op dat hij iets verlaat is, maar ik laat u het huis met plezier zien.'

Lesley lachte en volgde haar het huis in, keek verrast op toen hij zag hoe groot de hal was en hoe breed de trap die naar boven leidde.

'Wilt u boven of beneden beginnen?'

'Eigenlijk wel boven als ik kiezen mag,' zei hij.

'Prima.' Ze ging hem voor de trap op. Op de ruime overloop keek hij aarzelend om zich heen en wees toen naar een deur. 'Die kamer zou ik wel als eerste willen zien.'

Ze lachte. 'Mijn atelier. Dat had u van buitenaf al gezien.'

Ze betraden een lichte kamer, die vol hing met schilderijen. In het midden stond een ezel met een leeg doek.

'Hier zit ik altijd te werken,' zei ze. 'Door die uitbouw valt er speciaal licht naar binnen.'

'Ik zie het. Het is echt een prachtige kamer. Waarom gaat u hier weg?'

'Mijn man heeft ergens anders een betere baan gekregen en mij maakt het niet uit waar ik zit te schilderen, zolang ik maar genoeg licht heb. We hebben een heel mooi huis gevonden, dus ik heb er wel zin in,' vertelde ze opgewekt. 'Het enige probleem is dat mijn man daar al werkt en dat dit huis nog niet verkocht is. Kom, ik laat u de rest van de bovenverdieping zien.' Ze liepen de overloop weer op, maar de bel die door het huis rinkelde, wijzigde haar plannen. 'Dat zal de makelaar zijn. Kijkt u zelf maar even rond. U mag gerust alle deuren opendoen.' Ze haastte zich de trap af en Lesley deed wat ze zei. Hij bekeek de grote slaapkamer naast het atelier aan de voorkant, de badkamer aan de achterkant en de kleine slaapkamer. Toen zag hij de trap naar boven. Hij wilde net zijn voet op de onderste tree zetten toen hij iemand boven hoorde komen. Hij zette grote ogen op toen hij een jonge vrouw zag. 'Lily, wat doe jij hier nou?'

'Lesley?' Zij keek al minstens net zo verbaasd. 'Je wilt toch niet beweren dat je dit huis mooi vindt?'

'Eigenlijk wel, en jij?'

'Ik weet het nog niet. Ik zag het vanochtend in de krant staan en wilde gewoon eens langs gaan, maar de makelaar stapte precies uit de auto toen ik kwam en hij zei dat ik wel mee kon lopen.'

'En waar is die nu?'

'Die is beneden met de eigenaar aan het praten.'

'Zoek jij een huis dan?' vroeg Lesley.

'Ja, ik ben het zat om in die kleine flat te wonen. Ik kan niet eens een logee hebben. Maar dit is me eigenlijk te oud. Ik zoek toch liever iets moderners of iets ouds dat modern is opgeknapt. Moet je zien wat raar.' Ze trok hem mee naar de kamer met de schilderijen. 'Dit is toch een belachelijke uitbouw? Een dakkapel die op een erker lijkt.'

Lesley schoot in de lach. 'En ik vind deze kamer juist zo mooi!'

'Wat een geluk dat wij niets met elkaar hebben,' zei Lily lachend.

'Niet?' De makelaar die zonder dat ze het gehoord hadden, boven was gekomen, ving nog net de laatste zin op. 'Waarom zoeken jullie dan samen een huis of is dat een nieuwe vorm van relatie?'

Lily en Lesley schoten tegelijk in de lach.

'Wij zoeken helemaal niet samen een huis,' zei Lily. 'Ik wist niet eens dat hij hier was.'

'O, sorry, ik dacht...' De makelaar keek van de een naar de ander. 'Neem me niet kwalijk. Ik dacht dat jullie bij elkaar hoorden.' Hij stak zijn hand uit naar Lesley. 'Ik ben Everts, de makelaar.'

'En dit is Lily, een collega van mij,' zei Lesley lachend. 'Die toevallig met dezelfde plannen rondloopt als ik.'

'Hebt u er bezwaar tegen als zij meeloopt?' vroeg meneer

Everts. 'Het is niet mijn gewoonte om twee kijkers tegelijk rond te leiden, maar in dit geval…'

'Laat maar,' zei Lily. 'Ik heb genoeg gezien. Dit is helemaal mijn smaak niet. Tot maandag, Lesley!' Ze denderde lachend de trap af en de twee mannen bleven even stil staan wachten tot haar geluiden verstomd waren.

'Daar zou ik ook niet mee kunnen samenwonen,' zei de makelaar zacht. 'Wat een druktemaker! O, sorry, dat had ik niet mogen zeggen. Ik ben wat gestrest vandaag. Neem me niet kwalijk. Hebt u boven alles al gezien?'

'Behalve de zolder.'

'Aha, nou, dan laat ik u alleen gaan, want zolders zijn niet mijn favoriete plek. Ik zie u dan zo wel beneden.'

Lesley keek de man vragend aan, maar er kwam geen verklaring, dus ging hij de trap op naar boven. Er viel wat licht naar binnen door een klein zolderraam, maar hij vond ook het lichtknopje en keek verbaasd naar de grote ruimte voor hem. Hier kon echt wel een biljart staan, dacht hij verheugd. Met een paar luie stoelen eromheen. Ontzettend knus met die schuine daken. Hij zag het gewoon voor zich! Zo eens in de drie, vier weken ging hij met een paar collega's van het gezondheidscentrum naar een poolcafé, maar wat zou het leuk zijn om ze eens thuis te ontvangen! Hij liep wat rond, klopte hier en daar op een dakbalk om te zien of er geen zaagsel uit viel als teken dat er houtworm in zat, maar hij kon niets ontdekken en knikte tevreden. Bij het dakraampje keek hij naar buiten en zag de tuinen van de achterburen. Zou het veel kosten om hier een groter raam in te zetten, bedacht hij en hij realiseerde zich dat hij het huis eigenlijk al aan het kopen was, terwijl hij de benedenverdieping nog niet eens gezien had. Hij liep de trap af en nam nog snel even een kijkje in het atelier. Hij wist opeens dat hij er zijn sportkamer van zou maken. Er was ruimte genoeg voor wat sporttoestellen en de lichtinval beviel hem. Hij wist dat hij zich hier bijzonder op zijn gemak zou voelen.

Nog een blik over de overloop en daarna ging hij naar de

trap. Juist toen hij halverwege was, hoorde hij de makelaar iets vreemds zeggen. 'Ah, Maria, wij kennen elkaar al. Van het winkelpand, was het niet? Nou, hier zijn geen kille voorraadkamers, maar wel een zolder vol verschrikkelijke spinnen, dus u bent gewaarschuwd. En uw man is boven.' Everts kreeg een lachbui. 'Tja, neem me niet kwalijk, maar ik wilde hem net aan ene Lily koppelen, maar dat was een foutje van mij.'

Lesleys hart stond even stil. Maria! Dit was 'zijn' Maria. Hij had totaal niet op haar gerekend, zelfs niet aan haar gedacht en nu was ze hier in dit huis! Nog een paar stappen en hij zou haar zien. Hij voelde zijn slapen bonzen van spanning, maar hij herstelde zich snel en sprong bijna de laatste treden van de trap af. 'Maria, schat, je bent er!' riep hij verheugd uit. 'Van die spinnen valt vreselijk mee, maar boven is wel een prachtige kamer. Kom, dan laat ik je die zien.'

Maria had moeite om net zo snel om te schakelen en keek hem een ogenblik verward aan. Ze wist even niets te zeggen, maar de makelaar hielp haar op weg. 'Uw man ziet het huis geloof ik wel zitten,' zei hij blij. 'Zal ik meelopen voor de rondleiding?'

'Dat hoeft niet,' protesteerde Lesley. 'Boven weet ik zelf de weg al.' Hij keek haar uitnodigend aan en opeens begreep ze de situatie en lachte ze.

Lesley voelde zich warm worden door die lach op haar gezicht en in haar ogen, maar zo gemakkelijk gaf ze zich niet over. Ze liep op hem af en zei quasigeïrriteerd: 'En wie mag die Lily dan wel zijn?'

De makelaar zag de bui hangen en haastte zich zijn vergissing goed te praten. 'Die kwam heel toevallig ook langs. Ik zag haar voor zijn vrouw aan. Neem me niet kwalijk. Het was mijn fout.'

'Maar je kende haar wel?' Ze keek Lesley indringend aan. 'Ze was een collega van uw man, het was mijn fout.' De makelaar zag de koop in gedachten al niet doorgaan, alleen maar omdat hij zoiets stoms gezegd had. 'Ik bied mijn excuses aan,' zei hij. 'Het was een pure vergissing en ik had dat al helemaal niet tegen u moeten zeggen. Ook dat was fout.' Hij lachte, maar meer als een boer die kiespijn had.

'Het was juist goed om het tegen mij te zeggen. Weet ik nog net op tijd welk vlees ik in de kuip heb,' bromde ze, maar ze kon niet voorkomen dat er een kleine schittering in haar ogen te zien was.

'Liefje,' zei Lesley smekend, 'het was echt niets. Kom nou mee naar boven, dan laat ik je die prachtige kamer zien.'

'Hm,' zei ze nors, maar liep toch naar de trap toe. Ze probeerde haar gezicht in de plooi te houden, maar van binnen had ze plezier. Ze vond het verrassend leuk om hem weer te zien. Had nog vaak aan hem gedacht en zelfs een paar keer met zijn kaartje in de hand gezeten om hem te bellen, maar ze had het uiteindelijk toch niet gedaan. Ze was er nog niet aan toe, dacht ze, maar haar hart zei heel wat anders nu ze hem zo onverwachts weer zag. Ze liep achter hem aan naar boven en hij nam haar mee naar het atelier, waar de zon volop naar binnen scheen.

'Wat zie je er toch mooi uit,' zei hij blij en bekeek haar openlijk van top tot teen.

Ze droeg nu een lange bruine jurk zonder mouwen, die aan de voorkant knoopjes had van boven tot onder. De onderste en bovenste knoopjes had ze niet dicht gedaan, waardoor duidelijk te zien was dat ze er een andere jurk onder droeg, eentje die zacht en warm van kleur was, een crèmekleurige ondergrond met kleine blauwe en bruine bloemetjes. Op haar hoofd een grappig blauw hoedje met een wit lint, aan haar voeten zomerse blauwe pumps.

Ze glimlachte, maar reageerde niet op zijn opmerking, keek demonstratief de kamer rond en zei: 'Hier zou ik graag mijn werkkamer maken. Mijn bureau vlak bij het raam.' Ze knikte opgetogen. 'Je hebt gelijk, het is een prachtige kamer.'

'Ik had er eigenlijk een sportruimte van willen maken,' zei Lesley lachend. 'Met een hometrainer bijvoorbeeld.'

'Zie je,' zei ze grinnikend, 'dat wordt niets met ons!'

De makelaar was echter achter hen aangekomen en bemoeide zich ermee. 'Er is ook nog die zolder, daar kan ook prima een hometrainer staan.'

'Aha,' zei Maria vrolijk. 'Je hoort het, dit wordt mijn werkkamer.'

'Helemaal niet,' protesteerde Lesley, 'op zolder komt een biljart om te poolen met mijn vrienden.'

'Je meent het!' Ze trok haar neus op.

'Maar dat komt toch juist geweldig uit,' riep meneer Everts uit. 'Als u boven aan het poolen bent, kan zij hier mooi zitten werken.'

'En waar moet mijn hometrainer dan staan? En mijn gewichten?'

Haar blik gleed langs zijn gespierde armen, maar ze wist dat ze dat niet had moeten doen. Ze voelde haar hart sneller kloppen toen ze hem zo intens bekeek. Hij was nog steeds net zo mooi als toen ze hem ontmoet had op het terras. 'Je gaat maar naar de fitness,' zei ze met opgetrokken wenkbrauwen en in de hoop dat hij niet zag welke indruk hij op haar maakte. 'Dat hoeft niet thuis.'

De makelaar zuchtte. Hij vermoedde dat de koop niet doorging en dat was jammer, want de huizenmarkt liep de laatste tijd al minder goed dan een paar jaar geleden. Hij kon een verkoop goed gebruiken. 'Zullen we nu even beneden kijken?' stelde hij voor. 'Daar is ook een prachtige ruimte.'

'Graag,' zei Lesley. 'Ik wil die huiskamer met erker wel eens zien.'

Meneer Everts lachte opgelucht. Lesley was duidelijk nog steeds geïnteresseerd. Het leek er echter op dat zij de broek aanhad en dat haar wil wet was. 'Ik weet zeker dat u die ook prachtig vindt, mevrouw. Volgt u mij maar.' Hij ging hen voor de trap af. Opnieuw kwamen ze in de hal die Lesley vanaf het begin al indrukwekkend gevonden had. Nu liepen ze echter een van de deuren door en op hetzelfde moment wist hij dat hij dit huis wilde kopen.

Het was precies waar hij altijd al van gedroomd had. 'Mooi!' zei hij bewonderend. 'Echt mooi!' De kamer was een ouderwetse kamer-en-suite. Eigenlijk twee kamers dus, die van elkaar te scheiden waren met schuifdeuren. Die stonden nu echter wagenwijd open en hij liep enthousiast op het achterste gedeelte af, waar twee openslaande deuren uitnodigend naar de tuin verwezen. Met veerkrachtige passen liep hij door de kamers heen, de tuin in, die er net zo mooi uitzag als de tuin aan de voorkant. 'Maria,' riep hij, 'kom toch eens kijken wat een paradijsje.'

'En wat een werk,' mopperde ze om hem dwars te zitten, maar hij had gelijk. Het zag er geweldig uit.

'Je kunt hier heel beschut zitten,' zei de vrouw des huizes, die met een dienblad met kopjes koffie op hen afkwam. 'Er is altijd wel een plekje uit de wind te vinden.'

'Je kunt hier zelfs naakt zonnen zonder dat iemand je ziet,' zei Lesley tegen Maria. 'Daar houd je toch zo van?'

Ze kon zich niet goed houden en schoot in de lach. 'Helemaal niet, ik houd van dansen op het gazon en dat kan hier nergens!'

'Zullen we daarginds even gaan zitten?' stelde de vrouw voor. Ze liep op een tafeltje met stoelen af dat tussen struiken stond die vol rode bessen zaten.

'Je kunt je dessert zo uit de struiken plukken,' zei Lesley. 'Maria, die hometrainer, daar komen we wel uit. Wat vind jij?'

'Ik vind het huis te duur,' zei ze serieus.

'Daar kunnen we vast wel iets aan doen,' haastte meneer Everts zich weer met het gesprek te bemoeien. Dit ging immers de goede kant op! 'Hoeveel te duur?'

Maria fronste haar wenkbrauwen en keek hem nadenkend aan, maar Lesley was haar voor. 'Vijftigduizend euro te duur,' zei hij.

'Verkocht!' riep de vrouw enthousiast. 'Daar doe ik het voor.'

'Maar...' protesteerde Everts, die opeens niets meer in te

brengen had. 'Daar moeten we even over overleggen.'

'Echt niet. Ik accepteer dit bod.'

'Deal!' zei Lesley en hij stak zijn hand naar haar uit.

'Maar…' Dit ging de makelaar blijkbaar te snel.

'Niks maar,' zei de vrouw blij. 'Ik vind het een prima bedrag en ik wil hier weg. Ik wil naar ons nieuwe huis, waar mijn man al woont. Er zijn al veel kijkers geweest, maar niemand deed een bod. Ik pak dit met beide handen aan.'

'Afgesproken dus,' zei Lesley. 'Ik ga maandag naar de bank en regel de hypotheek.'

'Dan kunnen we maandag ook het voorlopige koopcontract wel tekenen,' vond de makelaar, die het weliswaar niet eens was met de prijs, maar wel begreep dat hij het ijzer moest smeden nu het heet was.

'Prima,' zei Lesley.

Maria had al die tijd niets gezegd, alleen maar glimlachend toegekeken. Nu richtte de makelaar zich toch tot haar. 'U zegt niets, maar u begrijpt dat ik uw handtekening maandag ook nodig heb.'

Ze lachte. 'Echt niet. Mijn man regelt zijn eigen zaakjes maar. Ik teken pas als ik die kamer boven als werkkamer in mag richten.'

'Maar als u een werkkamer wilt, betekent dat dat u werk hebt en dat u medekostwinner bent en dan moet u wel tekenen. Bovendien… Of nee… bent u soms onder huwelijkse voorwaarden getrouwd?'

'Precies,' zei Maria stralend. 'U snapt 'm. En mijn voorwaarde heb ik net duidelijk gemaakt.' Ze zette haar lege koffiekopje op tafel en stond op. 'U regelt de rest maar met hem.'

'Maria, je gaat niet zomaar weg.' Lesley stond ook op en keek haar smekend aan.

'Ik bel je nog wel,' zei ze vrolijk.

De makelaar keek haar met grote ogen na. 'Bel?'

HOOFDSTUK 6

Malou stormde zonder te kloppen Cynthia's kamer binnen. 'Je moet me helpen! Ik weet gewoon niet wat ik moet doen. Wat wil hij van me? Waar is hij op uit? Hoe moet ik me opstellen? Gaat hij met jou of heeft hij een andere vriendin?'

'Waar heb je het over?'

'Heeft Jakob wat met jou?'

Cynthia schudde zeer beslist haar hoofd.

'Met een ander dan?'

'Ik zou het niet weten, echt niet, Malou. Ik weet helemaal niets over zijn privéleven.'

'Maar jíj hebt niets met hem?'

'Eigenlijk vind ik dit een vraag die je niet mag stellen. Dat gaat je niets aan. Maar het antwoord is nee en ik wil weten waarom je dat vraagt.'

'Jullie zijn samen in Parijs geweest en volgens Josine sliepen jullie in hetzelfde hotel!'

Cynthia's gezicht betrok even. Zie je wel dat er geroddeld werd! Ze probeerde de geïrriteerdheid die ze voelde te verbergen en keek Malou aan. 'Jullie kletsen onzin,' zei ze kil. 'Ik weet heel goed dat jullie mij achter mijn rug om de ijskoningin noemen, maar als ik één nacht in hetzelfde hotel slaap, zijn jullie dat opeens vergeten en gaan jullie er gewoon vanuit dat ik met hem in bed lag!'

Malous wangen kleurden rood. Ze zei even niets, leek zich te schamen.

'Als je wilt roddelen, prima, maar klets dan over dingen die waar zijn en niet over dingen die jullie uit je duim zuigen!'

'Sorry,' zei Malou zacht. 'Je hebt gelijk.'

'Mooi en wat is er nou precies aan de hand? Waarom is het zo belangrijk om te weten of ik wat met hem heb?'

Malou sloeg haar ogen ten hemel en liet zich zuchtend op de stoel tegenover Cynthia's bureau vallen. 'Ik krijg het gevoel dat hij achter me aanzit. Alsof hij me wil.'

'Nou en? Dat wou je toch graag.'

'Poeh! Ik ben niet uit op een avontuurtje.'

'Hij misschien ook niet!'

'Hoe bedoel je?' Malou schoot rechtop. 'Wat weet je?'

'Joh, ik weet niets. Ik bedoel alleen maar dat hij jou misschien wel interessant vindt voor meer dan een avontuurtje.'

'Daar geloof ik niks van.'

'Wat is het probleem nu?' vroeg Cynthia.

'Ik weet niet wat ik moet doen! Hoe moet ik reageren? Ik dacht... Nou ja, omdat ze zeiden dat hij wat met jou had, ik bedoel, als hij wat met jou had, dan was het voor mij duidelijk. Dan wist ik dat ik nergens op in moest gaan, maar als dat niet zo is...'

'Dan wil je toch wel iets met hem,' stelde Cynthia vast.

'Nee, althans niet voor een nacht!'

Cynthia hoorde dat er een mail binnenkwam en met een schuin oog keek ze naar haar computer. 'Luister, Malou, ik ben druk en je stoort me in mijn concentratie. Zullen we vanavond na het fitnessen even samen iets gaan eten?'

Malou keek haar met grote ogen aan. 'Jij en ik?'

'Ja, jij en ik, hoezo?' Maar Cynthia begreep de verbaasde reactie heel goed, ze was zelf minstens zo verbaasd dat ze dit voorstelde.

'Omdat...' Maar Malou slikte de rest van de zin in, bleef alleen maar met grote ogen kijken, knikte toen snel ja. 'Graag, heel graag. Leuk, waar?'

'Bedenk jij maar wat, jij woont hier langer dan ik.' Cynthia boog zich naar de computer om aan te geven dat ze door wilde werken. Malou begreep het en verliet haar kamer.

De mail kwam van hun agent in Italië met de mededeling dat de firma Tappeti een klacht had ingediend. Nee, toch, dacht Cynthia geschrokken. Niet haar grootste klant. Aandachtig las ze de mail door en greep vervolgens de telefoon om het hoofd van de afdeling verkoop te bellen. 'Hadden we niet afgesproken dat Tappeti deze maand 250 shaggy karpetten, 350 hoogpolige met een pool van 7 millimeter van 100 procent scheerwol, 150 velours en 50 kokoslook karpetten zou krijgen?' zei ze duidelijk gepikeerd.

'Dat weet ik niet uit mijn hoofd. Ik zoek het even op.'

Cynthia wachtte ongeduldig, tekende ondertussen bloemen op haar notitieblok.

'Wat zei je precies? Ik heb de order nu voor me.'

Ze herhaalde wat ze gezegd had.

'Klopt, dat was de afspraak, maar het lukte ons niet om die 150 velours karpetten op tijd te leveren, zie ik hier op de afleveringsbon.'

'En dus?'

'Hebben we wat anders gestuurd. Ze krijgen ze volgende maand wel.'

'Zonder iemand op de hoogte te stellen of te vragen of dat goed is?'

'Cynthia, wat geeft het? Ze krijgen elke maand zo'n 800 karpetten van ons. Of ze die velours nu vandaag of volgende maand krijgen.'

'Denkt u daar zo over?'

'Ik wel, ja.'

'Nou, ik niet en de baas van Tappeti ook niet. Die dreigt ermee de rest van de leveringen af te zeggen.'

'Je meent het.'

'Ja!' zei Cynthia, die voelde dat ze steeds bozer werd. 'Zo ga je toch niet met klanten om? Afspraak is afspraak en als dat niet lukt, dan laat je dat weten. U stuurt niet gewoon wat anders.'

'Sjonge, meid, wat maakt die ene maand verschil nou uit.'

'U en mij misschien niets, maar Tappeti wil wat er afgesproken is en als dit niet snel in der minne geschikt wordt, hoeven ze de rest niet meer. Dat zijn hun woorden, niet de mijne.'

'Ach, Italianen zijn altijd zo heetgebakerd. Moet je je niks van aantrekken, Cynthia, morgen zijn ze het weer vergeten.'

'Maar ik niet. Ik wil dat klanten fatsoenlijk behandeld worden.'

De chef Verkoop zuchtte duidelijk hoorbaar. 'Als we gemeld hadden dat de velours karpetten een maand later zouden komen, hadden ze heus geen bezwaar gehad, dus wat is er nu aan de hand?'

'Hebt u een plaat voor de kop?' Cynthia schrok van haar eigen woorden. De chef werkte er al jaren en stond in behoorlijk hoog aanzien. Hoe kwam ze erbij om zo lelijk te doen?

'Je redt je er maar mee,' zei hij en het was duidelijk dat hij de verbinding wilde verbreken.

'Wacht even,' zei Cynthia, 'ik wil graag een lijstje met wat er precies geleverd is tot nu toe en wanneer en wat er volgende maand geleverd gaat worden.'

'Ik zal zien wat ik doen kan. Eind volgende week ligt het op je bureau.'

'Eind volgende week? Over vijf minuten, zult u bedoelen.'

Toen hoorde ze de ingesprektoon. Hij had opgelegd.

Ook zij legde de hoorn neer. Ze keek naar het notitieblok en zag dat ze de bloemen had doorgekrast en ze wist dat ze de fout in gegaan was. Ze was niet de afstandelijke vrouw gebleven die ze altijd speelde, ze had zich mee laten slepen door haar emoties en was duidelijk kwaad geworden.

Nou had ze, vond ze, in dit geval ook het volste recht om kwaad te worden. De chef Verkoop had wel erg nonchalant gereageerd en op zo'n reactie viel niet te bouwen. Hij had haar enorm in de steek gelaten, maar zij had niet hoorbaar boos moeten worden. Er was een barstje in haar koele, zakelijke masker gekomen, voelde ze. Hoe kwam dat?

Ze streek met haar hand over haar strak naar achteren

gekamde haren, zette haar bril beter op haar neus en stond op. Ze liep op het raam af en keek naar buiten, al zag ze niet veel. Ze haalde diep adem om rustig te worden en opeens begreep ze wat er aan de hand was. De chef kon het eigenlijk niet uitstaan dat zij een vrouw was, een vrouw met succes. Dat moest het gewoon zijn. Hij had het nooit laten blijken, maar hij was de jongste niet meer en vast en zeker nog van die generatie die vond dat vrouwen geen hoge banen hoorden te krijgen. Hij wilde haar laten voelen dat ze niets in te brengen had en dat hij degene was die het voor het zeggen had.

Ze zag zichzelf in het glas weerspiegeld en ontdekte een grimmige trek op haar gezicht. Toen glimlachte ze en verliet haar kantoor. Haar hakken klikten op de vloer terwijl ze over de administratieve afdeling liep naar de afdeling verkoop. Ze klopte op de deur van de chef en wachtte tot hij 'ja' riep.

'Sorry, dat ik zo uitviel,' was het eerste wat ze zei. Ze had besloten zich van haar zwakke kant te laten zien. Dat was ook niet koel en afstandelijk, maar nu ze haar boosheid had laten merken, was het misschien beter ook haar andere gevoelens te tonen. Bovendien kreeg hij zo de indruk dat ze van hem afhankelijk was en dat was waarschijnlijk precies waar hij op zat te wachten. Het werkte inderdaad onmiddellijk. De chef glimlachte naar haar.

Ze ging op de stoel tegenover zijn bureau zitten en keek hem enigszins hulpeloos aan. 'Het is mijn eerste grote klant,' zei ze ter verdediging. 'Ik wil zo graag dat alles goed verloopt.'

'Dat zal wel, maar bij zo'n grote levering gaat er altijd wel iets fout. Dat had je moeten incalculeren. Er spelen zo veel factoren mee.' Hij keek haar vanuit de hoogte aan. Alsof hij haar wilde laten voelen dat ze slechts een vrouw was die niets van het zakenleven begreep. Zijn minachting was van zijn gezicht af te lezen en het verbijsterde haar. Tot nu toe had ze dit nooit gemerkt of geweten, wat was er verkeerd gegaan?

'Helemaal bij orders die in onderdelen geleverd moeten worden,' voegde hij toe.

Ze knikte aarzelend, als om hem gelijk te geven en in zijn ogen zag ze dat ze het juiste gedacht had. Hij kon het niet uitstaan dat zij succes had – een vrouw! Hij had het geaccepteerd zolang ze kleine opdrachten binnenhaalde, maar nu ze misschien haast beter leek te zijn dan haar voorganger, kon hij het diep van binnen niet verkroppen en had hij naar een manier gezocht om haar onderuit te halen. Ze zag dat hij dacht dat hij haar nu in zijn macht had en dat hij vond dat dat zo hoorde. Ze keek naar haar handen die ze in haar schoot legde. Niet om zijn blik te ontwijken, maar om te voorkomen dat hij de hare zou zien. Hij kon het krijgen zoals hij het hebben wilde! Als hij vond dat mannen beter waren, zou ze hem in die waan laten. Hij had haar bewust een hak gezet, maar ze zou het slikken en meespelen en zonder dat hij het doorhad de dingen naar haar hand zetten. Hij zou dan misschien blijven denken dat mannen beter waren, maar hij zou wel naar haar pijpen dansen, als het tenminste op haar terrein viel.

Ze keek weer op. 'Ik denk dat ik Tappeti zo maar even moet bellen om onze verontschuldigingen aan te bieden,' zei ze redelijk timide. 'Zou ik toch een lijst kunnen krijgen met alle leveringen tot nu toe? Dan weet ik in elk geval waar ik het over heb.' Ze zag een triomfantelijke glimlach over zijn gezicht spelen en wist dat hij hiervan genoot. Hij greep naar een papier en schoof het over zijn bureau naar haar toe. Ze wierp er een blik op en zag dat het was waar ze om gevraagd had. Ze hield haar glimlach zorgvuldig in. Hij mocht niet zien dat ze eigenlijk plezier had. 'En kan ik ook te horen krijgen wat we de volgende maand gaan leveren?'

'Dat gebeurt in overleg met Inkoop. Dat weet ik nu nog niet. Als er morgen een staking uitbreekt in de een of andere fabriek, ligt alles stil en wordt er helemaal niets geleverd.'

'Dat begrijp ik, ja, dat is logisch, maar kan ik dan een verslagje krijgen van het overleg met Inkoop? Daar zou ik erg blij mee zijn.'

'Waarom?' Dit was blijkbaar een foute vraag geweest. Hij voelde argwaan.

'Omdat ik dan beter begrijp hoe het toegaat met leveringen,' haastte ze zich te zeggen. Nu glimlachte ze wel, maar het was een hulpeloze glimlach, die meteen weer zijn werk deed. 'Ik denk dat ik nog steeds niet goed doorheb waar het fout kan gaan.'

'Tja, je kunt nu eenmaal niet alles weten,' zei hij laatdunkend.

'Maar ik leer graag alles,' wierp ze tegen.

'Oké, jij krijgt je verslagje.'

Ze stond op, keek hem met een warme blik aan. 'Bedankt voor uw medewerking en voor uw begrip voor mijn situatie.' Ze zag de glimlach van minachting weer verschijnen, maar toen ze door het gebouw liep, verscheen op haar gezicht de glimlach van overwinning. Ze had hem in haar zak! Hij deed precies wat zij wilde. Ze hield zich in om niet het onzakelijke huppelpasje te maken en nam even later glimlachend de telefoon ter hand. '*Bongiorno!*' riep ze enthousiast tegen de directeur van Compagnia Tappeti.

Na het gesprek, dat gelukkig prima verliep, stuurde ze snel een mail terug naar hun Italiaanse agent, ruimde ze haar bureau op en reed ze naar het sportcentrum, waar Malou al driftig aan het fitnessen was. Cynthia koos het op dat moment enige lege toestel uit en nam plaats. Ze voelde zich goed! Ze had zich niet zakelijk opgesteld ten opzichte van de chef Verkoop, maar wel gekregen wat ze wilde en hij mocht dan op zakenvrouwen neerzien, vrouwen konden slimmer dan mannen zijn en gebruik maken van hun charmes of zogenaamde kwetsbaarheid. Dat hij dat niet doorhad! Maar hij voelde zich natuurlijk gestreeld dat ze hem naar de mond praatte.

Tappeti was blij geweest dat ze persoonlijk belde en vond het inderdaad geen ramp dat de velours karpetten een maand later kwamen. Hij wilde alleen wel graag in het vervolg van tevoren op de hoogte gebracht worden van wijzigingen in het afleverschema en dat kon ze hem garanderen.

Ze werkte een uur stug door aan de diverse toestellen en nam toen een douche. Haar haren waren losgegaan en ze stak ze nonchalant weer op. Een paar lokken hingen echter nog naar beneden, maar wat zou het? Ze had vrij en hoefde niet meer de koele zakenvrouw te spelen.

Malou was al weg. Cynthia reed naar het restaurant waar ze elkaar zouden ontmoeten. Ze parkeerde haar auto in de buurt en bleef even stil zitten. Eigenlijk heel verrassend dat ze met Malou afgesproken had. Tegelijk ook juist leuk en gezellig. Het was echter wel weer een barstje in haar masker. De koele Cynthia die met een collega ging eten. Maar dit barstje voelde goed aan. Ze was immers een mens en had ook behoefte aan vriendschap, gezelligheid. Waarom zou ze daar niet aan toegeven? Ze stapte uit, gooide geld in de parkeermeter en stak de straat over. Ze zag Malou voor het raam zitten, maar ze was niet alleen. Josine zat bij haar en twee vrouwen van de administratieve afdeling. Verbaasd liep ze het eetcafé in. 'Hallo!' zei ze. 'Wat toevallig.'

'Helemaal niet,' zei Malou lachend. 'We willen een strategie bespreken.'

Cynthia trok haar wenkbrauwen hoog op en ging bij hen zitten.

'Wat wil je eten en drinken?' vroeg Malou.

'Eh, doe maar een glas water. Ik heb dorst gekregen van het fitnessen en eh... hebben ze hier een dagmenu?'

'Dat hebben we!' Een serveerster was op hun tafeltje afgekomen en zette glazen voor de anderen neer.

'Mooi, doe dat dan maar.' Ze wendde zich naar de anderen. 'Strategie? Hoezo?'

'Nou,' zei Malou en haar gezicht kreeg een ernstige trek, 'ik ben niet de enige die denkt dat Jakob achter haar aanzit.'

De andere vrouwen knikten.

'En omdat jij de meeste ervaring met hem hebt, willen we met jou overleggen.'

'Ik begrijp jullie niet. Hoezo ervaring?'

'Cynthia, je bent met hem uit geweest. Dat bedoelen we.'

'Echt niet,' protesteerde ze, maar ze voelde zich opeens niet zo gemakkelijk onder de blikken van de vier vrouwen. Wat bedoelden ze toch? Dat zij stiekem iets met hem had? Dat zij... misschien zelfs wel naar bed geweest was met hem?

De serveerster kwam Cynthia's glas water brengen, maar Malou liet zich niet meer storen en begon haar verhaal. 'Luister. Als hij over de afdeling loopt, kijkt hij altijd mijn kant op. Hij komt soms naar me toe met de meest stomme vragen. Dus ik dacht dat dat smoesjes waren. Dat hij ergens op uit was. Hij belt me ook soms zomaar, terwijl dat totaal niet nodig is. Hij geeft me complimentjes over mijn kleding en kijkt me af en toe zo onderzoekend aan, dat ik er niet goed van word. Voor mij is het duidelijk dat hij met me flirt, maar op een manier dat anderen het niet zien. Een beetje achterbaks dus, geheimzinnig, maar tegelijk ook zo opwindend.

Ik begon me steeds vaker af te vragen wanneer hij nou verder gaat en me bijvoorbeeld uitnodigt om te gaan eten of zo. Ik fantaseerde er al van wat ik dan als antwoord zou geven en hoe we samen in een chic restaurant zaten. In elk geval dacht ik dat hij iets in mij zag, al kon ik me dat niet voorstellen. En dat was dus meteen het probleem. Ik voelde me ontzettend gevleid dat hij aandacht voor me had, maar ik wil geen avontuurtje met de baas. Dus hij verwart me, maar ik voelde me toch vóór alles vereerd dat hij juist mij leuk vond, tot ik erachter kwam...' Ze keek naar de twee vrouwen, die ijverig knikten. 'Wij hadden precies hetzelfde gevoel,' zei een van hen. 'Dat hij mij wil.'

'Of mij,' zei de ander. 'Hij maakt altijd toespelingen... Eigenlijk intieme toespelingen. Hij vindt bijvoorbeeld dat ik geen bril meer moet dragen maar contactlenzen. Hij zegt dat ik dan vast nog mooier word dan ik al ben.'

'Of hij zegt dat ik mijn haar los moet doen,' nam de eerste het weer over, die haar haren altijd in een paardenstaart droeg.

Cynthia keek verward van de een naar de ander. Ze had moeite haar oren te geloven. Haar blik bleef rusten op Josine, de directiesecretaresse. Die knikte en zei ietwat timide: 'Ik dacht hetzelfde, dat hij mij wilde versieren. Elke dag zegt hij wel iets over mijn kleding. Ik begon zelfs al kleding voor hem te kopen, in de hoop dat hij die wel mooi vond.' Ze kleurde. 'Ik dacht dat hij mij de leukste vrouw op het werk vond. Tot Malou liet doorschemeren dat zij dat ook dacht, van zichzelf dus.'

Cynthia opende haar mond om iets terug te zeggen, al wist ze niet wat. Gelukkig kreeg ze even de tijd om na te denken, want de serveerster bracht hun eten. Maar toen de vrouw weer weg was, begon ze te lachen. 'Ik kan jullie haast niet geloven,' zei ze met een grote grijns op haar gezicht. Ze schudde haar hoofd van verbazing heen en weer. Er ging een lok los, die voor haar ogen viel. Met een knik van haar hoofd probeerde ze die weer uit haar gezicht te werken, maar dat lukte niet. 'Ik dacht namelijk dat hij wat met mij wilde. Ik dacht zelfs… O, o, hoe is het mogelijk, dat ik dat dacht. Ik dacht dat hij speciaal voor mij naar Parijs was gegaan!' Opeens kon ze zich niet inhouden en begon te schateren. De anderen keken haar verbaasd aan omdat ze haar zo totaal niet kenden, maar lachten uiteindelijk net zo hard mee.

'En?' vroeg Josine, toen ze uitgelachen waren en aan hun eten begonnen. 'Hebben jullie het gedaan?'

'Ben je mal!' riep Cynthia uit. 'We hebben nog geen slaapmutsje samen gedronken.'

'Maar hij heeft het wel geprobeerd?'

Cynthia haalde haar schouders op. 'Ik weet niet wat hij geprobeerd heeft, ik heb hem gewoon nergens de kans toe gegeven. Dus er is niets gebeurd.'

'Maar je had wel gewild,' stelde Malou vast.

Cynthia keek haar opeens weer koel en zakelijk aan. 'Echt niet. Ik ben niet geïnteresseerd in mannen.'

De anderen keken haar volkomen perplex aan, maar Cynthia had niet door dat haar opmerking verkeerd werd uitgelegd en prikte wat sperzieboontjes aan haar vork. Zo zag ze niet dat de anderen elkaar met een knipoog aankeken. 'IJskoningin' vormde Malou met haar lippen. Nu begrepen ze waarom.

'Hij is nog erger dat het hoofd PZ,' zei Malou.

'Precies,' was Josine het met haar eens. 'Die probeert je duidelijk in zijn bed te krijgen. Meneer Ratsma junior gaat geraffineerder te werk.'

'Meneer Ratsma junior,' schaterde Malou. 'Nou, ik zeg gewoon Jakob, hoor. Directeurszoontje of niet. Iemand die zo te werk gaat, verdient mijn achting niet.'

Cynthia zei niets meer. Ze zat wat met haar eten te spelen en voelde pijn. Ze had zich nog zo voorgenomen zich nooit meer te laten bezeren door een man en nu was het toch gebeurd. Ze wist dat ze diep van binnen geraakt was door zijn opmerkingen en al was ze afstandelijk tegen hem geweest, ze had toch gemerkt dat hij haar wat deed. Dat had haar verrast en in stilte had ze toch af en toe haar gedachten naar hem laten gaan. Maar hij speelde dus met haar. Hij speelde met hen allemaal! Malou had volkomen gelijk. Iemand die zo te werk ging, verdiende geen achting. Ze schoof haar bord aan de kant, dronk haar glas leeg en haalde haar portemonnee tevoorschijn.

'Ga je weg?' vroeg Malou verbaasd. 'We zijn nog niet klaar! Wat doen we met Jakob als hij weer met ons flirt? We hebben zin om hem te grazen te nemen.'

Cynthia keerde haar hoofd af. Ze wist dat haar ogen vochtig geworden waren en dat wilde ze niet laten zien. Alweer een barstje in haar koele masker. Wat was er toch met haar? 's Middags de uitbarsting naar de chef Verkoop en nu dit?

'We denken allemaal,' zei Josine, 'dat hij ons binnenkort mee uit zal vragen. De toespelingen worden steeds duidelijker. We hadden gedacht: als hij een van ons vraagt, zegt ze 'ja' en dan vertelt ze het aan de anderen. Die gaan dan naar hetzelfde restaurant, zodat hij er met ons allemaal zit. Wat vind je daarvan?'

Cynthia had zichzelf weer onder controle en keek haar glimlachend aan. 'Prima idee. Laten we hem voor schut zetten.' Hij mocht dan hun baas zijn, maar dat gaf hem niet het recht met hen te spelen.

De dag erop was het vrijdag. Cynthia had niet echt goed geslapen. Behalve dat ze boos was op Jakob, die toch beetje bij beetje geprobeerd had achter haar masker te kijken, was ze boos op zichzelf omdat ze het had laten gebeuren. Dat ze zich gevleid voelde en af en toe aan hem dacht, terwijl het alleen maar een spel voor hem was. Het was verboden met iemands gevoelens te spelen! Dat deed je niet. Ze was blij dat het bijna weekend was en ze twee hele dagen had om aan zichzelf te werken en vooral zichzelf weer terug te vinden, maar deze dag moest ze nog door zien te komen.

Gelukkig was ze bezig met een leuke klus – een klant in Engeland wilde een brochure met de karpetten die zij ingekocht hadden en ze hadden haar gevraagd daar iets moois van te maken. Nu kon ze laten zien dat ze ook creatief was! Ze was geconcentreerd aan het werk en schrok dan ook duidelijk toen de deur van haar kantoor zomaar openging. Jakob!

'Ik stoor,' constateerde hij lachend. 'Wat ben je aan het doen?' Hij liep om haar bureau heen en keek op haar computer. Dat gaf haar de kans zich te herstellen en haar koele blik weer op te zetten.

'Ziet er goed uit,' zei hij waarderend. 'We mogen blij zijn met jou!'

'Dus toch?' vroeg ze afgemeten.

'Meid, als mijn vader blij is met jou, ben ik dat ook. Maar ik wil gewoon graag weten hoe jij je werk doet. Ik wil er zeker van zijn dat alles gebeurt zoals ik dat wil.' Hij liep weer om het bureau heen en ging op de stoel ervoor zitten. Hij keek haar met zijn innemende glimlach aan. 'Ach, mevrouw heeft haar ijsblik weer opgezet. Sjonge, wat kun jij kil kijken. Als blikken konden doden...' Hij lachte. 'Terwijl ik je nota bene een compliment geef!'

Ze keek hem aan en besloot te zeggen wat ze dacht: 'Natuurlijk krijg ik graag complimenten, maar je schijnt er behagen in te scheppen mij onderuit te halen, waardoor ik jouw complimenten eerder als slijmerig opvat dan als waarderend.'

'Zo!' zei hij verrast. In zijn ogen begon het te fonkelen. 'Dus je denkt dat ik slijm. Nou, dat zie je verkeerd. Ik heb het echt niet nodig dat jij mij leuk vindt. Ik ben hier namelijk de baas.'

'En dus heb ik het nodig dat jij mij leuk vindt.'

'Precies.'

'Dus moet ík slijmen.'

'Dat zou voor de verandering wel eens aardig zijn.' Hij stond lachend op en liep naar de deur. 'Ach, vergeet ik helemaal waar ik voor kom. Ga je vanavond met me uit eten? Ik heb een tafeltje gereserveerd bij Pompidou.' Hij lachte nu hardop. 'Leek me wel toepasselijk. Zal ik je om halfacht van huis ophalen?'

Ze had moeite haar koele blik vast te houden. Hij overrompelde haar, maar ze dacht aan wat ze gisteravond met de andere vrouwen afgesproken had en knikte. 'Prima, alleen kom ik zelf wel naar Pompidou toe. Acht uur daar?' Hij trok zijn wenkbrauwen op, maar bleef lachen.

Ze kon zien dat hij verrast was dat ze toestemde.

'Oké, acht uur daar,' zei hij opgewekt. Hij draaide zich om, opende de deur en draaide zich weer naar haar toe. 'En trek alsjeblieft dat Franse zwarte velours pakje aan, dat staat je beslist fantastisch!'

HOOFDSTUK 7

Ze werd wakker met een zwaar hoofd en haar ogen weigerden zich te openen. Stil bleef ze liggen en probeerde zich te concentreren op welke dag het was. Zaterdag! Dat moest wel, want de dag ervoor was het vrijdag geweest. Toch voelde ze dat haar haar nog in een stevig knotje bovenop haar hoofd zat en dat hoorde niet op zaterdag. Normaal trok ze er altijd op vrijdagavond de speldjes uit, om zaterdag met lange lokken wakker te worden. Wat was er aan de hand?

Toen wist ze het weer. Ze was de avond ervoor met Jakob uit geweest! Nu vlogen haar ogen open en ze ging recht overeind zitten. Een grimmige trek vloog over haar gezicht, toen moest ze lachen. Lieve help, wat een rare toestand was het geweest!

Ze had meteen Malou een mailtje gestuurd en verteld van de uitnodiging. Malou was haar kamer binnengestormd. 'Tof dat je het zegt! Maar wat een bak dat hij juist jou uitkiest!' Ze gierde het uit.

Cynthia voelde zich beledigd. 'Wat is er verkeerd aan mij? Had hij jou moeten vragen?'

'Nee, nee, zo bedoel ik het niet, maar dat hij uitgerekend jou vraagt is toch wel erg geinig. Josine mailde dat hij daarmee meteen door de mand viel, omdat hij laat zien totaal geen verstand van vrouwen te hebben. Een beetje man voelt zoiets aan, weet je!' Ze bleef gieren en Cynthia begon zich te ergeren. 'Gedraag je,' siste ze.

'O, sorry, natuurlijk, anders snapt hij dat we het over hem hebben.' Ze hield op met gieren, maar ze bleef lachen.

'Echt schitterend. Nou, je ziet ons wel. Tot vanavond.'

'Helemaal niet, ik wil weten waarom het zo geinig is dat hij juist mij vraagt.'

'Logisch, toch? Van alle vrouwen met wie hij de afgelopen weken heeft geflirt, kiest hij uitgerekend de enige die lesbisch is.' Opnieuw kreeg ze een lachbui. 'Sorry, hoor, ik kan er niets aan doen. Ik vind het echt super!'

'Wie is er lesbisch?' Cynthia's wenkbrauwen schoten omhoog.

'Hè?' Malou keek haar plotseling serieus aan. 'Jij toch? PZ noemt jou de ijskoningin, maar dat snappen we nu. Hij kon het natuurlijk niet uitstaan dat je niet op mannen viel en daarom nam hij wraak door jou zo af te schilderen.'

'Ik weet niet waar je het over hebt.'

'Maar je hebt...' Malou raakte verward, keek haar hulpeloos aan. 'Je hebt toch zelf gisteravond...'

'Ik heb niet de hele dag de tijd,' zei Cynthia kortaf.

'Je zei dat je niet op mannen viel, dan moet je toch wel lesbisch zijn,' verduidelijkte ze.

Cynthia's mond viel open en haar gedachten vlogen terug naar de avond ervoor. Ze wist dat ze dat onmogelijk gezegd kon hebben. 'Ha, ik heb gezegd dat ik niet in mannen geïnteresseerd was en dat is heel iets anders.'

'O?'

'Als ik een relatie wil, dan met een man, maar ik zoek geen relatie,' zei ze met haar kille blik in de ogen. 'Tot vanavond en doe me een lol, klets niet zo over mij.' Ze boog zich naar haar computerscherm en Malou verliet zwijgend haar kantoor.

Nu stapte Cynthia uit bed en liep naar de badkamer. De hete douche deed haar goed en er verscheen een glimlach rond haar lippen toen ze aan Jakob dacht.

Hij had aan de ingang bij de bar van het restaurant gezeten, maar zodra hij haar binnen zag komen, was hij van de barkruk gesprongen en op haar afgekomen. Zelden had ze een galantere man ontmoet! Hij was een en al charme en zei dat ze er schitterend uitzag, al vond hij het jammer dat ze het zwarte pakje niet aanhad, zoals hij gevraagd had. Er was maar een mogelijkheid dat hij wist van dat pakje en dat was dat hij haar in Parijs gevolgd was. Dat vond ze belachelijk en haar logische reactie was dan ook dat ze het niet aantrok voor hem. Zelf was hij wel in het zwart en ze moest inwendig toegeven dat het hem geweldig stond. Hij zag er nog slanker en vooral nog aantrekkelijker in uit.

Een ober bracht hen naar een tafeltje en schonk ongevraagd champagne voor hen in.

'Valt er wat te vieren?' vroeg ze met een uitgestreken gezicht.

'Natuurlijk. Het is een feest om met jou uit te gaan.' Hij hief het glas en klonk met haar. Ze nam een slokje en verontschuldigde zich toen. 'Sorry, toilet.'

In het damestoilet trof ze Josine, Malou en de twee andere vrouwen. Malou grijnsde. 'We hebben geloot. Ik mag als eerste.' Opgewekt liep ze naar het restaurant. Ze zag er heel sexy uit in haar korte jurkje met decolleté. Het tegenovergestelde van Cynthia, die haast preuts was aangekleed. De vrouwen liepen achter haar aan, maar bleven op gepaste afstand staan. Hij mocht nog niet weten dat ze er allemaal waren, maar ze wilden natuurlijk wel zien hoe hij op Malou reageerde.

Galant als hij was, stond hij ogenblikkelijk op, maakte een kleine buiging naar haar en bood haar een stoel aan naast hem. De stoel tegenover hem bleef leeg, want die was voor Cynthia. Ze zagen hoe Malou zich naar hem overboog, haar hand op zijn arm legde en blijkbaar iets uitdagends zei, zijn lichaamstaal sprak boekdelen, hij voelde zich gevleid en zelfs meer dan dat. Het sexy jurkje had duidelijk invloed op hem, dat was zelfs op die afstand te zien. Hij wenkte de ober en vroeg om nog een glas. Hij schonk het vol en toostte met haar.

'Nu ben ik,' zei een van de vrouwen van de administratieve afdeling. Op haar hoge hakken en met haar korte rokje en strakke topje liep ze het restaurant in, recht op het tafeltje van Jakob af.

Josine, Cynthia en de andere vrouw grijnsden. 'Moet je dat gezicht zien! Hij weet niet wat hij moet doen!' Maar ook haar bood hij een stoel en een glas aan.

'Nu ik,' zei Josine lachend. 'Nu komt hij in de problemen want de stoelen zijn op.'

'Wedden dat hij jou de mijne geeft,' zei Cynthia. 'Waarom moeilijk doen als het makkelijk kan?'

Ze had gelijk, al kon ze aan zijn gezicht zien dat hij zich niet meer op zijn gemak voelde. Josine had zich ook sexy gekleed en was haast niet te herkennen, nu ze geen secretaressepakje aanhad, maar een zwierige jurk met spaghettibandjes. Hij wist natuurlijk ook niet met wie hij praten moest. Tegen drie vrouwen was zijn charme niet opgewassen.

Cynthia gaf de volgende vrouw een zetje en ook zij liep met rechte rug door het restaurant. Ze had haar gebruikelijk paardenstaart thuis gelaten, haar lange haren dansten op haar blote schouders. Nu was hij wel verplicht er een stoel bij te trekken, maar aangezien hij van stijl en klasse hield, deed hij dat niet zelf. Opnieuw wenkte hij de ober, vroeg nu om een glas én een stoel, maar zijn ogen gingen inmiddels onrustig door de zaal. Hij begreep niet wat er gebeurde en hij wist niet hoe hij zich tegenover Cynthia moest verantwoorden als hij daar opeens met vier vrouwen zat.

Ze grijnsde, maar zette haar gezicht in de plooi en keek hem vanuit de hoogte aan toen ze bij het tafeltje was aangekomen. 'Ik dacht dat je met mij uit wilde. Als ik had geweten dat je de halve afdeling gevraagd had, was ik niet gekomen. Ik wens je een bijzonder prettige avond verder.'

Ze keek hooghartig naar de sexy jurk van Malou, naar de loshangende haren van mevrouw paardenstaart en draaide zich op haar hoge hakken om. Zonder op zijn protest te letten liep ze het restaurant uit. Buiten kon ze ze zich niet langer goed houden en schaterde het uit. Toch had ze

86

zich de rest van de avond niet goed gevoeld. Zoals hij op Malous jurk en woorden gereageerd had, maakte duidelijk dat hij diep van binnen helemaal niet in haar geïnteresseerd was. Hij was een donjuan die wilde kijken hoe ver hij kon gaan. Voor haar was hij te ver gegaan. Hij had haar gekwetst en ze was in een boze bui naar bed gegaan. Eigenlijk vooral boos op zichzelf.

Ze trok de speldjes uit haar haren, waste haar haar en droogde zich af. In haar ochtendjas liep ze naar de keuken waar ze een ei kookte en twee sneetjes knäckebröd belegde met kaas. Het was nog steeds prachtig weer, dus ze bracht alles naar het balkon, haalde de krant op en ging zitten. Dit was haar vrije zaterdag, de dag waarop ze altijd iets anders dan werken deed, de dag waarop ze meestal huizen ging bekijken in een lange vrolijke jurk, de dag waarop ze zich durfde te laten gaan, maar ze had er geen zin in en dat verraste haar. Ze voelde zich teleurgesteld in zichzelf. Ze dacht dat ze hard geworden was, maar blijkbaar was ze dat nog niet voldoende.

Ze pelde haar ei af, maar hield op omdat ze de telefoon over hoorde gaan. Ze liep naar de kamer. 'Ja?' zei ze niet al te toeschietelijk.

'Maria, met je oma. Hoe gaat het met je?'

'Oma...' Ze liep met de draadloze telefoon naar het balkon en ging weer zitten.

'Je klinkt niet opgewekt.'

'Ik heb de pee in.'

'Waarom, Maria?'

'Omdat ik... Omdat ik...' Houd je in, maande ze zichzelf. Ga nou niet zitten janken!

'Je hebt een man ontmoet,' constateerde oma.

Ze zweeg.

'Meisje, meisje,' verzuchtte oma. 'Maak het jezelf toch niet zo moeilijk. Niet alle mannen zijn zoals Roger. Als hij leuk is, geef hem dan een kans!'

'Hij is helemaal niet leuk,' riep ze, maar op dat moment zei een stemmetje in haar hoofd: en Lesley dan? Die is toch wel leuk? Ze was hem compleet vergeten, terwijl ze zo van plan was geweest haar belofte na te komen en hem vandaag te bellen.

'Cynthia Maria Vossen!' hoorde ze haar oma nadrukkelijk zeggen. 'Leer te accepteren dat je ook maar een mens bent en laat je gevoelens spreken. Word boos als dat moet, word blij als dat kan, word verliefd als de kans zich voordoet.'

'Maria is er niet,' zei ze zachtjes.

'En Cynthia?'

'Ook niet.'

'Lieve meid, wat jammer toch dat je zo ver weg woont. Ik had je graag even in mijn armen genomen en gewiegd, zoals ik deed toen je nog een klein meisje was.'

De tranen gleden inmiddels over haar wangen en in gedachten vloog ze terug naar de tijd dat ze zo klein was. Oma had haar altijd Maria genoemd, omdat ze zelf ook zo heette en het geweldig vond dat haar enige kleindochter gedeeltelijk naar haar vernoemd was. Bij oma durfde ze te huilen als ze gevallen was of als ze zich gestoten had. Aan oma durfde ze het te vertellen als ze gepest was op school. Aan oma kon ze altijd alles kwijt. Bij oma liet ze haar gevoelens zien. Oma Maria. Daarom had ze zich aan de makelaar voorgesteld als Maria. Omdat ze blij en opgetogen was toen ze huizen aan het bekijken was, omdat ze haar mooie lange jurk aan had en omdat de zon scheen. Maria was een gevoelsmens, Cynthia niet. Had ze gedacht. Haar ouders hadden haar altijd Cynthia genoemd, dat was ook haar officiële roepnaam en al hield ze van haar ouders met heel haar hart, ze waren strenger tegen haar geweest dan oma. 'Cynthia,' kon ze haar moeder nog horen zeggen, 'een grote meid huilt niet.'

Toen ze na het vertrek van Roger eindelijk weer overeind begon te krabbelen, had ze haar gevoelens van haar verstand gescheiden. Op kantoor was ze de zakelijke, afstandelijke Cynthia, in haar vrije tijd de gepassioneerde Maria die hield van dromen en fantaseren.

Nu zag ze in dat dat niet mogelijk was. Cynthia en Maria waren immers een en dezelfde. Cynthia had ook gevoelens en Maria kon ook wel afstandelijk zijn. Dat wist Lesley bijvoorbeeld inmiddels heel goed. Het was nu een week geleden dat ze gezegd had dat ze hem zou bellen, maar ze had het niet gedaan.

'Ben je er nog?' vroeg oma.

'Ja, ja, sorry. Ik begin mezelf door te krijgen.'

'En?'

'Ik moet proberen weer één persoon te worden, een evenwicht zien te vinden tussen mijn gevoel en mijn verstand.' Ineens zag ze het gezicht van de directeur van Tappeti voor zich. Ze zaten samen in een restaurant na een lang en uitgebreid zakelijk gesprek. Hij had haar een compliment gemaakt over haar uiterlijk, ze had hem afgemeten toegeknikt. Nu zag ze opnieuw zijn beledigde gezicht en eindelijk begreep ze hem. Een compliment over haar uiterlijk betekende nog niet meteen dat hij wat van haar wilde! Dat hij haar waardeerde als zakenvrouw had hij allang duidelijk gemaakt, dat hij haar bewonderde om haar kennis ook, maar verder mocht hij van haar niet gaan en waarom eigenlijk niet? Ze was toch een mooie vrouw. Waarom had hij dat niet mogen zeggen? Daar school toch geen kwaad in? Was ze minder zakenvrouw als ze hem met een glimlach bedankte voor het compliment? Nee toch zeker!

'Oma…'

'Ja?' Oma Maria kende haar kleindochter door en door en wachtte geduldig tot ze weer praten kon.

'Het is inderdaad jammer dat u zo ver weg woont, want ik zou best graag weer even dat kleine meisje willen zijn.'

'Dat kun je ook zonder mij,' zei oma. 'Verwen jezelf vandaag. Ga naar de kapper of koop een mooie jurk. Maar pas ervoor op dat je geen medelijden met jezelf krijgt.'

Ze knikte en de tranen hielden op. 'Bedankt, oma, dat u belde.' Ze wist wat ze ging doen. Ze zou een masker nemen, zichzelf eens flink insmeren met bodylotion, haar lichaam verzorgen en daarna zou ze een mooi huis uitzoeken in de krant en Lesley bellen om te vragen of hij morgen met haar naar dat huis toe wilde. Een vreemd huis was een veilige omgeving. Daar kon haar niets gebeuren en dan had ze toch haar belofte ingelost. Ze kon weer glimlachen en nam een hap van het koud geworden ei. Ze had het goed gezegd; ze moest een evenwicht zien te vinden tussen haar verstand en haar gevoel. Ze moest weer één zien te worden. Natuurlijk zou het zo blijven dat ze in haar vrije tijd meer gevoelens zou tonen dan op haar werk. Daar was haar functie immers naar. Maar ze moest proberen zichzelf niet meer in tweeën te splitsen.

Ze greep de krant en liet haar ogen over de huizenadvertenties glijden en ze merkte dat de opwinding van het zoeken en dromen haar weer in bezit kreeg. Haar oog viel op een klein kasteel dat te koop stond. Een kasteeltje! Dat was pas sprookjesachtig! Later op de dag zou ze Lesley bellen en vragen of hij dat wilde bekijken. Opgewekter dan ze wakker geworden was, ging ze opnieuw naar de badkamer, zette haar bril af en smeerde zorgvuldig een masker op haar gezicht. Toen ging de bel!

Ze verwachtte niemand en was dan ook niet van plan open te doen, maar de bel ging opnieuw en opnieuw, er werd zelfs op haar deur gebonsd en dat betekende dus dat de persoon al boven was. Hoe was die het flatgebouw ingekomen?

'Cynthia! Doe open. Ik weet dat je thuis bent.'

Het was Malou. Hoe wist ze haar adres? Ze trok haar ochtendjas verder dicht en deed open. Malou bleek niet alleen te zijn, Josine was er ook en beiden barstten in lachen uit toen ze haar witte maskergezicht zagen. 'Verwendagje?' vroeg Malou lachend. Zonder te wachten of ze werd uitgenodigd liep ze de gang in. Josine volgde haar. 'We hebben zin om even na te kletsen. Je wilt vast wel weten hoe het gegaan is nadat jij vertrokken bent? Kleed je aan, dan gaan we op een terras zitten.'

'Hoe...?'

Malou viel haar in de rede. 'Josine had je telefoonnummer,

maar je was steeds in gesprek en dus hebben we op internet je adres gezocht. Kom, trek wat leuks aan en ga mee.'
Cynthia aarzelde. Malou en Josine kenden haar niet anders dan in haar keurige zakenpakjes, maar zij hadden beiden vrijetijdskleding aan. Malou een strakke spijkerbroek met een vrolijk T-shirt, Josine een witte korte broek met een knalgroen topje. Dan kon zij niet aankomen met een grijze lange broek en een idem colbertje. 'Oké, ga zitten.' Ze wees naar de huiskamer en haastte zich terug naar de badkamer, veegde haar gezicht schoon, kamde haar lange haren, deed haar contactlenzen in en liep naar de slaapkamer. Ze hoorde Malou en Josine samen schateren en vroeg zich af wat er zo leuk was. Ze haalde een korte spijkerrok tevoorschijn en een rood topje. Daar overheen trok ze een bontgekleurde blouse aan, waarvan ze de punten in een knoop legde. Misschien tegenwoordig niet meer modern om er zo bij te lopen, maar in de weekends was ze nu eenmaal niet zo modern als door de week op haar werk.
Malou keek haar duidelijk verrast aan. 'Ben jij dezelfde Cynthia als die van mijn werk? Waar is je bril? Waar is je knotje?'
Josine lachte. 'Wow. Zo zou Jakob je niet eens herkennen.'
'Maar wel meteen hard achter je aanlopen,' vond Malou.

Ze liepen gedrieën naar het dichtstbijzijnde terras, bestelden koffie en lieten de warme zonnestralen tot zich doordringen. Toen de koffie er was, kon Malou zich niet langer inhouden. 'Het was een superavond!' zei ze stralend. 'We hebben zo'n lol gehad! Jakob is echt een toffe gozer!' Josine knikte en leek het roerend met Malou eens. Cynthia keek verrast van de een naar de ander.
'Hij keek jou even verbaasd na,' ging Malou enthousiast verder, 'maar bestelde toen nog een fles champagne en vroeg wat we wilden eten. Hij heeft alles voor ons betaald en we zijn behoorlijk aangeschoten geraakt. Hij ook! Het was echt super! Hij kan zo charmant zijn en zulke grappi-

ge dingen vertellen. Hij heeft heel wat meegemaakt in Amerika. Af en toe kregen we gewoon de slappe lach van wat hij vertelde.'

'Hij was zo anders dan op het werk,' nam Josine het van haar over. 'Net zo charmant natuurlijk, maar totaal niet meer formeel. Lekker losjes en spontaan. Echt een ander mens!'

Malou keek even ernstig en zei zacht: 'Misschien word ik toch wel verliefd op hem...'

'Of ik...' zei Josine dromerig. 'Hij was echt leuk!'

Cynthia keek verbaasd van de een naar de ander. Jakob had het voor elkaar, terwijl ze precies het tegenovergestelde hadden willen bewerkstelligen.

'Hij vertelde over zijn werk in Amerika,' ging Malou nu op luidere toon verder. 'Hij werkte daar op de zaak van zijn schoonvader en dat was zo'n zakenman dat hij hem zelfs met meneer aan moest spreken op het werk, ook al was hij zijn schoonzoon. Op een dag,' zei Malou lachend, 'vergat hij dat en noemde hij hem John. De man werd woest, want dat mocht niet en voor straf moest Jakob de vloer in de grote hal dweilen. Belachelijk toch?'

'En hij heeft het nog gedaan ook,' zei Josine schaterend. 'Hij wilde zijn baan en zijn vrouw niet kwijt.'

'Kun je je dat voorstellen?' riep Malou. 'Dat hij de vloer moest dweilen in de hal, waar iedereen hem zien kon! De schoonzoon van de directeur!'

Cynthia moest ook wel lachen bij het idee, maar schudde toch haar hoofd. 'Ik kan me niet voorstellen dat hij dat echt gedaan heeft.'

'Ja, joh, als je getrouwd bent, moet je wat voor de familie overhebben!' Malou lachte zo hard dat anderen op het terras naar het drietal keken en probeerden mee te luisteren naar hun duidelijk geanimeerde gesprek.

Cynthia begon zich ongemakkelijk te voelen. Ze hield er niet zo van om op deze manier de aandacht te trekken, maar er was ook iets anders waar ze grote moeite mee had. Ze droeg de kleren van 'Maria', maar zat tegenover twee vrouwen van haar werk. Ze wist niet hoe ze zich moest gedragen. Haar losse haren gaven haar het gevoel dat ze vrij was en vrolijk kon zijn, dat ze haar afstandelijke masker af kon zetten, maar Malou en Josine kenden alleen dat masker en dus durfde ze het niet echt af te zetten.

'Op een dag,' ging Malou verder, die het juist wel leuk vond dat anderen meeluisterden en daardoor harder ging praten en nog grotere gebaren met haar armen maakte, 'had hij een cadeautje voor zijn vrouw gekocht. Ze was die dag jarig.'

'Ja, dat was echt grappig!' viel Josine haar bij en schoot in de lach bij de herinnering.

'Hij wilde niet dat zij het zou zien, dus hij moest het verstoppen. Ze werkte daar ook, weet je. Hij wist alleen niet waar hij het moet verstoppen en bracht het naar zijn secretaresse met het verzoek of zij er zo lang op wilde letten tot hij naar huis ging. Het was een grote doos met luchtgaten. De secretaresse had geen idee wat erin zat, maar ze vond het prima dat die doos zolang achter haar bureau stond, uit het zicht van iedereen. Op een gegeven moment hoorde ze vreemde geluidjes. Ze schrok zich te pletter tot ze doorhad dat die geluidjes uit de doos kwamen. Ze durfde niet te kijken wat erin zat, maar rende haar kamer uit. Ze was als de dood voor dieren, maakte niet uit welk dier.'

'Zat er een dier in dan?' vroeg Cynthia verbaasd. Malou bracht het verhaal zo spannend dat ze een en al oor was.

'Dat moest wel, toch? Anders maakte het geen geluiden. Nou, op de gang kwam ze de grote baas tegen, die vroeg waarom ze er zo paniekerig uitzag en hij keek haar heel minachtend aan omdat een secretaresse zich zo niet hoorde te gedragen in zijn ogen. Ze durfde niet te vertellen wat er was, omdat ze dan moest vertellen van het cadeau en Jakob had nadrukkelijk gezegd dat het een verrassing was voor zijn vrouw. Dus ze stond in tweestrijd, maar de directeur werd zo boos omdat ze niet meteen antwoord gaf, dat hij vroeg of ze soms zin had in dweilen.'

Josine gierde het nu uit en ook Cynthia kon niet anders dan meelachen. Ze zag de keurige secretaresse in gedachten al met een schort voor en een emmer met water op haar knieën door de hal kruipen.

'Dus begon ze hem eerst maar eens van harte te feliciteren met de verjaardag van zijn dochter. Dat vleide hem, dat ze dat blijkbaar wist, maar het werkte niet echt, want hij wilde toch weten waarom ze zo paniekerig door de gang liep. Toen vertelde ze alsnog van het cadeau van Jakob voor zijn vrouw en dat er geluid uit kwam. De baas werd boos. 'Kan hij dan nog steeds zijn privéleven niet scheiden van zijn werk?' vroeg hij woest en liep naar haar kamer en trok de doos vanachter haar bureau vandaan. Hij haalde het deksel eruit en weet je wat erin zat?'

'Een hondje,' stelde Cynthia voor.

'Nee! Twee ratten!' gilde Malou schaterend. 'Twee dikke woestijnratten.'

Het was duidelijk dat iedereen op het terras genoot van Malous verhaal. Overal werd nu hardop gelachen en Malou genoot van de belangstelling. 'En weet je wat er toen gebeurde?' vroeg ze meer aan de anderen dan aan Cynthia. 'De grote baas schrok en werd zo woest dat hij het deksel uit zijn hand liet vallen en de doos een trap gaf. Nou, je kunt wel raden wat er gebeurde.' Ze keek vragend om zich heen.

'De ratten ontsnapten,' zei iemand op het terras.

'Ja!' jubelde Malou. 'Ze renden door de kamer van de secretaresse heen, die nu helemaal in paniek was en door het gebouw holde op weg naar de uitgang.'

'De baas deed snel de deur dicht,' ging Josine nu verder, die blijkbaar ook wel wat aandacht wilde, 'maar te laat. Eentje was er al vandoor en liep vrij rond in het gebouw!' Ze gierde van de lach. 'Zo'n enge rat met zo'n kale staart.' Ze rilde zichtbaar. 'Ik moet er niet aan denken!'

'Maar waarom had Jakob dan zulke griezelige beesten gekocht?' vroeg Cynthia, die zich ondanks het malle verhaal nog steeds niet voldoende kon ontspannen.

'Omdat zijn vrouw die graag hebben wilde!'

'Dat meen je niet?'

'Ja, echt, ze wilde graag iets levends in huis, maar dan wel iets waar ze niet veel voor hoefde te doen. Een kind was te veel werk en een hond ook, want die moet je uitlaten. Ratten zitten gewoon in een hokje en klaar is kees.' Malou veegde de tranen van het lachen van haar wangen.

'En toen?' vroeg Cynthia.

'Hij was woest, want hij was eigenlijk doodsbang voor ratten. Zo'n kerel! Laat zijn schoonzoon dweilen, maar is bang voor ratten. Haha! Hij belde Jakob op en donderde door de telefoon dat hij direct moest komen. Jakob voelde de bui hangen en haastte zich naar de kamer van de secretaresse, maar hij wist niet dat die rat daar vrij rondliep en liet de deur openstaan.'

'Dus rat nummer twee liep ook de gang op,' lachte Josine.

'Eentje hebben ze nog kunnen vangen,' maakte Malou het verhaal af, 'maar die andere zijn ze nooit meer tegengekomen. Vooral de vrouwen durfden wekenlang niet naar hun werk en keken elke ochtend in alle hoekjes en gaten of het wel vertrouwd was. Schitterend. Jakobs vrouw kon er ook al niet om lachen, al was ze wel blij met die ene rat en heeft ze er zelf nog een tweede bij gekocht, want één rat was veel te zielig, vond ze.'

'En je weet wat ratten doen,' proestte Josine, 'die doen het als konijnen. Een paar weken later hadden ze tien ratten!'

'En drie jaar later zijn ze gescheiden,' eindige Malou.

Er steeg een applaus op en ook Cynthia merkte dat ze vrijuit mee kon lachen en dat ze plezier had in het verhaal en vooral in de manier waarop het gebracht was. 'Ik bestel nog wat te drinken,' zei ze opgewekt. 'Koffie of eh…'

'Doe mij maar een wodkajus,' zei Malou. 'Misschien kan ik daarmee de kater van gisteravond de das omdoen.'

'Ik doe met je mee,' zei Josine.

Cynthia aarzelde en voelde dat ze terugviel in haar afstandelijke rol. Het was amper twaalf uur en dan al alcohol?

Maar ze zag de vrolijke gezichten om zich heen, ze zag dat Josine niet meer herkenbaar was als directiesecretaresse en voelde dat ze mee wilde doen. 'Oké, dan neem ik wijn.'

Drie glazen, één broodje gezond en tientallen verhalen later, vond Cynthia dat het tijd werd om naar huis te gaan. Het was verrassend gezellig en ontspannend geweest, maar ze moest nog boodschappen doen en ze bleef heen en weer schommelen tussen 'Maria' en 'Cynthia'. Ze had er nog steeds moeite mee zich helemaal bloot te geven waar haar collega's bij waren. Wat moesten ze wel niet van haar denken als ze hen weer op kantoor zag en zij haar knotje en bril weer op had? Tegelijk voelde ze boosheid in zich opkomen. Josine kon het ook. Waarom zij dan niet? En keek ze nu anders tegen Josine aan? Ja, dat wel, maar alleen maar positief. Ze vond het geweldig dat Josine zo gezellig en grappig kon zijn in haar vrije tijd en een perfecte secretaresse onder werktijd, dus wat was er verkeerd aan haar eigen gedrag dan? Niets, helemaal niets, maar ze had zo haar best gedaan zich een zakelijke uitstraling aan te meten, dat ze die nu niet zomaar af kon zetten voor Josine en Malou.
Ze pakte haar tasje om haar portemonnee te zoeken, maar keek op toen Malou begon te roepen. 'Hé, Mar! Martin!' Ze zwaaide met haar arm. 'Hier!'
Cynthia zag een man van rond de dertig lachend op hen afkomen. 'Malou, leuk je weer eens te zien!' Hij keek nieuwsgierig naar de vrouwen die bij haar zaten.
'Ga zitten, drink er eentje mee! Dit zijn vriendinnen van het werk,' zei ze spontaan. 'Josine en Cynthia.'
Martin gaf hen een hand en een warme glimlach en ging bij hen zitten. Cynthia voelde zich enorm verrast door het woord vriendinnen. Was zij dat? Malous vriendin? Zag Malou haar zo? Het verwarmde haar en haar beslissing om op te staan, vergat ze.
'We zijn nog aangeschoten of alweer,' zei Malou grinni-

kend, 'maar dat zal jij vast niet erg vinden. Martin is een vriend van mijn broer,' legde ze uit aan haar 'vriendinnen'. 'En hij is nog vrijgezel, net als Josine en Cynthia,' zei ze met een ondeugende knipoog.

'Jij niet meer?' vroeg hij met opgetrokken wenkbrauwen.

'Ja, joh, ook nog steeds, maar ik ken jou al jaren, dus dat is niet interessant.'

'Bedoel je dat ik niet meer interessant ben als je mij jaren kent of jij niet?'

'Haha. Jij niet.'

'Bedankt voor de waarschuwing,' zei Josine grijnzend.

'Je ziet het,' zei Martin quasigeïrriteerd. 'Aan jou heb ik nogal wat. Ze kennen me nog niet eens, maar zijn nu al op me uitgekeken, terwijl ik ze allebei bijzonder interessant vind om te zien.'

'Oeps,' zei Malou. 'Zo bedoelde ik het niet.' Ze legde haar hand op Josines arm en boog zich naar haar over. 'Martin is werkelijk een schat, maar voor mij hoort hij zo'n beetje bij de familie en met familie begin je nu eenmaal geen relatie, maar als je wat in hem ziet, mijn steun heb je. Volgens mij is hij tweeëndertig, dus heel geschikt voor jou.' Ze keek Martin lief aan. 'Zo goed?'

'Hm, maar waarom zij? Ben ik niet geschikt voor Cynthia?'

'Vast wel, je bent gewoon een toffe peer, maar Cynthia zit even niet op een relatie te wachten.'

Cynthia kleurde. Het was waar, maar moest dat zo openlijk gezegd worden? Daarmee liep je toch niet te koop? Martin reageerde echter heel nuchter en zei lachend: 'Oké, dan zal ik je niet lastigvallen.' Vervolgens keerde hij zich naar Josine, maar Cynthia hoorde niet wat hij zei. Ze was diep in haar eigen gedachten verzonken. Vroeger was ze ook zo open en spontaan als Malou, waarom kon ze dat niet terugvinden? Waarom voelde alles toch zo geforceerd aan vergeleken met Malou. Ach, hoe het gekomen was, wist ze wel, maar waarom kon ze haar eigen ik alsmaar niet terugvinden? Het was toch veel leuker om zo spontaan te zijn. Je kreeg er ook veel meer vrienden door. En die miste zij best. Er werd gezegd dat je uit elke crisis sterker naar boven kwam en zo had ze zich de afgelopen jaren ook echt gevoeld: een sterke vrouw. Maar ze begon steeds duidelijker te begrijpen dat ze nog niet sterk genoeg was. Het enige waar ze echt sterk in was geweest, was haar masker ophouden en die kracht was ze opeens kwijt. Zonder dat masker voelde ze zich zo bloot en zo te kijk staan. Als Maria had haar dat niets kunnen schelen. De mensen die ze dan tegenkwam, zag ze toch nooit meer, alleen dan toevallig die makelaar Everts twee keer en… ja, ook Lesley twee keer. Lesley, ze schrok ervan dat hij opeens haar gedachten binnendrong. Ze zag er tegenop hem te bellen en wist dat ze het nooit had moeten beloven! Maar keer op keer lukte het hem haar dingen te laten zeggen, die ze niet van plan was. Ook Maria had een masker op gehad en daar was het Lesley die het voor elkaar kreeg barsten in dat masker te maken.

'Hé, hallo dame, ben je er nog?' Malou stak haar hand over het tafeltje heen en schudde aan Cynthia's arm, die totaal niets meer had meegekregen van haar omgeving. Geschrokken keek ze op en tot haar schrik merkte ze dat haar wangen nat waren.

'Ben je ziek? Heb je te veel gedronken?' vroeg Malou. 'Is er wat?'

'Nee, nee, ik ga even naar het toilet en bestel nog maar een kop koffie voor me.'

De anderen keken haar verbaasd na, maar Cynthia was minstens net zo verbaasd. Drie jaar geleden was het nu dat Roger haar in de steek had gelaten. Het werd echt tijd dat ze daar overheen kwam. Ze waste haar gezicht met koud water en liep weer terug naar buiten. Glimlachend ging ze zitten. 'Als ik de koffie opheb, ga ik echt naar huis. Ik moet nog boodschappen doen.'

'Helemaal niet,' riep Malou, 'we gaan straks samen wel boodschappen doen. Wij moeten ook nog en vanavond gaan we uit eten. Ik bel nog een paar vrienden, want een man met drie vrouwen is niks, maar jij gaat echt niet naar huis! Wat jij, Josine?'

Als Malou zo bazig was geweest op het werk, zou Cynthia zeker haar koele gezicht opgezet hebben en haar de deur gewezen, nu liet ze het tot haar verrassing over zich heen komen. Malou had iets wat zij ook gehad had en dat wilde ze terug, dat voelde ze opeens haarscherp! Misschien was het inderdaad zo gek nog niet om wat langer in haar buurt te blijven vandaag.

Het bleek een beslissing waar ze bepaald geen spijt van kreeg.

HOOFDSTUK 8

Lesley aarzelde en keek de verkoopster hulpeloos aan. 'Wat is er?' vroeg ze glimlachend.
'Ik weet niet wat ik moet kiezen,' zei hij. 'Ik vind deze groene kleur prachtig...'
'Dan neemt u die toch,' riep ze enthousiast uit. Ze liet hem niet eens uitpraten. 'Dit is hartstikke modern. De nieuwste kleur. Net binnengekomen. U hebt wel gevoel voor mode, hoor!'
'Dat kan zijn, maar ik ben bang dat ik er snel op uitgekeken ben.'
'Hoezo?' Ze keek verbaasd.
'Nou, het is zo'n opvallende kleur en ik heb heel wat meters nodig. Ik heb grote ramen en wil gordijnen van het plafond tot op de vloer. Als ze dicht zijn, is dus de hele wand heldergroen.'
'Lijkt me geweldig!' riep ze uit.
'Of niet. Je kunt er ook gek van worden,' vond Lesley.
'Dan koopt u toch gewoon nieuwe, als u erop uitgekeken bent.'
Hij trok zijn wenkbrauwen op. 'Afgezien van wat dat kost, is dat een hele onderneming.'
'Welnee. U weet toch dat het naaien en ophangen bij de prijs is inbegrepen. Dat doen we graag voor u.'
Hij zuchtte. 'Ik was niet van plan gordijnen te kopen waarvan ik denk dat ik ze binnen een jaar alweer moet vervangen.'
'Maar dat is toch juist leuk? Dan ziet uw kamer er weer heel anders uit.'

'Ik vind dat je er wel een beetje gemakkelijk over doet.'

De verkoopster haalde haar schouders op. 'Ik zou gewoon nemen wat ik nu mooi vind en dan zie ik volgend jaar wel weer.'

'En ik was van plan me nu goed in te richten, zodat ik er jaren niet meer naar hoef om te kijken.'

'Oké, dan laat ik u wat neutralere stoffen zien. Loopt u mee?' Ze ging hem voor naar de andere kant van de grote zaak, waar zoveel hing, dat het Lesley ontmoedigde. Hij was vol enthousiasme de winkel ingestapt, maar al na een paar minuten zag hij door de stoffen het gordijn niet meer. Was Maria er maar, schoot het door hem heen. Hij schrok van de gedachte. Hij had de hele week zo zijn beste gedaan niet aan haar te denken, maar bij alles wat hij deed, kwam ze toch weer boven drijven. Maria was een vrouw die wist wat ze mooi vond en hij had dringend behoefte aan een vrouwenhand of nee, een vrouwenoog. Iemand die hem hielp te beslissen bij het inrichten, iemand die een mening had. En het was gewoon zo dat vrouwen meer verstand hadden van inrichten dan mannen en vooral beter inzagen hoe iets zou staan. Vrouwen hadden het in zich iets zo in te richten dat het echt gezellig was, terwijl mannen er vaak maar een zakelijk boeltje van maakten. En Lesley wilde een huis waarin hij zich thuis voelde, op zijn gemak. Een huis dat gezellig ingericht was. Met behulp van een vrouw dus.

Maria... Ze had gezegd dat ze zou bellen en hij had er ook zo op gerekend dat ze dat zou doen, maar er was een week voorbij gegaan en ze had niet gebeld. Elke dag had hij zich naar huis gehaast om te zien of ze misschien iets had ingesproken, maar ze stond geen enkele keer op het antwoordapparaat. Er waren ook geen gesprekken gekomen van iemand van wie hij het nummer niet in beeld kreeg. Ze had niet gebeld.

'Kijk, deze zachtbeige kleur is heel neutraal. Die zal u vast niet de keel gaan uithangen.'

'Om eerlijk te zijn, doet ie dat nu al,' bromde Lesley. 'Dat is toch veel te saai?'

'Wat voor soort huis is het? Wat voor meubels hebt u? Modern? Klassiek?'

'Van alles wat, maar het huis is vrij oud.'

'Dan zou ik toch maar zoiets als dit doen. Dat moderne groen past niet bij een oud huis.'

'Maar dit is saai!' riep hij vertwijfeld uit.

'Weet u wat?' Het gezicht van de verkoopster lichtte op. 'Ik geef u een stalenboek mee, dan neemt u dat mee naar huis en kunt u ter plekke bepalen wat u mooi vindt. Lijkt u dat niets? U mag het boek gerust twee weken houden, hoor, we hebben er nog wel een paar.'

'Twee weken? Laat dan maar. Ik krijg de sleutel pas over drie weken, maar dan wil ik er zo snel mogelijk in, daarom wil ik nu vast gordijnen bestellen.'

'Dat kan dus niet,' zei ze. 'Of weet u de exacte maten? Normaal komen we altijd thuis opmeten. We meten de boel liever zelf op, weet u. Als het dan fout gaat, hebben we het zelf gedaan.'

Hij had het gevoel dat hij hier geen stap verder kwam. Ze was aardig en behulpzaam, maar ze hielp hem niet een knoop door te hakken. Hij knikte. 'Dan kom ik misschien nog wel eens terug als ik het huis heb. Bedankt voor de moeite.' Lesley liep de winkel uit en bleef buiten even stilstaan. Hij ademde diep de zomerse lucht in en liep toen verder. Hij ergerde zich aan zichzelf. Al weken was hij bezig geweest een huis voor zichzelf te zoeken, maar sinds hij Maria ontmoet had, kon hij alleen nog maar aan haar denken en leek het inrichten van een nieuw huis opeens helemaal niet leuk meer als dat niet samen met haar kon. Belachelijk. Hij wist best dat ze geen relatie met hem wilde en zelfs als ze dat wel zou willen, dan kwam ze heus niet morgen al bij hem inwonen. Morgen? Zijn gezicht betrok. Ze belde niet eens, hij zou haar dus nooit meer zien, laat staan dat er van iets anders sprake kon zijn.

's Morgens had hij een prachtige bank gezien, de levertijd

bleek zes weken, dus hij moest opschieten met bestellen. Maar ook daar had hij de knoop niet door kunnen hakken, omdat hij niet wist of Maria de bank wel mooi zou vinden.

Zou hij Lily bellen? Zij was immers ook een vrouw. Misschien had zij ideeën over de inrichting? Ach nee, ideeën had hij zelf wel, maar in kleurencombinaties was hij gewoon niet goed. Of zou ze dat raar vinden? Zou ze er iets achter zoeken? Hij wilde geen problemen op zijn werk. Lieve help, wat was hij moeilijk aan het doen. Hij kon wel een psycholoog gebruiken, bedacht hij grijnzend. Hij zou gewoon maandag op het werk wel eens poolshoogte nemen of Lily verstand van kleuren had en zin had een keer met hem te gaan winkelen. En anders was zijn moeder er nog. Voorlopig had hij de sleutel nog niet eens, dus haast was er ook niet bij. Hij was alleen maar vast gaan zoeken om niet de hele dag aan Maria te hoeven denken. En daar was ze dus alweer! Lesley besloot om naar zijn poolcafé te gaan. Daar zat altijd wel iemand die hij kende en een partijtje was niet alleen ontzettend leuk, maar bracht hem ook de afleiding die hij nodig had. En misschien zat er ook wel iemand waar hij de volgende dag iets mee kon doen. Het werd tijd dat hij wat meer vrienden om zich heen verzamelde. Zoiets was altijd moeilijk in een nieuwe omgeving, maar hij kende nu al mannen genoeg uit het poolcafé. Daar moest toch ook iemand bij zijn met wie hij kon vissen of een terrasje pikken of die ook graag aan bodybuilding deed. Hij zei altijd tegen een cliënt als die klaagde over eenzaamheid: 'Ga wat doen, word lid van een club, zoek contact.' Dat gold natuurlijk ook voor hem.

De barkeeper herkende hem en stak joviaal zijn hand op. Lesley bestelde een biertje en liep door naar de achterzaal, waar drie pooltafels stonden. Het was er niet druk, dus hij werd van harte verwelkomd en na vijf minuten had hij niet alleen een glas bier, maar ook een keu in de handen. Toch lukte het hem niet om iemand zover te krijgen de volgende dag iets met hem te doen. Iedereen had al zo zijn bezigheden voor die dag; een vriendin, zijn gezin, een andere hobby en dus kwam Lesley toch niet zo blij thuis als hij gehoopt had.

De volgende morgen besloot hij eerst maar eens naar de sportschool te gaan. Het zou belachelijk zijn de hele dag binnen te blijven zitten mokken vanwege een vrouw die hij nooit meer zien zou. De ellende was alleen dat ze iets in hem wakker had gemaakt en dat hij dat moeilijk weer in slaap kon sussen.
Na de sportschool kon hij wel weer eens naar zijn ouders gaan. Dat was ook al weer een poosje geleden.
Juist toen hij zijn sporttas ingepakt had, ging de telefoon. Nieuwsgierig keek hij op het beeldschermpje. Hij zag een nummer dat hij niet kende. 'Lesley.'
'Hé, kerel. Hoe gaat het met jou? Je spreekt met Jakob Ratsma.'
'Jakob?' zei Lesley verbaasd en zijn hersens werkten op volle toeren.
'Ja, dat had je niet gedacht, hè?'
Hij wist het weer... 'Dat kun je wel zeggen. Hoe lang...?'
'Minstens tien jaar.'
'Je ging toch naar Amerika?'
'Precies, maar nu ben ik weer terug en ik dacht: laat ik eens wat oude vrienden opzoeken.'
Vrienden? Lesley fronste zijn voorhoofd. Echt bevriend waren ze nooit geweest. Waar was Jakob op uit? 'Hoe ben je trouwens aan dit nummer gekomen?' vroeg hij, een reactie ontwijkend.
'Van je ouders. En weet je wat grappig is? We wonen vlak bij elkaar!'
'O?'
'Zal ik zo even naar je toe komen? Of zullen we een terrasje pikken?'
'Dat laatste lijkt me wel een aardig idee,' vond Lesley. Hij wist niet goed wat hij hiervan denken moest en een terras

was neutraal terrein. Om Jakob nou meteen zijn privéleven binnen te laten... Eerst maar eens kijken wat hij eigenlijk wilde.

'Grote Markt?'

'Prima.'

'Hoe laat?'

'Ik stond op het punt...' Ach wat, die sportschool liep niet weg en had hij niet gisteren naar iemand gezocht die wat met hem wilde ondernemen vandaag? 'Over een kwartier?'

'Geweldig. Ik ben er.'

Ze verbraken de verbinding. Lesley bracht zijn tas terug naar zijn slaapkamer, trok zijn T-shirt uit en koos voor een vlot overhemd met korte mouwen, maar besloot wel zijn spijkerbroek aan te houden. Nog even een kam door zijn korte bruine haren en hij was klaar. Waar had hij zijn sleutels gelaten? Hij liep speurend door de huiskamer, maar bleef stilstaan omdat hij schrok van de telefoon die alweer ging. Wat een drukte, dacht hij verbouwereerd. Opnieuw zag hij een nummer dat hem niets zei. Was het hetzelfde nummer als net? Dat moest haast wel. Jakob belde zeker af. Had opeens andere plannen. Hij greep de hoorn. 'Toch maar niet?' zei hij tamelijk kortaf.

Het bleef even stil en Lesley begreep dat het Jakob helemaal niet was. 'Sorry, met Lesley,' zei hij iets vriendelijker. 'O...' hoorde hij een vrouwenstem en zijn hart stond even stil.

'Ik dacht dat ik het verkeerde nummer had...'

'Maria,' riep hij uit. 'Maria, wat een verrassing. Ik...' Ook hij viel even stil. Niet meteen zeggen dat hij dacht dat ze nooit meer zou bellen, niet meteen iets zeggen wat als een verwijt kon worden opgevat. 'Wat leuk, zeg. Hoe gaat het met je?' Had ze vandaag geen geheim nummer? Hij pakte een papiertje en schreef ondertussen het nummer op dat hij in beeld had. Stel dat er iets misging met het toestel, dan was hij het nummer kwijt en dat wilde hij voor geen goud.

'Het gaat prima met me,' zei ze. 'Het spijt me dat ik niet eerder gebeld heb. Het leek me best leuk je stem weer te horen,' zei ze heel eerlijk, 'maar ik wist niet wat ik moest zeggen.'

'En nu wel?' vroeg hij glimlachend.

'Nou, ik dacht... Misschien wil je wel met me mee een pandje bekijken. Ik weet wel dat jij niets meer zoekt. Tenminste... Heb je dat huis eigenlijk gekocht?'

'Ja, ik krijg de sleutel over drie weken. Ik ben al bezig meubels te kopen en ik wilde ook gordijnen kopen, maar ik kon niet beslissen wat ik mooi vind. Ik dacht...' Houd je stil, Lesley, maande de psycholoog in hem. Ga haar nou niet meteen bang maken! Dan legt ze op en hoor je echt nooit meer iets van haar. Er is haar iets overkomen dat erg was, ze is beschadigd, geef haar tijd!

'Wat?' vroeg ze onschuldig.

'Nou ja,' aarzelde hij. 'Ik heb niet veel verstand van kleuren. Ik dacht: er zou een vrouw met me mee moeten om te helpen kiezen. Vrouwen kunnen zoiets veel beter. Toen dacht ik aan jou. Maar ik wil met alle plezier dat pandje met jou gaan bekijken. Wanneer?'

'Straks?'

'Geweldig, graa... O, nee...'

'Wat is er?'

'Ik heb net een afspraak gemaakt met een vroegere kennis die ik tien jaar niet meer gezien heb. Hij belde een kwartier geleden op. O, Maria, wat vind ik dat jammer. Kan het vanmiddag ook? Ik hoef niet de hele dag met die vent op te trekken. Ik zou heel graag wat met jou rondlopen en naar je droomhuis kijken. Twee uur vanmiddag of vind je dat te laat?'

'Zeker weten? Ik bedoel, het hoeft niet. Je bent niets verplicht.'

'Maria, ik wil!' riep hij uit en drukte geschrokken zijn lippen op elkaar. Dit kon ze volkomen verkeerd opvatten. Hij wist immers dat ze bang was zich te geven. Maar gelukkig lachte ze zachtjes. 'Oké, twee uur. Zullen we

elkaar ontmoeten op de carpoolplaats Oost?'
'Uitstekend, zie ik je daar.' Opgetogen legde Lesley de hoorn weer terug. Ze had gebeld! Hij zou haar weer zien! Misschien was het alleen uit schuldgevoel omdat ze het beloofd had, maar dat kon hem niets schelen. Wat vervelend dat hij nu net die afspraak met Jakob gemaakt had. Nou ja, twee uur was nog vroeg genoeg voor een gezellige, lange middag. Hij was benieuwd wat voor huis ze uitgezocht had, maar dat zou hij straks wel te horen krijgen. Nu snel naar de Grote Markt, waar Jakob vast al ongeduldig zat te wachten.

'Lesley, leuk je weer te zien. Je bent geen spat veranderd.' Jakob schudde hem hartelijk de hand. 'Ik heb een biertje voor je besteld, dat is toch wel goed?'
'Nou nee, ik heb liever koffie.'
'Doe niet zo raar, het is warm. Op een terras drink je geen koffie.'
'Ik wel,' hield Lesley vol. Hij wilde beslist niet naar alcohol ruiken als hij Maria straks ontmoette.
De ober zette twee glazen bier op hun tafeltje. 'En een koffie graag,' zei Lesley.
Jakob grijnsde. 'Zo was je altijd al. Als jij iets in je kop hebt, doe je dat ook. Maar hoe is het verder met je? Wat doe je hier?'
'Ik kon hier in een maatschap komen en daar had ik veel zin in. Ik was eerst verbonden aan een ziekenhuis. Ik ben psycholoog, voor het geval je dat niet meer wist.' Lesley glimlachte. 'Ik vond het niet zo prettig in dat ziekenhuis, ik wilde liever voor mezelf gaan werken, maar een eigen praktijk brengt bepaalde risico's met zich mee. Dus toen ik het aanbod kreeg om in deze maatschap te stappen, heb ik niet lang getwijfeld. En jij? Hoe ben jij hier terechtgekomen? Viel Amerika tegen?'
Jakobs gezicht betrok even. 'Ik ben gescheiden en om eerlijk te zijn, ben ik nooit een echte Amerikaan geworden. Mijn vader heeft hier een leuke zaak die goed draait en hij

stelde meteen voor dat ik die van hem over zou nemen. Hij wordt dit jaar zeventig en wilde eigenlijk stoppen, maar had nog steeds geen idee wat hij dan met het bedrijf moest doen.'

'Dus je komt in een gespreid bedje?'

'Van het ene in het andere zelfs,' lachte Jakob. 'In Amerika zat ik in het bedrijf van mijn schoonvader, maar dat was zo'n gruwelijke man, die liet me niets zelf doen en riep me voor het minste of geringste op het matje. Ik snap ook wel dat ik maar aangetrouwd was, maar een beetje vertrouwen in mijn kunnen had ik wel op prijs gesteld.'

'En dat was er niet?'

'Nee, hij was een echte Amerikaan. Zo een die vindt dat alles wat uit het buitenland komt niet goed is. Of het nu om auto's gaat of om mensen, om eten of om kleding.'

'Of om olie?' vroeg Lesley onschuldig.

Jakob schoot in de lach. 'Dat zei ik ook eens, maar dat had ik beter niet kunnen doen. 'Onze jongens vechten daar in Afghanistan, dus is het ook onze olie.' Zo dacht hij erover en ik was maar een dom Europeaantje en ik heb er verder dan ook maar nooit meer iets over gezegd, al dacht ik daar toch echt heel anders over.'

'Ben je om je schoonvader gescheiden?'

'Nee, ze was me zat.'

'Jou?' Lesley keek alsof hij het niet kon geloven, maar diep van binnen dacht hij er toch anders over. Jakob was een leuke, vlotte vent, intelligent en slim, galant en elegant, maar hij kon soms vreselijk doorzeuren over een bepaald onderwerp en daar hield hij dan ook niet meer mee op. Dat herinnerde hij zich nog goed van vroeger.

Jakob keerde zijn blik van Lesley af en zweeg.

Lesley begreep dat hij zich stoerder voordeed dan hij zich voelde en daar had hij alle begrip voor. Om welke reden een scheiding ook plaatsvond, het was nooit leuk en het deed altijd pijn. Ook als je zelf om de scheiding gevraagd had. Je was immers niet getrouwd om later weer te gaan scheiden! Ooit had je andere plannen voor de toekomst gehad. 'Heb je kinderen gekregen?' vroeg hij meelevend.

Jakob draaide zijn hoofd fel terug, zijn ogen flitsten. 'Dat was het hem juist,' reageerde hij geërgerd. 'Ze wilde geen kinderen.'

'En jij wel?'

'Precies. Dat hadden we van tevoren ook afgesproken. Dat wil zeggen...' Hij stak zijn hand op naar de ober en bestelde nog een biertje. 'Jij?'

'Nog een koffie graag.'

'Ik had heel duidelijk gezegd,' ging Jakob verder, 'dat ik later kinderen wilde en zij had meteen gezegd dat ze dat ook wilde, maar ze had er niet bij gezegd wanneer. Ik ben inmiddels achtendertig, dus ik vond dat het de hoogste tijd werd om aan kinderen te beginnen, maar mevrouw was nog niet zo ver. Elke keer dat ik erover begon, werd ze boos en ze werd steeds bozer en ondertussen werd ik ouder en ouder. Straks zou ik opa worden van mijn eerste kind.' Hij grinnikte. 'Nou ja, bij wijze van spreken dan.'

'Maar nu wordt het nog later. Nu moet je opnieuw beginnen, of heb je al een vriendin?'

'Nee, dat is het hem nou juist. Dat is mijn grote probleem.' Hij boog zich wat naar Lesley toe en praatte opeens een stuk zachter, zodat de anderen op het terras niet zouden horen wat hij zei. 'Ik weet niet wat ik wil. Ze zijn allemaal mooi en interessant.'

'Wie?'

'De vrouwen op mijn werk!'

'Zoek je dan een vrouw op je werk? Is dat nou wel zo...'

'Natuurlijk niet, maar dat zijn de enige vrouwen die ik op dit moment tegenkom. Ik heb...' Zijn stem daalde nu weer tot een fluistertoon. 'Ik heb ook op internet gezocht, maar dat stond me in eerste instantie niet aan. Het punt is dat ik niet weet wat ik wil.'

Lesley knikte. Daar wist hij alles van. 'Dat is normaal na een scheiding. Je bent jaren met dezelfde vrouw omgegaan. Je eerste gedachte is dat je nu een totaal andere vrouw wilt, maar eigenlijk wil je dat ook weer niet, je was

109

immers op je vrouw gevallen omdat ze bepaalde aantrekkelijke kanten had. Die kanten zoek je nu toch onbewust
weer. Je moet het de tijd geven, Jakob. Hoe lang ben je nu
gescheiden?'
'Officieel nog helemaal niet. Ze doet zo moeilijk over geld
en zo. Mijn advocaat in Amerika regelt het voor me. Maar
ik ben nu een maand of twee bij haar weg.'
'Dat is toch veel te snel. Neem de tijd.'
'Die heb ik niet. Ik wil immers vader worden!'
'Dus je zoekt een jongere vrouw.'
'Niet echt.'
'Zal wel moeten. Vrouwen van achtendertig willen over
het algemeen geen kind meer. Dat risico is te groot.'
'Welk risico?'
'Als een vrouw na haar vijfendertigste haar eerste kind
krijgt, loopt ze meer risico op een gehandicapt kind dan
voor die leeftijd. Bovendien klink je niet als iemand die
een vrouw wil die al een paar kinderen heeft. Je wilt per
se eigen kinderen. Dus moet ze wel jonger zijn dan jij.'
'Hm.'
'Of mag ze wel eigen kinderen hebben?'
'Liever niet, nee, daar heb je gelijk in. Ik wil mijn eigen
gezinnetje stichten.'
'Oké, dat scheelt al een boel. Alle vrouwen van boven de
dertig of met kinderen vallen dus al af, nietwaar?'
'Zou je denken? Er werkt een hartstikke leuke accountmanager bij mijn vader. Die is vierendertig en heeft geen
kinderen.'
'Maar misschien wil ze die ook wel niet? De meeste vrou-
wen hebben hun kinderen wel als ze vierendertig zijn of in
elk geval de eerste.'
'Ze is single, dan wordt het wat moeilijk, nietwaar?'
'Ze kan al drie keer getrouwd geweest zijn.'
'Cynthia? Dat geloof ik niet. Ze heeft de bijnaam 'IJskoningin'. Nee, die heeft geen drie huwelijken achter de
rug.'
'IJskoningin?'

'Ja, dat werd me verteld en ik geloof het graag. Ze kan zo ijzig kijken, maar ik zie gewoon dat daar wat anders onder zit.'

'Dus Cynthia. Wat doe je dan hier? Waarom ben je niet uit met haar?'

'Ik had haar voor eergisteren uit eten gevraagd. Vrijdagavond. Hebben die meiden een grap met me uitgehaald. Er kwamen er nog vier van het werk. We hebben een te gekke avond gehad, maar zonder Cynthia.'

'Zonder?'

'Ja, ze deed alsof ze gepikeerd was, maar ik denk dat het spel was. In elk geval liep ze weg, maar Malou en Josine en die anderen gaven me de kans niet haar achterna te lopen of om nog aan haar te denken. Het was geweldig. Ik heb zelden zo'n leuke avond gehad. Malou is een schatje! En ze was zo sexy gekleed. Daar kan Cynthia echt niet tegenop. Josine zag er ook fantastisch uit. Die is wat ouder. Malou is zo'n vijfentwintig, Josine is rond de dertig. Van die andere vrouwen bleek er een getrouwd te zijn, dus die valt af.'

'Maar Malou en Josine vallen niet af?'

'Dat weet ik dus niet. Ik weet niet wat ik wil! Malou is sexy, jong, dartel, maar Cynthia is een zakenvrouw, op en top een dame die weet wat ze wil. Wat moet ik nou doen?'

Hij keek Lesley met een wanhopige blik aan en op dat moment begreep Lesley waarom Jakob de zogenaamde vriendschap van vroeger weer wilde aanknopen. Omdat hij psycholoog was. Omdat Jakob zijn adviezen nodig had, maar er niet voor wilde betalen. 'Misschien moest je eens naar een psycholoog gaan.'

'Dat ben jij toch!'

'Niet in mijn vrije tijd.'

'Doe niet zo flauw, zeg. Ik ben je vriend en vrienden zijn er om elkaar te helpen.'

Lesley keek de man tegenover hem zwijgend aan. Hij zag het keurige en vooral dure pak. Hij zag het moderne kapsel dat door een dure kapper geknipt was. Hij zag echter

111

ook de onzekerheid achter dat uiterlijk en even voelde hij medelijden met hem. 'Jakob, als ik zeg dat je naar een psycholoog moet, bedoel ik daarmee dat je je scheiding nog moet verwerken, dat je je eigenwaarde nog terug moet krijgen.'

'Zachtjes, zeg, niet iedereen hoeft het te horen.'

Lesley dempte zijn stem. 'Met een gesprek ben je er dan niet. Je voelt je aan de kant gezet, in de steek gelaten door je vrouw. Je eigenwaarde heeft een knauw gehad en dat moet weer rechtgezet worden. Dat kost tijd. Dat kost een aantal gesprekken.'

'Nou en? We kunnen toch wel vaker een biertje drinken?'

'Als je per se met mij wilt praten, vind ik dat prima, al vind ik dat je beter een psycholoog kunt nemen die je niet persoonlijk kent; maar als je toch met mij verder wilt, dan moeten we maar een aantal afspraken maken bij mij in de praktijk.'

'Ben je gek? Je denkt toch zeker niet dat ik echt naar een psycholoog ga,' siste Jakob.

'Niet?'

'D'r mankeert niks aan mij, hoor. Ik weet gewoon niet wat ik wil en jij kunt me daar nu best even bij helpen.'

'In een gesprekje op een terras?'

'Natuurlijk. Zo ingewikkeld is dat niet? En ik betaal je drankjes wel, hoor. Het gaat me niet om het geld, ik ga gewoon niet naar een psycholoog.'

'Maar je wilt wel dat ik naar je luister en je help.'

'Als vriend! We waren toch vrienden?'

Lesley zweeg, want hij kon zich niets herinneren van een echte vriendschap. Ja, ze hadden bij elkaar in de klas gezeten op het vwo, maar daarna waren ze elk een andere kant op gegaan. Ze zagen elkaar nog wel eens omdat ze in dezelfde stad woonden, en ze dronken nog wel eens wat, maar vrienden?

'Toe, doe niet zo vervelend. Wil je nog iets drinken? Een wodka of gin-tonic?' Hij stak zijn hand op en riep de ober.

'Mineraalwater,' zei Lesley, die aan Maria dacht en stiekem op de grote klok van de kerktoren op het plein keek. Gelukkig had hij nog een uur, maar meer ook niet. Hij zou Jakob keurig op tijd aan de kant zetten en naar zijn volgende afspraakje gaan. Hij voelde zich warm worden bij de gedachte.

'Ben je geheelonthouder geworden?'

Lesley besloot eerlijk te zijn. 'Nee, maar ik heb straks nog een afspraak en ik wil niet naar alcohol ruiken.'

'Met een vrouw?'

Hij knikte.

'Hoe ben je die tegengekomen? Hoe doe je dat?' vroeg Jakob nieuwsgierig.

'Puur bij toeval. Echt gewoon tegen het lijf gelopen.'

'En zij is het voor jou?'

'Dat denk ik wel. Ik vind haar mooi en ze is zo anders dan andere vrouwen. Ze doet waar ze zin in heeft. Ze is grappig, lief, ze is ontzettend vrouwelijk. Het tegenovergestelde dus van een ijskoningin. Een en al gevoel.' Hij hield even op en dacht terug aan die morgen dat ze de eerste keer belde en zei dat ze hem niet meer wilde ontmoeten. Maar dat had niets met ijs te maken gehad, wel alles met gevoel. Oké, ze hield haar grenzen in de gaten, maar toch... Ze was een gevoelsmens en dat vond Lesley nou juist zo interessant en aandoenlijk.

'Hoe heet ze?'

'Maria.'

'Grappig, dat is inderdaad precies een naam die bij een gevoelsvrouw past.'

'Daar zeg je wat,' was Lesley het met hem eens. 'Cynthia klinkt een stuk pittiger, afstandelijker.'

'Maar ging je niet met eh...' Jakob dacht diep na en Lesley hield expres even zijn mond. Vrienden? Hij wist niet eens meer hoe zijn vrouw heette. Als hij tien jaar weggeweest was, was hij op zijn achtentwintigste vertrokken. Ze waren even oud. Lesley was dus toen al een jaar getrouwd.

'Barbara,' zei Jakob opeens verheugd. 'Zo heette ze toch?

Je was toch met Barbara getrouwd? Ben jij ook gescheiden?'

'Ja, ik ben ook gescheiden, maar ze heette Saskia.'

'Waarom?'

'Waarom ik gescheiden ben?'

'Ja.'

'Jakob, dat gaat je geen barst aan. Je kunt nou de hele tijd wel zeggen dat we vrienden waren, maar dat waren we niet. Je wist haar naam niet eens meer. Vermoedelijk heb je haar zelfs nooit ontmoet. Ik heb er niets op tegen om een vriendschap te beginnen, maar vroeger waren we geen vrienden. We kenden elkaar van school en dat was het.'

Jakob keek beschaamd naar zijn handen. Hij was door de mand gevallen. 'Je hebt gelijk,' zei hij timide, 'maar ik voelde me zo hulpeloos.'

'Dan had je een psycholoog kunnen bellen.'

'Nee, niet dus! Ik ben niet gek!'

'Bijna niemand die naar een psycholoog of psychiater gaat is gek. Ze hebben hulp nodig, net als jij, maar ze zijn niet gek.'

Eigenlijk had Lesley geen zin meer in dit gesprek. Dat kwam natuurlijk vooral door Maria en dat was niet eerlijk tegenover Jakob, maar hij had ook geen zin om gebruikt te worden.

'Ik wil gewoon weten wat ik moet doen,' zei Jakob en hij rechtte zijn rug en leek opeens op de toekomstige directeur van een groot bedrijf.

Lesley lachte in zichzelf. Zo lukte het helemaal niet om hem over de streep te halen. 'Je moet geduld hebben. Je moet het de tijd geven. Je moet eerst je zelfvertrouwen terug zien te vinden. Dan moet je een lijstje maken met de eisen die jij aan een vrouw stelt.'

'Eisen?'

'Ja, ik bedoel: hoe oud moet ze zijn, mag ze eigen kinderen hebben? Wil je per se blond haar of maakt het niet uit.'

'Waarom zeg je blond?'

'Zomaar.'

'Cynthia is blond.'

'Maria ook, daar zal het wel door komen.' Lesley glimlachte. 'Moet ze zelfstandig zijn of heb je graag een afhankelijk type. Dat soort dingen. Daarmee zou je dan de vrouwen van je werk kunnen vergelijken of ermee zoeken op internet. Maar voor alles moet je geduld hebben en je zelf weer lekker voelen.' Lesley haalde zijn portemonnee uit zijn broekzak en wenkte de ober. 'Ik wil graag twee koffie en een mineraalwater afrekenen.'

'Natuurlijk niet, ik betaal!' protesteerde Jakob.

'Nee, dit was een gratis advies.' Hij rekende af en stond glimlachend op, maar pas toen de ober helemaal buiten gehoorsafstand was, zei hij: 'Voor het volgende advies mag je dokken, maar dan verwacht ik je wel bij mij op de praktijk.' Hij legde een kaartje neer met het telefoonnummer van zijn werk en liep weg zonder nog op een reactie te wachten. Vrienden? Dat waren ze niet en werden ze niet.

HOOFDSTUK 9

Glimlachend reed ze door de straten van de stad, op weg naar de afgesproken carpoolplaats. Ze was erg benieuwd wat Lesley van haar kleren zou zeggen, want die zagen er zo middeleeuws uit, dat hij misschien meteen zijn neus hoog op zou halen. Ze was ook benieuwd wie er van hen verder zou rijden. Was hij een man die geen vrouw achter het stuur duldde of zou hij gewoon naast haar gaan zitten omdat zij wist waar ze naartoe zouden gaan? Voor alles was ze benieuwd of het haar lukte te doen wat ze zichzelf beloofd had, namelijk niet weer dingen zeggen die ze helemaal niet wilde zeggen. Ze zou vrolijk en uitgelaten zijn, eventueel dansen op het gras rond het kasteeltje, maar ze zou hem niet dichterbij laten komen, want daar was ze echt niet aan toe. Veel Maria dus, maar met een vleugje Cynthia.

Tegelijk voelde ze dat ze zich echt verheugde op deze ontmoeting en dat verraste en verwarde haar. Het kwam voornamelijk door Malou, die gisteravond zo uitbundig en vrolijk was geweest en telkens tegen haar geroepen had: 'Laat je toch eens gaan! Geniet van het leven. Spring eens uit de band!' Dat laatste was wel wat te veel gevraagd, maar in elk geval was het gelukt om plezier te maken gisteravond met Malou, Josine, Martin en nog een vijftal andere vrienden. Ze had zelfs zo gelachen, dat de tranen haar over de wangen waren gerold en ze wist dat dat ontzettend lang geleden was geweest. Het was ook een grote opluchting dat ze het weer kon: lachen met hart en ziel!

Malou en Josine hadden zo wel een heel andere indruk gekregen van Cynthia zoals ze die tot nu toe kenden. Ze zag er wel tegenop hen weer op kantoor te ontmoeten, want hoe moest dat dan? Gelukkig werd die ontmoeting nog een week uitgesteld, want ze zou de volgende dag naar Londen vliegen en daar vijf dagen blijven.

Ha, daar was de carpoolplaats, maar van Lesley was nog niets te zien. Of toch? Er ging een portier open van een kleine, zwarte auto en er stapte iemand uit. Hij was het! Hij was er eerder dan zij. Was hij gewoon iemand die nooit te laat kwam of keek hij naar haar uit? Die vraag hoefde ze zich niet weer te stellen, toen ze zag hoe hij op haar afkwam. Ze parkeerde en stapte uit.

'Maria, wat leuk je weer te zien,' riep hij al van een afstandje. Hij bleef even staan en bekeek haar van top tot teen. Hij begon te stralen en schudde zijn hoofd. 'Wat zie je er schitterend uit! Je komt zo uit een sprookjesboek gestapt.'

'Dank je.' Ze voelde haar wangen licht kleuren bij dit duidelijk gemeende compliment. Ze zwaaide wat met haar lange witte rokken, in de hoop dat zijn aandacht van haar gezicht geleid werd. 'We gaan naar een kasteel,' zei ze. 'Vandaar.'

'Leuk!' Hij kwam dichterbij, stak zijn hand naar haar uit. Ze legde de hare erin en voelde de warme, liefdevolle druk die hij haar gaf.

'Zal ik dan maar naast je gaan zitten? Want ik denk dat jij de weg weet.'

Ze knikte en voelde zich blij dat hij er niet op stond dat hij zelf zou rijden. Ze stapte weer in, hees haar rokken naar binnen, verschikte de brede ceintuur rond haar middel wat, zodat die haar niet afknelde en sloot het portier. Ook hij sloot zijn portier en plotseling kreeg ze het er warm van. Hij zat wel erg dichtbij en het voelde zo intiem in die kleine, besloten ruimte. Ze haalde diep adem en startte de motor weer. 'Het is niet ver,' zei ze, 'kwartiertje rijden.'

'Prima hoor, ik heb de rest van de dag vrij.'

'Had je niet liever langer met je vriend gepraat?'

'Nee, ik vond het heerlijk dat je belde en verheugde me erop je weer te zien.'

Ze keek strak voor zich uit, zodat hij niet in haar ogen kon kijken en bedacht driftig waar ze het over konden hebben zonder dat het haar gevoelens zou raken. 'Dus je hebt het huis gekocht?'

'Ja, het was precies wat ik zocht, mooier nog en de prijs viel immers mee toen ze mijn bod accepteerde. Zou jij trouwens echt een werkkamer maken van die ene kamer boven?'

Ze keek even snel opzij, glimlachte, maar voelde dat de blik in zijn ogen haar meer deed dan ze wilde toegeven. Ze keek weer naar de weg. 'Nee hoor, dat zei ik maar. Ik neem wel eens werk mee naar huis, maar dat kan net zo goed aan de tafel in de huiskamer.'

'Dus je hebt een baan?'

Ze knikte.

'Als wat?'

'Op kantoor.'

'Maar wat doe je op kantoor?' Stom, stom, niet doorvragen. Accepteren wat ze vertelde en niet doorvragen, dat weet je toch inmiddels. Voorzichtig zijn, maande hij zichzelf aan.

Ze haalde haar schouders op. 'Van alles. Met klanten praten, mails versturen.' Ze wist zelf ook wel dat het een vaag antwoord was, maar hij zat zo dichtbij dat ze zijn aftershave kon ruiken en zijn warmte haast voelde. Ze wilde niet te veel over zichzelf prijsgeven, niet nu. Nog niet, Lesley, misschien een andere keer... Tot haar opluchting vroeg hij niet door.

'Heb je gisteren ook nog een leuk huis gezien?'

'Poeh, gisteren,' zei ze lachend. 'Gisteren heb ik met een paar vrouwen van het werk op een terras gezeten en 's avonds zijn we uit geweest. Het was een dolle avond, ik herkende mezelf niet.' Pats. Daar gebeurde het toch.

Waarom zei ze dit! Dit vroeg om vragen van zijn kant. Maar... hij stelde ze niet. Ze keek even opzij, zag hoe hij haar in zich opnam. 'Nou ja,' zei ze aarzelend, 'ik was nogal vrolijk.'

'En dat ben je op je werk niet...'

Ze zweeg en deed alsof ze zich op de borden moest concentreren. 'We moeten er bijna af,' zei ze ter afleiding. Ze zag niet dat hij glimlachte en begreep dat ze vond dat ze al te veel gezegd had.

Een kilometer verderop sloeg ze af en reed een smalle weg in. Plotseling trapte ze op de rem en reed een stukje achteruit. 'Zag je dat? Je kon het kasteeltje door de bomen heen zien.' Ze stopte en keek met een opgewonden glans in haar ogen in de verte. 'Wat ligt het daar prachtig!'

'Zeker weten,' zei hij instemmend. 'Vooral met die zon erbij. Zou je daar willen wonen?'

Ze lachte. 'Ha, ik zou overal wel willen wonen. Elk huis heeft voor- en nadelen, maar als ik op huizenjacht ben, zie ik altijd alleen maar de voordelen. Dus ja, daar zou ik best willen wonen!'

Ze trok weer op en reed de smalle weg af tot ze vlak voor een grote poort stond, die het begin van de oprijlaan vormde. Ze parkeerde naast de poort en keek hem aan. 'Het is nog wel een eindje lopen, maar dat vind ik leuk.'

'Oké, dan stappen we uit.' Hij maakte zijn riem los en opende het portier. Maria bleef even zitten. Het was vreemd om zo samen met hem dit kasteeltje te bekijken. Ze merkte dat haar gedachten anders gingen dan normaal. Alsof ze hem betrok bij haar fantasieën.

'Wat is er?' vroeg hij.

'Niks!' Ze stapte uit, sloot de auto af en ging onder de grote poort staan. Vanaf dat moment vergat ze Lesley. Ze zag de grote oprijlaan, de enorme tuin voor het kasteel die vooral uit gras bestond en dan het kasteeltje zelf met de twee kleine torens op de hoeken van de voorgevel. Ze wilde de oprijlaan opwandelen, maar haar voeten begonnen als vanzelf te huppelen, haar ogen straalden. 'Stel je toch eens voor,' zei ze, 'dat ik hier woonde. Ik zou meteen een theehuisje neerzetten op dat grote veld. Niet om thee te drinken, maar om vogels te bekijken en misschien ook wel hazen of reeën.' Ze danste haast over het grind en Lesley keek haar glimlachend na. Wat was ze toch een speciaal mens. Ze kon zo intens genieten, zo gepassioneerd zijn. Wie of wat was haar toch ooit overkomen, dat ze af en toe zo schrok van een opmerking die te dichtbij kwam? Hij besloot voorlopig zijn mond te houden, want hij wilde haar beslist niet storen in haar heerlijke fantasieën. En wat zag ze er fantastisch uit in die witte, wijde rok die zwierig rond haar benen bewoog bij elke stap die ze zette, die mooie brede ceintuur die haar slanke middel accentueerde, het witte topje waar haar schouders zo prachtig in uitkwamen. De grote corsage die ze in haar haar gespeld had in plaats van de grote hoed die ze de eerste keer droeg toen hij haar ontmoette. Ze had zich volledig aangepast bij het pand dat ze ging bekijken. Ze was echt heel speciaal!

'In dat ene torentje zou ik een boekenkamer maken,' zei ze opgewekt. 'Of een droomkamer. Het uitzicht daarvandaan moet prachtig zijn. Zie je dat het kasteeltje wat hoger staat dan de omgeving? Je kunt vast heel ver kijken als je in die torenkamer bent. Als je leest, zie je natuurlijk niets, maar het is vast een kamer waarin je je volledig kunt ontspannen en dan een boek erbij, dat zie ik wel zitten.' Ze lachte en huppelde verder. 'We zijn eigenlijk te laat. Zie eens hoeveel rododendrons hier staan. Wat een schitterend gezicht moet dat zijn als die allemaal bloeien!' Ze liep verder, wierp een blik achterom om te zien of hij er nog wel was en riep: 'Ik zou wel een butler in dienst nemen, ha! Dan trek ik aan dat koord boven mijn bed als ik wakker ben geworden en dan moet hij een heerlijk ontbijtje brengen.' Ze schoot in de lach. 'Nee, toch maar niet. Dat kan totaal verkeerd lopen, die butler en ik samen in dat grote huis.' Haar gezicht betrok. Wat zei ze nu voor raars? Het moest een grapje voorstellen, maar het kwam vreemd over. 'Ik neem een getrouwde butler,' besloot ze, 'en zijn vrouw erbij. Die kan dan het huis schoonhouden, want dat lukt me nooit in mijn eentje. Als je ziet hoeveel moeite het me al kost mijn flat schoon te houden...' Nou, dit zou ook wel een vreemde indruk geven. Lesley zou nu wel denken dat ze een grote sloddervos was en dat was toch sterk overdreven. Maar ach, wat deed het ertoe wat hij dacht? Na vandaag zag ze hem toch nooit meer. Ze wist zeker dat hij niet meer in haar geïnteresseerd zou zijn als hij haar beter kende. Ze zou dan ook zien te voorkomen dat hij haar beter leerde kennen. Langzaam liep ze verder. De opwinding was afgezakt, tot ze in gedachten Malous stem weer hoorde: 'Laat je toch eens gaan!'

Ze draaide zich om. 'In de krant stond dat er vijftien kamers inzitten en weet je dat ik geen vijftien dingen kon bedenken om ze mee in te richten. Vijftien kamers!' Ze waren bij de grote dubbele voordeur aangeland en vandaar keek ze omhoog naar het kasteel. 'Een huiskamer, een slaapkamer, een logeerkamer, een boekenkamer, een sportkamer, een televisiekamer, een telefoneerkamer, een computerkamer,' somde ze met behulp van haar vingers op. 'Dat zijn er acht. Weet jij nog wat?'

'Een biljartkamer.'

'Ja, dat is waar ook, jij wilt een biljartkamer.'

'Een sauna.'

'Goed idee!' ze keek hem enthousiast aan. 'Nu hebben we er al tien, wat doen we met die andere kamers?'

Had ze niet door dat ze in het meervoud sprak? Maar Lesley was niet van plan daar iets van te zeggen. Hij genoot zo van haar enthousiasme.

'Een kinderkamer,' zei ze maar sloeg haar hand voor haar mond. Snel draaide ze haar hoofd af. Hoe kwam ze erbij om dat te zeggen? Hoe haalde ze het in haar hoofd? 'Zullen we linksom of rechtsom?' vroeg ze met verstikte stem.

Lesley hoorde het en voelde pijn. Was het haar pijn die hij

121

voelde of de zijne? 'Sorry, maar dat maakt me weinig uit.'
'Oké, dan ga jij linksom en ik rechtsom en ontmoeten we
elkaar weer aan de achterkant.'
Even keek hij verrast, maar toen knikte hij. 'Prima.'
Maria liep snel naar rechts en schoot de hoek om, uit het
zicht van Lesley. Daar bleef ze doodstil staan. Wat had ze
toch gezegd? Hoe had ze dat kunnen doen? Een kinderkamer? Van alle mogelijkheden die er bestonden, zei ze
kinderkamer. Waarom had ze niet speelkamer gezegd, of
tafeltenniskamer of relaxkamer of desnoods sekskamer?
Nee, ze had kinderkamer gezegd. Ze merkte dat haar
ogen vochtig werden en ze knipperde verwoed met haar
ogen. Stommeling, stomme trut! riep ze inwendig tegen
zichzelf. Waarom moest ze nare herinneringen ophalen
terwijl het zo gezellig was en Lesley zo aardig deed.
Heel langzaam, alsof ze plotseling doodvermoeid was,
liep ze om het kasteel heen. Ze keek niet eens meer naar
boven, ze droomde niet meer van de inrichting, stelde
zich niet meer voor dat ze er zelf woonde. Aan de achterkant zag ze hem staan, met zijn rug naar haar toe. Ook
hij leek niet meer zo veerkrachtig als net. Het was alsof
hij nu een last droeg op zijn schouders. Hoe kwam dat?
Op haar platte, open schoentjes liep ze op hem af. Hij
hoorde het grind knarsen en keek om. Zijn ogen stonden
ernstig, de glans was weg. 'Heb ik iets verkeerds gezegd?'
vroeg ze aarzelend. Natuurlijk had ze iets verkeerds
gezegd, maar dat betrof haar. Ze had hem toch niet
gekwetst en als dat wel zo was, dan wist ze niet hoe.
Hij forceerde een glimlach en schudde zijn hoofd.
'Je jokt,' zei ze, 'maar dat mag. Ik vertel ook niet alles. Ik
wil alleen wel zeggen dat het me spijt als ik je bezeerd
heb, want dat wilde ik niet.'
Hij glimlachte en in een opwelling stak hij een hand naar
haar uit en trok hij haar mee de grote tuin door die aan
de achterkant van het kasteel lag. Heel in de verte zag hij
een bankje en pas daar liet hij haar los. Hij ging zitten en
zij ging naast hem zitten. Het viel hem op dat ze niet eerst

de bank schoon poetste, maar gewoon met haar witte rok ging zitten. Dat vond hij leuk. Spontaan doen wat je wilde, niet eerst kijken of je er niet vies van werd. 'Je bent een toffe meid, Maria.'

Ze glimlachte, maar zweeg. Keek om zich heen, hoorde het zachte ruisen van de boomtoppen door de zwoele bries die uit warmer streken naar hen toe gewaaid kwam. Ze vroeg zich af wat ze verkeerd gezegd had. Met welk woord had zij hem gekwetst? Het verbaasde haar ook dat het haar dwars zat. Vooral omdat ze vlak daarvoor bedacht had dat ze hem toch nooit meer zou zien. Gaf ze om hem? Haar blik gleed over het kortgeknipte gras, over de struiken waarvan sommige in bloei stonden en andere al uitgebloeid waren. In de verte zag ze een fazant uit de struiken komen die even verbaasd om zich heen keek, maar toen weer tussen de bosjes verdween.

Het was eigenlijk niet belangrijk of ze om hem gaf, bedacht ze. Dat was niet de reden waarom ze het vervelend vond dat ze blijkbaar iets fouts gezegd had. Ze was gewoon het type mens dat er niet van hield en zeker nooit op uit was om anderen te bezeren.

'Een vijver zou je hier minimaal toch verwachten,' onderbrak Lesley haar gedachten. 'Als je zo veel ruimte hebt.'

Ze keek om, ontmoette zijn blik, die zo warm was en zo vol medeleven. 'Lesley…' zei ze haperend.

Hij zweeg, wachtte geduldig tot ze verder ging.

Toen lachte ze een gulle lach. 'Weet je, ik had je niet opnieuw willen zien. Met opzet. Op de een of andere manier lukt het jou namelijk steeds om mij dingen te laten zeggen die ik niet wil zeggen. Het is de blik in jouw ogen die bepaalde dingen aan me ontlokt. Dingen die ik nog voor mezelf wil houden. Maar bij jou flap ik er af en toe zomaar iets uit. Daarom wou ik je niet weer zien. Om te voorkomen dat ik nog meer dingen eruit zou flappen. En dus zei ik dat ik je zou bellen. Haha. Het bewijs dat jij me dingen laat zeggen die ik niet van plan was. Maar ik ben ook het type van 'belofte maakt schuld' en dus heb ik je gebeld. Lesley, het is niet zo dat ik jou niet leuk vind, eerder het tegendeel zelfs, want ik voel me duidelijk zo op mijn gemak bij jou dat ik denk alles maar te kunnen zeggen. Het punt is alleen dat ik ooit een relatie had...' Met kwade gebaren kwam ze overeind, stampte met haar witte schoen op het gras. 'Zie je, dat bedoel ik nou. Niemand hoeft te weten dat ik een relatie had en al helemaal niet iemand die ik totaal nog niet ken. Ik weet wel hoe het komt. Jij bent psycholoog en duidelijk een goeie. Ik weet ook best dat jij er niet om vraagt, niet met woorden althans, maar het lukt je toch.'

Ze liep een eindje van hem weg, veegde onder haar ogen langs om ze droog te maken. Lesley, schreeuwde ze inwendig, begrijp dat ik kapot ben en niet aan een nieuwe relatie kan beginnen. Ze draaide zich om, keek hem aan. Hij zat nog steeds stil op het bankje, sprak geen woord.

'Je bent te gevaarlijk voor me,' stelde ze vast. 'Daarom wil ik je na vandaag niet meer ontmoeten.' Zo, dat was eruit. Rot voor hem, maar wel eerlijk. Ze zuchtte en rechtte haar rug om de indruk te wekken dat ze het meende.

Hij zei nog steeds niets, maar keek nu langs haar heen, naar de wolken die in de verte boven de horizon hingen. 'Ik ben bang als ik in jouw buurt ben,' zei ze zacht. Ze ging weer naast hem zitten. 'Je maakt gevoelens in me wakker waar ik blij mee ben, maar tegelijk kom je aan mijn nare herinneringen en dat vind ik niet leuk. Sorry, Lesley.'

Hij draaide zich naar haar om en glimlachte. 'Ik heb grote bewondering voor je dat je dit zo eerlijk zegt en vooral dat je het zo duidelijk uitlegt. Ik weet niet wat jou overkomen is, maar ik voel wel dat het jou lukken gaat het verleden volledig achter je te laten. Je bent heel sterk en misschien voel je dat af en toe niet, diep van binnen zit bij jou een grote kracht. Jij redt het wel!'

Hij verraste haar met zijn opmerking. Ze had een protest

verwacht of een wegwuifgebaar, maar hij accepteerde wat ze zei en deed verder niet moeilijk. Ze stond weer op. 'Ik heb een picknickmand in de auto met wat lekkere hapjes. Zullen we die nog verorberen?'

'Graag! Maar wil je niet naar binnen?'

'O ja, dat zou ik ontzettend graag willen, maar ik heb geen afspraak gemaakt natuurlijk, ik ben immers geen echte geïnteresseerde en omdat er nu nog steeds niemand naar buiten is gekomen om ons weg te jagen, denk ik ook dat er niemand aanwezig is. Heel soms lukt het me wel eens aan te sluiten bij mensen die wel geïnteresseerd zijn, maar vandaag duidelijk niet.'

Lesley stond ook op en lachte. 'Nu wil ik graag rechtsom.'

Maria kreeg een lachbui. 'Mij best, maar dan loop je twee keer dezelfde kant langs.'

'Hè?' Toen lachte hij met haar mee. 'Je hebt gelijk, dus ik wil linksom.' Hij zette er meteen de spurt in en verdween al snel om de hoek van het kasteeltje. Daar stond hij stil en leunde tegen de dikke muur van het eeuwenoude gebouw aan. 'Maria,' fluisterde hij, 'wat ben je geweldig.' In gedachten ging hij verder: maar je hebt gelijk, het kan niets worden tussen ons. Een kinderkamer wilde je. Een kinderkamer! Maar ik ben onvruchtbaar. Je kunt dus beter iemand anders zoeken. Ik zal je niet meer lastigvallen.

Bij de auto haalde ze een mand uit de kofferbak en een plaid. Een eindje verderop stond een dikke eik. Ze legde de plaid op het gras onder de eik en ging zitten. Lesley kwam naast haar zitten. Het was heerlijk in de schaduw, want in de zon was het die dag te heet. De hapjes die ze gemaakt had waren ook heerlijk. Ze hadden genoeg dingen om over te praten die niet persoonlijk waren. Over politiek, over misstanden in de wereld, over het milieu. Ze hadden opvallend vaak dezelfde mening en ze vermaakten zich prima. Toen echter de mand leeg was, stond ze op, pakte haar rokken beet en schudde de kruimels eraf. 'Tijd om naar huis te gaan,' zei ze.

Op de carpoolplaats stond ze hem toe haar een vluchtige kus op haar wang te geven, al had ze daar later spijt van, want uren later voelde ze zijn lippen nog gloeien op haar huid en had ze moeite om hem te vergeten. Toch stond ze achter haar besluit. Het was het beste voor haar én hem. Ze wilde graag Maria zijn, maar ze had Cynthia nog hard nodig om zich te beschermen tegen nieuwe pijn. Ze bedacht dat het gemakkelijker was om Cynthia te spelen en af en toe iets van Maria toe te laten.

Om een uur of zeven belde Jakob. Meteen toen ze zijn stem hoorde, haalde ze haar hand door haar loshangende haren en trok ze ze strak naar achteren. Cynthia. Ze was Cynthia weer en zo wilde ze ook dat Jakob haar kende. Ze was verrast dat hij haar nummer had, maar ze begreep dat hij haar dossier bij PZ had opgevraagd. 'Wat is er aan de hand?' vroeg ze afstandelijk

Hij lachte hees en ze voelde haarfijn aan dat hij haar opnieuw wilde uitnodigen. Ze had gelijk.

'Cynthia, het spijt me dat het zo raar gelopen is vrijdagavond. Ik heb geen idee hoe die vrouwen daar terechtkwamen. Ik had met jóú willen eten. Ik had je natuurlijk ook achterna moeten lopen, maar ik was nogal overdonderd. Sorry. Kan ik het vanavond goedmaken?'

Vanavond? Tegen Jakob kon ze niet zeggen dat ze hem nooit meer wilde zien. Hij werd haar baas. Maar wilde ze hem privé zien? Het zou gemakkelijker zijn, want hij ontlokte haar geen opmerkingen die ze niet kwijt wilde, want hij keek niet zo diep bij haar naar binnen als Lesley en natuurlijk vleide het haar dat hij in haar geïnteresseerd was. Toch zei ze dat niet. 'Ik kreeg anders de indruk dat je je goed vermaakt hebt met die andere vrouwen.'

Hij zuchtte luid. 'Dus je hebt ze al gesproken? Ja, het was een geweldig leuke avond, maar ik miste jou de hele tijd.

Geef me alsjeblieft opnieuw een kans, want ik vind jou de leukste.'

Ze had geen idee of hij het meende, ergens dacht ze van niet, maar gelukkig bedacht ze op tijd een goede smoes. 'Ik moet morgen vroeg op het vliegveld zijn, dus ik ga vanavond op tijd naar bed.'

HOOFDSTUK 10

Met veerkrachtige passen liep Cynthia door de lange gangen van Schiphol. Haar hoge hakken tikten op de stenen vloer. Ze hield van dat geluid. Het had iets vrouwelijks en iets sexys, omdat platte schoenen zo niet konden klikken. Het klonk elegant. En het gaf het ritme aan waarmee ze liep. Aan het getik kon ze horen dat ze vlot en zelfverzekerd liep en dat had weer zijn wisselwerking op haar zelf, ze voelde zich er nog zelfverzekerder door. Het horen van die hakken gaf haar een kick en ze voelde dat ze straalde. Als iemand haar zag en hoorde lopen, zou hij of zij gewoon zeker weten: daar loopt iemand die zich goed voelt en zeker is van zichzelf. Opgewekt liep ze door en ontweek met opzet de lange rolvloeren, waarop ze haar hakken niet zo duidelijk kon horen. Ze had een geweldige week achter de rug. Alles was fantastisch gegaan in Londen. Ze was er voor het eerst, althans voor Karpet Diem, de mensen kenden haar niet persoonlijk, hooguit via e-mail of telefoon, en dus gaf het ook niet dat ze niet meer dezelfde uitstraling had als een week daarvoor. Ze was nog steeds de vlotte, zakelijke vrouw die precies wist waar ze het over had en waar ze naartoe wilde, maar ze liet af en toe ook zien dat ze echt vrouw was. Een glimlach die langs haar lippen speelde en haar ogen bereikte. Een lok die los was gaan hangen en die ze daar liet hangen. En niet alle dagen een keurige broek, maar soms zelfs een rok. Weliswaar ook keurig, maar toch vrouwelijker dan die broek.

Ze had goede zaken gedaan. Meneer Ratsma kon tevreden

zijn, net als Jakob. Ze glimlachte toen ze aan hem dacht. Hij had haar diverse sms'jes gestuurd gedurende de vijf dagen dat ze in Londen was. Om haar succes te wensen op de beurs en voor het bezoek aan die nieuwe klant. Om haar te vragen hoe het met haar ging. Een keer zelfs om haar welterusten te wensen. Het grappige was, dat ze er blij mee was geweest. Dat had ze niet verwacht, maar de belangstelling van hem en Lesley hadden gevoelens in haar wakker gemaakt of nee, eigenlijk hadden ze haar erop gewezen dat ze toch best wel een relatie wilde.

Ze had het prima in haar eentje, ze vermaakte zich uitstekend, verveelde zich nooit, maar om iemand te hebben met wie je praten kon, tegen wie je aan kon leunen als je daar behoefte aan had, ja, daar had ze toch eigenlijk wel weer zin in. Om van seks maar te zwijgen. Na vijf jaar samenwonen met Roger was het op dat gebied tegenwoordig helemaal stil gevallen en soms verlangde ze daar toch wel naar. Ze had het alleen niet willen weten en elk verlangen in de richting van een man of van seks de kop in gedrukt en diep, diep weggestopt.

Het was goed geweest, deze week in Londen. Ze had afstand kunnen nemen van haar bestaan als Cynthia en als Maria. Ze had dingen kunnen overdenken als ze alleen zat op haar hotelkamer. Ze had zaken op een rijtje kunnen zetten. Nu wist ze dat ze wel een relatie wilde, ondanks haar angst opnieuw bezeerd te worden. Die pijn was afschuwelijk, maar daar stond wel tegenover dat ze eerst een relatie gehad had en het hebben van een relatie deed een mens meestal goed. Ze kon ook voor het eerst terugdenken aan Roger zonder meteen pijn te voelen. Ze hadden het toch fijn gehad de eerste jaren? Ze wilde proberen alleen nog de goede herinneringen te onthouden.

Ze zag zichzelf in een glazen wand, een vlotte, jonge vrouw in een vlotte Engelse blazer op een donkerblauwe rok die wijd uitliep en rond haar knieën op en neer wipte. Het witte kraagje van haar blouse stak boven de blazer uit. Haar blonde haren had ze in loshangende lokken opgestoken. Ze glimlachte naar haar spiegelbeeld. Ze voelde zich stukken beter dan ze in lange tijd gevoeld had en was ze van plan dit gevoel goed vast te houden.

Ze wachtte geduldig op haar koffer en liep vervolgens langs de douane de aankomsthal in. Ze keek niet om zich heen, omdat ze niet afgehaald zou worden, maar zocht de borden richting parkeerplaats, waar haar auto hopelijk nog steeds stond.

Plotseling stak iemand een boeket rode rozen onder haar neus. Ze schrok ervan, maar tegelijk rook ze de heerlijke bloemengeur. Ze hield in en duwde lachend de bloemen opzij. 'Ik ben niet geïnteresseerd, sorry.'

'Ze zijn ook niet te koop.'

Jakob! Volkomen onverwachts stond ze oog in oog met Jakob. Ze wist niets te zeggen, keek hem alleen maar perplex aan.

Hij lachte. 'Dat is duidelijk een verrassing, je bent er stil van.' Opnieuw stak hij haar de bloemen toe. 'Voor jou.'

'Hoe wist je…'

'Josine weet alles en als ze het niet weet, komt ze er wel achter.' Hij grijnsde. 'Welkom terug.'

In Londen had ze bedacht hoe ze op hem zou reageren, maar deze ontmoeting kwam zo onverwachts dat ze even niet meer wist wat ze bedacht had.

'Zo ken ik je helemaal niet,' zei hij lachend. 'Ik heb je echt overdonderd. Hé, schatje, zeg eens wat.'

Cynthia keek hem aan, bewoog haar schouder zodat haar handtas bleef hangen, klemde haar aktetas onder haar arm en trok aan haar koffer. 'Misschien kun je ze straks nog op kantoor neerzetten? Dan vind ik ze maandag wel.'

Ze keek hem vriendelijk aan. Niet kil en afstandelijk, maar ook niet toeschietelijk.

'Cynthia! Ik heb ze speciaal voor jou gekocht.'

'Dat vind ik heel aardig van je, maar ik kan er nu niets mee. Ik heb mijn handen vol aan mijn bagage en ik ben op weg naar mijn ouders.' Ze kreeg weer grip op zichzelf en begon verder te lopen in de richting van de parkeerplaats.

'Cynthia, je kan nu niet naar je ouders.'

'Hoezo niet?'

'Ik ben met de trein gekomen, zodat ik terug kan rijden met jou in je auto.'

Ze hield even haar pas in, keek hem verward aan, maar moest toen lachen. Ze hield zich in, maar kon niet voorkomen dat de lach ook in haar ogen sprong. 'Sorry, Jakob, maar je zult ook met de trein terug moeten. Ik neem je niet mee. Mijn ouders wonen een heel andere kant op.'

'Maar je was laatst ook al bij je ouders,' protesteerde hij.

'Jij ziet je vader elke dag,' lachte ze, 'en ik ga niet alleen naar mijn ouders. Mijn oma is morgen jarig. Daarom ga ik die kant op.'

'Cynthia, wacht nou eens even. Laten we dan in elk geval een kopje koffie samen drinken. Dat ben je me toch op zijn minst verschuldigd.'

Ze trok haar wenkbrauwen hoog op. 'Ik ben jou niets verschuldigd. Ik heb de hele week hard gewerkt, soms wel twaalf uur op een dag. Het is nu vrijdagavond acht uur, ik ben vrij.'

'Sorry, zo bedoelde ik het ook niet. Ik bedoel – ik heb dat hele eind voor jou in de trein gezeten. Drink alsjeblieft een kop koffie met me.' Hij keek haar zo smekend aan dat ze door de knieën ging. 'Goed dan. Eén kopje.'

Hij greep haar enthousiast bij een elleboog en voerde haar door de mensenmenigte heen naar een restaurant waar hij twee koffie en twee koffielikeurtjes bestelde. 'Ging het goed in Londen?' vroeg hij toen ze tegenover elkaar zaten.

'Jakob, ik heb van de week al een paar keer verslag uitgebracht aan je vader en als dat niet genoeg is, kan ik je maandag alles vertellen. Waarom ben je hier?'

'Omdat ik je leuk vind. Zo simpel is het.' Hij stak zijn hand uit en pakte een lok, liet hem door zijn vingers glijden en glimlachte zijn innemendste lach.

Ze keek hem onderzoekend aan, voelde hoe zijn lach haar raakte, drukte met haar wijsvinger de bril verder op haar neus en zuchtte onhoorbaar. 'Je weet niet wie je leuk vindt,' zei ze zacht. 'Je flirt met iedereen op de werkvloer. Je vindt elke vrouw leuk.'

'Ja, maar nu weet ik hoe dat komt,' zei hij. 'Ik ben nog maar zo kort geleden gescheiden. Dat was zo'n aparte gewaarwording. Plotseling kon ik weer kiezen, ik was vrij! Maar ik wist niet wie ik wilde, wat ik wilde, ik was gewoon wat in de war.'

Ze schudde haar hoofd. 'Erg in de war dan, want er is nogal een groot verschil tussen de jonge, vrolijke flapuit Malou en de wat oudere, keurige ijskoningin Cynthia.'

'Dat ben je niet. Ik weet dat je dat niet bent! Ik zie het in je ogen.' Hij keek haar aan en ze zag weer de ondeugendheid die ze de eerste keer ook gezien had.

'En ik weet,' ging hij verder, 'dat jij mij leuk vindt. Dat zag ik meteen al die allereerste keer dat ik over de afdeling liep.'

Ze keek langs hem heen, zag mensen die elkaar vol liefde omhelsden en duidelijk blij waren dat ze elkaar weer zagen. Hij had gelijk. Hij was haar meteen opgevallen, die eerste dag. Zijn mooie voorkomen, zijn ogen. Bovendien was ze blij geweest met zijn sms'jes, al had ze er niet een teruggestuurd. Ze draaide haar gezicht naar hem toe. Er gleed een glimlachje rond haar lippen. 'Oké, je ziet er zondermeer aantrekkelijk uit, maar dat is niet genoeg.' Haar vinger ging onbewust weer naar haar bril, die ze een klein duwtje gaf.

'Je zou echt contactlenzen moeten nemen,' zei hij.

Die heb ik ook, maar ik houd er niet van om ze elke dag te dragen, dacht ze, maar ze zei het niet en dat was het voordeel van Jakob ten opzichte van Lesley. Bij Jakob kon ze haar woorden wel inhouden. Hij was een stuk veiliger dan Lesley.

'Het is raar om gescheiden te zijn,' hoorde ze hem zeggen. 'Je weet opeens niet waar je aan toe bent. Ik ben iemand die monogaam is, dus ik keek niet meer naar vrouwen toen ik getrouwd was. Na de scheiding voelde ik me vreemd en vooral onzeker. Ik denk dat ik me ook schaamde omdat ik gescheiden was. Mislukt huwelijk.' Hij keek haar hulpeloos aan en ze voelde dat er iets in haar hart begon te smelten.

'Ik wilde weten,' zei hij, 'hoe ik in de markt lag. Dat kon me eerst niets schelen, want ik was getrouwd, maar nu wilde ik dat opeens weer weten. Was ik nog aantrekkelijk? Kon ik nog flirten? Kon ik vrouwen het hoofd op hol brengen? Dat soort stomme dingen. Niet echt passend bij een directeur, maar ja, ik ben ook maar een mens.'

Ze was verrast door zijn openheid, door het feit dat hij zich kwetsbaar opstelde. Ze keek hem warm aan en knikte. 'Daar kan ik me wel iets bij voorstellen, ja.'

'Ben jij ook gescheiden?' vroeg hij.

Fout, Jakob. Foute vraag. Dat ging hem niets aan. Of toch? Was het normaal zoiets te vragen? Waarschijnlijk wel, ze had er alleen nog nooit over willen praten en het nog nooit zo ver laten komen. Nou ja, behalve bij Lesley dan... 'Ja, ik heb vijf jaar samengewoond.' Ze was verrast dat ze dat zo normaal kon zeggen.

'Vervelend voor je, maar dan moet je mij snappen. Cynthia, ik vind je geweldig. Laten we iets leuks doen dit weekend.'

Het was ook nooit goed, dacht ze in stilte. Ze pakte haar kopje en nam een slok van de koffie die al bijna koud was. Hij reageerde totaal niet op haar opmerking. Alsof hij niet geïnteresseerd was in haar verleden, in haar pijn. Daar moest ze juist blij om zijn, want ze had hem er toch niets over willen vertellen, maar dat hij er zo gemakkelijk overheen stapte en opnieuw aandrong om samen iets te doen, ging haar opeens te ver. Zijn gevoelens waren belangrijker dan de hare, althans zo kwam het nu op haar over. 'Ik kan dit weekend echt niet,' zei ze afgemeten.

'Je laat me niet met de trein teruggaan, hoor. Dat accepteer ik niet. Ik ben hier voor jou gekomen, Cynthia.'

'Als je echt belang in me stelde, had je gevraagd of het me uitkwam. Jij bedenkt en beslist wat ik moet doen, maar zo werkt dat niet.' Ze pakte haar handtas en hing hem om haar schouder.

'Cynthia!' riep hij uit, terwijl hij haar arm vastpakte.

'Help me dan! Zeg dan wat ik moet doen! Ik ben het verleerd een vrouw te versieren.'

'Versieren?' Ze stond op.

'Nee, nee, leg nou niet op elke slak zout. Ik bedoel het hof maken, een vrouw te vertellen dat ik haar wil, dat ik haar mooi en interessant vind. Ik weet niet meer hoe je dat aanlegt. Alsjeblieft, loop niet zomaar weg, maar help me.' Hij keek haar zo smekend aan, dat ze weer ging zitten. Opnieuw voelde ze haar hart iets sneller slaan. Het raakte haar dat hij zich zo kwetsbaar toonde en haar zijn hulpeloosheid liet zien. Ze glimlachte. 'Jakob, misschien kunnen we volgend weekend iets doen, maar nu ga ik naar mijn ouders en oma.'

Oma Maria was zondag jarig, maar Cynthia ging zaterdag al naar haar toe. Ze had behoefte om even alleen bij haar grootmoeder te zijn, zonder de rest van de familie.

'Maria, wat leuk dat je nu al komt.' Oma Maria omhelsde haar kleindochter en trok haar mee het huis in. 'Wil je koffie?'

'Graag.' Oma Maria liep opgewekt naar de keuken, waar de koffie al klaarstond. Ze had er stiekem op gehoopt dat ze langs zou komen. Ze bracht de kopjes naar binnen, haalde een koekje tevoorschijn en ging tegenover haar zitten. 'Hoe gaat het met je, meisje?'

Cynthia glimlachte. 'Wel goed.'

'Daar ben ik blij om. En hoe zit het met die man die niet leuk is? Heb je nog last van hem?'

Ze glimlachte wat verlegen. Ze wist dat oma altijd aan haar zag of ze de volle waarheid vertelde of wat voor haar achterhield. Dus kon ze maar beter eerlijk zijn. 'Hij is misschien toch leuker dan ik dacht.'

'O?'

'Ik weet het niet. Het is nog veel erger, oma, ik heb twee

mannen ontmoet, die allebei wel wat hebben.'

'Maar toch niet de ware zijn?'

'Dat weet ik dus niet. Ik dacht dat ik nooit meer aan een man zou beginnen, maar hun belangstelling heeft toch gevoelens in me wakker gemaakt. Ik dacht dat ik de rest van mijn leven alleen zou blijven. Ik zag daar niet eens tegenop. Ik heb genoeg te doen. Maar nu opeens... Oma, hoe doet u dat? U bent al zo lang alleen. Hoe krijgt u dat voor elkaar?'

Oma Maria glimlachte. 'Dat doe je niet, meisje, dat overkomt je en dat weet je zelf ook heel goed en als het je overkomt, moet je er het beste van maken. Jij bent nog jong, hebt nog een heel leven voor je en hebt ook meer mogelijkheden om mannen te ontmoeten. Op mijn leeftijd lukt dat amper nog en bovendien denk ik dat ik een stuk kritischer geworden ben nu ik zo oud ben.' Ze zweeg even, pakte haar kopje van de tafel en glimlachte opnieuw. 'Ik heb een geweldig huwelijk gehad met je grootvader. Ik kan nog steeds teren op de positieve en fijne herinneringen. Ik mis hem verschrikkelijk natuurlijk, dat kan ik niet ontkennen, maar ik geloof niet dat ik het nog zou kunnen weer met een man om te gaan. En dus blijf ik alleen, zo simpel is dat en ik maak daar iets leuks van.'

'Dat deed ik ook, dacht ik.'

'Dat deed je toch ook! Je zocht een leuke baan, ging op fitness, vermaakt je met je huizenjacht. Je doet het geweldig!'

'En toch heb ik ontdekt dat ik me af en toe alleen voel.'

'Jij hebt geen huwelijk van vijftig gelukkige jaren achter de rug. Ik denk dat dat een groot verschil is. Ik ben tevreden met wat ik had en jij nog niet en dat lijkt me niet meer dan normaal.' Oma keek haar warm aan en Cynthia zuchtte. Het was altijd zo heerlijk bij haar grootmoeder te zijn. Die begreep haar altijd zo goed en wist ook altijd het juiste terug te zeggen.

'Hoezo twee mannen?'

'Een op mijn werk. De zoon van de directeur, die opeens terug is uit Amerika en het bedrijf over gaat nemen, en een toen ik als Maria in een lange jurk ergens op een terrasje zat.'

'Grappig, dus ze kennen elk een andere kant van jou? De een kent je als zakelijk en de ander als romantisch.'

'Zoiets, ja.'

'Maar geen van beiden kennen ze je zoals je bent.'

'Ik weet zelf niet hoe en wie ik ben.'

'Dat weet je heel goed,' vond oma. 'Je durft het alleen niet toe te geven. Je bent een geweldige lieve vrouw met een goed zakelijk inzicht. Het is toch geen schande om die beide kanten van jou tegelijk te laten zien? Je gaat toch niet af als zakenvrouw als je lief bent? En je gaat toch ook niet af als je lief bent en tegelijk zakelijk? Je moet echt ophouden om bang te zijn, meisje. Echt!'

'U hebt volkomen gelijk, dat weet ik ook wel, maar tussen weten en doen...'

Oma knikte begrijpend en stond op om nog een keer koffie te halen.

'Ik had dat zakelijke, koele masker nodig voor mezelf,' zei Cynthia zodra oma de kamer weer inkwam, 'maar er is nog iets. Veel zakenmannen hebben geen vertrouwen in een vrouw. Je moet je voortdurend bewijzen en het liefst lopen ze gewoon over je heen. Dan vragen ze of je koffie voor ze wilt halen. Ze halen je graag onderuit, oma. Dus ik moet wel koel en afstandelijk zijn.'

'Maria, is het dan zo erg om inderdaad koffie te halen?'

'Nee, natuurlijk niet, maar dan zien ze me niet meer als iemand met wie ze zaken kunnen doen.'

Oma lachte. 'Je bent een zakenvróúw en een vrouw kan charmant zijn, maar ook hulpverlenend. Als je koffie voor ze inschenkt, ga je echt niet af. Je laat gewoon zien dat je meer bent dan zij. Net zo zakelijk als zij, net zo intelligent, maar tegelijk ook vrouwelijk en daar is niets op tegen, hoor. Gedraag je toch niet zo krampachtig, Maria! Je hoeft je echt niet te bewijzen, want je bent zelf al het bewijs dat je verstand van zaken hebt, anders had je die baan heus niet gekregen.'

Daar zat wel wat in.

'Je moet die koffie gewoon met een beleefd lachje voor ze neerzetten en dan met een ernstig gezicht zeggen: 'En zullen we het nu over de karpetten hebben?' En dan vertel je welke soorten en kwaliteiten je allemaal kunt leveren. Wedden dat ze voor je charme vallen en nog meer kopen dan ze van plan waren!'

Cynthia schoot in de lach. 'Kunt u niet meegaan de volgende keer?'

'Als jij achtenzeventig bent, oeps, negenenzeventig word ik morgen, nou ja. Als jij zo oud bent, weet je dat zelf ook.'

'Maar dan kan ik geen karpetten meer verkopen.'

'Dat weet je nooit,' lachte oma. 'Ze willen de pensioengrens alsmaar verschuiven.'

Toen moest Cynthia nog harder lachen. 'Oma, wat is het toch heerlijk om bij u te zijn.'

Ook de verjaardag werd een gezellige dag. Cynthia genoot ervan haar familieleden weer eens te zien en om samen te zijn met haar ouders. Toch ging ze zondag niet al te laat naar huis. Ze had nog werk in haar tas, ze moest nog een verslag maken van de laatste dag. Dat wilde ze graag klaar hebben voor ze maandag op kantoor kwam.

En toen ze maandag op kantoor kwam, werd ze meteen hartelijk begroet door Malou. 'Hé, je bent er weer. Ik heb je gemist, weet je dat!' Hij klonk zo gemeend, dat Cynthia even een brok in haar keel voelde. 'En wat zit je haar leuk!'

Cynthia had voor de verandering eens geen knotje op haar hoofd gemaakt. Ze had haar haren wel strak achterover gekamd, maar ze in een paardenstaart bijeen gebonden. Het puntje wipte op en neer bij het bewegen van haar hoofd. Ze voelde het in haar nek en het gaf haar een goed gevoel.

'En weet je wat er op je bureau staat?'
'Nou?'
'Rode rozen!'
Nee toch, had Jakob ze daar echt neergezet?
'Enig idee van wie?'
Cynthia haalde lachend haar schouders op, maar zei niets.
'Ze zijn vast van Jakob,' fluisterde Malou.
'Hoe kom je daar nou bij?'
'Hij heeft natuurlijk spijt dat hij je heeft laten lopen die vrijdagavond.'
'Ik dacht dat jij verliefd op hem was en Josine...'
'Maar hij niet op ons, dat is de afgelopen week duidelijk gebleken. Hij deed best nog heel aardig tegen ons, maar hij flirtte niet meer.'
'O?'
'Nee, hij was gewoon heel anders. Hij liet wel blijken dat hij een geweldige avond gehad had met ons, maar dat was het dan. Geen telefoontjes meer, geen fluisterende opmerkingen meer. Ik wed dat hij toch op jou valt.'
Hun blikken ontmoetten elkaar en tot Cynthia's verrassing zag ze geen spoortje van jaloezie in Malous ogen.
'Zou je denken?' vroeg ze aarzelend.
'Wacht maar af,' zei Malou lachend. 'Maar als ik jou was zou ik de kans wel grijpen, want waar vind je tegenwoordig nog zo'n spetter en dan ook nog eentje met een hoge baan en vast veel geld op zijn bankrekening?' Ze giechelde en Cynthia glimlachte haar toe, toen liep ze door naar haar kamer. De bloemen stonden haast midden op haar bureau. Ze moest de vaas wel optillen en aan de kant zetten, anders kon ze niet werken. Even stopte ze haar neus in de bloemen, maar de geur was lang zo sterk niet meer als vrijdagavond op Schiphol. Gelukkig ontdekte ze geen kaartje. Ze kon dus net doen alsof ze niet wist van wie ze waren.
Ze haalde haar laptop uit haar tas en zette hem aan. Ze moest de belangrijkste documenten even overzetten op haar vaste computer. Dat had ze graag gedaan voor ze om

negen uur bij meneer Ratsma verwacht werd voor een persoonlijk verslag. Ze zette ook de computer op haar bureau aan en wachtte op de bekende startgeluidjes. Dat Jakob zich zo anders gedragen had de afgelopen week, dat het Malou opgevallen was... Zou het dan echt waar zijn dat hij haar de leukste vond? Een zacht klopje op haar deur deed haar opkijken. Jakob stond voor de glazen wand en wachtte netjes tot ze 'ja' zei. Ze knikte en hij kwam binnen. 'Dag mooie vrouw,' zei hij met een warme klank in zijn stem. Zijn ogen fonkelden. 'Echt leuk om je weer te zien!'

Ze voelde haar hart sneller slaan. Wat had oma ooit eens tegen haar gezegd? De eerste indruk, Maria, de allereerste indruk die je van iemand hebt, die is de belangrijkste, want die is de enige juiste. En had zij niet meteen gedacht dat hij een aantrekkelijke, sympathieke man was, die ze wel met haar ogen moest volgen? Ja, haar eerste indruk was heel positief geweest en de indruk van nu ook!

HOOFDSTUK 11

'Je vertikt het om je haar los te laten hangen, hè?' zei Jakob hoofdschuddend.

'Misschien doe ik het wel om te pesten,' zei Cynthia met een lichte grijns.

'Hoezo?'

Dit was de vierde keer dat ze samen uit waren en tot nu toe waren het echt leuke avonden geweest. Cynthia had ervan genoten. Ze waren gaan eten, naar de schouwburg geweest waar een mooi toneelstuk werd opgevoerd en naar de bioscoop. Nu zaten ze opnieuw in een restaurant. Ze was al veel van Jakob te weten gekomen en ze had hem op verschillende manieren meegemaakt, maar haar indruk was nog steeds als de allereerste. Hij was een mooie en vooral sympathieke man. Toch hoorde ze voortdurend een stemmetje in haar achterhoofd zeggen: 'Geef je niet te snel, houd je in, kijk toch maar de kat uit de boom.' En ze voelde dat ze dat stemmetje gelijk moest geven. Al vond ze de vluchtige aanrakingen van hem prettig en kon ze soms zijn hand uren later nog op de hare voelen, ze bleef diep van binnen bang weer gekwetst te worden. En dus stak ze haar haren op en droeg ze nog steeds haar bril. Een soort van bescherming die ze nog steeds nodig dacht te hebben. Ze keek hem aan. 'Ach, je weet wel. Als je een kind iets verbiedt, gaat ie het juist wel doen en als je een kind iets opdringt, wil ie het niet. Zoiets zal het wel zijn.'

'Dus,' stelde hij vast, 'als ik zou zeggen dat ik liever heb dat je je haren opsteekt, ga je het met opzet los laten hangen?'

'Zou zomaar kunnen,' zei ze opgewekt. Ze genoot van de ondeugende blik in zijn ogen. Dat had ze vanaf het begin meteen al zo leuk aan hem gevonden. Tot hij haar dingen vroeg die haar het gevoel gaven dat hij haar niet vertrouwde als zakenvrouw, dat hij aan haar kunnen twijfelde. Maar dat had hij meteen tijdens hun eerste echte etentje al uitgelegd en er zelfs zijn excuses voor aangeboden. Zo charmant! Zo aandoenlijk. Er waren niet veel mannen die uit zichzelf hun excuses aanboden, maar Jakob wel. En ze had ze meteen aanvaard. 'Mijn vader is dit bedrijf vijftien jaar geleden pas begonnen,' had hij uitgelegd. 'Ik vond het eigenlijk belachelijk. Hij was toen al bijna vijfenvijftig. Ik had meer het gevoel dat hij met de vut moest gaan dan een nieuw bedrijf starten en ik zag totaal geen toekomstmogelijkheden. Ik was dus niet geïnteresseerd en toen ik de kans kreeg naar Amerika te gaan, heb ik die kans met beide handen aangegrepen.

Daar ontmoette ik Annabeth bij de firma waar ik werkte en die van haar vader was. Het leek liefde op het eerste gezicht. We trouwden en haar vader ging er automatisch van uit dat ik het bedrijf later samen met haar zou overnemen. Hij had geen zoon en alhoewel Annabeth bijzonder pienter was, zag hij het toch niet zitten om het bedrijf aan haar na te laten, maar aan ons samen, dat leek hem wel wat. Ik leerde hem dus van dichtbij kennen en dat had een slechte invloed op mij. Ik dacht dat bazen zo hoorden te zijn als hij, al voelde ik voortdurend tegenzin tegen zijn manier van optreden. Hij was echter de enige baas die ik van zo dichtbij had meegemaakt. Maar inmiddels weet ik dat je ook op een andere manier met werknemers om kunt gaan. Dat heb ik aan míjn vader gezien en ik kan alleen maar zeggen dat ik tegenwoordig grote bewondering voor hem heb en zijn manier van omgaan met personeel veel en veel prettiger vind.'

Hij had haar warm aangekeken toen hij dat vertelde. 'Dat ik je dus liet merken niet te vertrouwen, had niets met jou persoonlijk te maken, maar alles met mijn Amerikaanse achtergrond. Het spijt me, Cynthia,' had hij gezegd en haar daarbij zo intens aangekeken, dat ze kon zien dat hij het meende. 'Ik had het recht niet om arrogant te zijn en jou openlijk te wantrouwen. Ik had mijn vader moeten vertrouwen en dus jou.'

De ober kwam het eten brengen. Het zag er fantastisch uit. Ondanks dat Jakob lang niet meer in Nederland gewoond had, wist hij wel de beste restaurants te vinden. 'Ik heb een verrassing voor je,' zei hij met een geheimzinnig lachje rond zijn lippen.

'O?'

'Na het eten,' zei hij.

'Ben je bang dat ik anders mijn bord niet leegeet?'

'Je weet het maar nooit met jou.'

'Ben ik zo onvoorspelbaar?'

'Wispelturig,' zei hij.

Ze fronste haar wenkbrauwen. 'Echt?'

'Ja, je weet bijvoorbeeld nog steeds niet of je het me nu wel of niet zult toestaan je te kussen. Het ene moment kijk je me zo lief aan, dat ik denk, nu kan ik het doen, maar het volgende moment is de afstandelijke blik weer in je ogen en voel ik dat ik me in moet houden.'

'Hm.'

'Als ik vraag of we uitgaan, ben je enthousiast, maar als ik voorstel je thuis af te halen, kijk je weer koel. Je geeft me het gevoel dat je me heel leuk vindt, maar ik mag bepaald niet dichtbij komen.'

Ze knikte aarzelend. Het verraste haar dat hij het zo goed aangevoeld had, want hij had helemaal gelijk. Ze had alleen toch niet gedacht dat hij zo'n gevoelsmens was dat hij het zou merken. Aan de andere kant: was dat verkeerd van haar? Ze mocht toch wel op haar hoede zijn en zichzelf beschermen?

'Vind je me nu eigenlijk wel of niet leuk?' hield hij vol.

'Nou ja, zeg. Dat weet je inmiddels wel.'

'En?'

'Ja, ik vind je leuk. Heel leuk zelfs. En lief en charmant en sympathiek.'

'Zo, zo.' Hij grinnikte. 'Maar niet voor een relatie.' Nu keek hij ernstig. 'Ik ben alleen leuk voor een avondje uit.'

'Jakob!' reageerde ze verontwaardigd, maar ingetogen, want ze wilde niet dat de andere gasten naar haar zouden gaan kijken.

'Ja?'

Ze zuchtte zachtjes. 'Ik vind het moeilijk. Mijn vorige relatie is met een enorme knal uiteengespat en dat heeft ontzettend pijn gedaan. Ik ben daarvan geschrokken. Ik wil niet opnieuw die pijn voelen. Ik wil je gewoon graag nog beter leren kennen. Dat is toch niet vreemd?'

'Maar we zijn al op leeftijd. We hebben niet meer de tijd die we hadden toen we twintig waren. Ik wil met je naar bed.' Hij keek haar zo indringend aan, dat ze haar lichaam voelde reageren en dat was een heerlijk gevoel. Ze was even niet in staat iets te zeggen, haar keel leek dichtgeknepen.

'Nou? Of heb ik het nu verbruid?'

Ze schudde haar hoofd. 'Nee, nee, ik begrijp wel dat je dat wilt en...'

'Ja?'

'Ik wil ook wel, maar ik durf niet,' zei ze eerlijk.

'Je wilt wel?' Hij keek haar met grote, blije ogen aan. Hij pakte haar hand en streelde de rug ervan. 'Ik zal je heus geen pijn doen, hoor. Ik ben ontzettend lief in bed. Daar hoef je echt niet bang voor te zijn!'

Ze glimlachte. 'Daar ben ik ook niet bang voor, Jakob. Dat is het niet.'

'Wat dan?'

'Het is de pijn van naderhand. Als blijkt dat je toch op me afknapt. Je kent me namelijk nog helemaal niet. Je weet eigenlijk nog niets van mij!'

'Ja, dat moet je incalculeren. Dat kan altijd gebeuren. Andersom ook.' Hij klonk opeens zo nuchter. Ze schrok ervan.

'Ik dacht ook dat ik gelukkig getrouwd was en toen liep het spaak. Maar zo is het leven en zo zal het blijven. Je moet weer verder. Misschien wel op naar de volgende teleurstelling, maar als je niets probeert, kom je nergens. Ik vind je leuk en lief en intrigerend, ik wil met je vrijen, maar als over een paar maanden blijkt dat het toch niets kan worden, nou, dan moeten we allebei een andere kant op. Toch?'

'Doet het jou dan niets dat je gescheiden bent? Hoe lang was je getrouwd? Acht jaar? En daar stap je zo overheen?'

'Nou ja, niet zo, natuurlijk. Ik was best even van slag, maar,' hij haalde zijn schouders op, 'bij de pakken neer gaan zitten heeft geen enkele zin. Je moet verder en ik wil verder met jou.' Hij keek haar verliefd aan, maar Cynthia was even echt in de war. Net leek hij nog een gevoelsmens, maar nu weer helemaal niet. 'Wie ben jij toch?' fluisterde ze.

'Hoezo? Ik heb toch gelijk in wat ik zeg?'

'Ja, theoretisch wel, maar in de praktijk is het anders, bij mij wel. Had je niet zelf gezegd dat je je onzeker voelde na je scheiding, dat je niet meer wist wie je was en dat je wilde kijken of je nog wel goed in de markt lag bij vrouwen?'

'Hallo, meisje, dat is allang over. Dat heeft een paar weken geduurd en toen wist ik het: ik wil jou.'

'Bij mij heeft dat veel langer geduurd. Ik was er kapot van dat Roger me niet meer wilde en...'

'Roger is een idioot,' viel hij haar in de reden. 'Om zo'n geweldige vrouw aan de kant te zetten. Dat ga ik echt niet doen, hoor!' Hij glimlachte warm. 'Maar ik wil wel een beetje voortmaken. Ik vind het afschuwelijk om alleen te wonen. Ik wil je dag en nacht bij me hebben. Ik wil naast je wakker worden en ik wil naast je in slaap vallen. Snap je dat?'

Ze voelde zich warm worden bij die woorden en toch... Ergens klopte er iets niet, maar wat? Ze kon er niet goed vat op krijgen en nam zwijgend een paar hapjes van haar eten. Natuurlijk zou het heerlijk zijn naast iemand wakker te worden, maar... 'Ik ken je nog maar zo kort,' zei ze.

'Is dat van belang?' Hij trok zijn wenkbrauwen op. 'Ik dacht Annabeth te kennen, maar dat bleek na acht jaar huwelijk toch niet zo te zijn. Wanneer ken je iemand lang genoeg om te zeggen dat je hem of haar kent? Kom nou, Cynthia, je hebt net zelf gezegd dat je me leuk vindt en sympathiek en weet ik wat nog meer.' Hij grijnsde. 'Dus breng ik je straks naar huis en dan nodig jij me uit te blijven. Afgesproken?'

Ze schudde haar hoofd. Wat gebeurde er? Het leek alsof hij volkomen gelijk had en dat het normaal was dat zij hem straks binnen zou vragen, maar het stemmetje in haar hoofd riep voortdurend 'Alarm! Alarm!' Ze wist alleen niet meer waarom. Zijn warme ogen, zijn hand op haar arm, de haartjes op haar arm die overeind waren gaan staan door de tedere aanraking. Hij had gelijk, ze wilde graag met hem vrijen. Ze voelde het in haar buik. Waarom bleef dat stemmetje dan roepen? Hij was toch leuk, sympathiek, lief, vol aandacht. Houd je kop, zei ze in gedachten tegen het stemmetje, maar het stemmetje was het er niet mee eens. Pas op, Cynthia, riep het keihard. Ze keek geschrokken op. Het stemmetje had zo hard geschreeuwd dat ze dacht dat Jakob het wel gehoord moest hebben, maar die zat haar nog steeds vol verwachting en met een liefdevolle blik in de ogen aan te kijken. 'Niet dan?' zei hij. 'Jij vindt mij leuk, ik jou, we zijn geen pubers meer, dus?'

Het klonk zo simpel, maar was het ook zo simpel?

'Jakob, je maakt me in de war.'

'Heerlijk. Dat vind ik nou leuk om te horen, dat ik een vrouw kan verwarren. En vooral jou, Cynthia, de vrouw die duizenden karpetten tegelijk verkoopt, die nuchter, zakelijk, koel is. Dat ik jou kan verwarren, dat doet me goed. Het betekent dat ik echt iets voor jou beteken, toch?'

'Ja,' zei ze aarzelend, maar ze herstelde zich en glimlachte. 'Ja,' zei ze een heel stuk kordater, 'je betekent echt iets voor me.'

'Mooi, dan zijn we het daarover eens.'

'Maar ik nodig je straks niet uit mee naar boven te komen.' Ze schrok zelf van die zin, die er net zo kordaat uitkwam. Het was het stemmetje die haar die zin had ingegeven, maar had ze dat zelf ook willen zeggen?

'Cynthia, doe nou niet zo moeilijk! Je kunt ook met mij meegaan, maar je weet dat ik nog steeds in een pension woon en daar wil ik je niet ontvangen. Dus ik ga met jou mee. Akkoord?'

Ze wilde opstaan, even naar het toilet gaan, even wat water over haar polsen laten stromen. Hoe intenser hij naar haar keek, hoe meer zin ze in hem kreeg en de manier waarop hij haar tegenargumenten van de tafel veegde, leek volkomen correct. Ze moest verder met haar leven, niet achterom kijken, maar genieten van het nu. En toch…

'Weet je wat de naam van mijn vaders bedrijf betekent?' vroeg hij.

Ze keek hem verrast aan. Begon hij zomaar over iets anders? Had hij geaccepteerd dat ze hem niet mee naar binnen vroeg. 'Natuurlijk,' zei ze.

'Je werkt daar, maar je leeft er niet naar.'

'O?'

''Karpet Diem' komt van 'carpe diem' en dat betekent: pluk de dag. Geniet van elke dag die je krijgt en geniet van de dingen die je op die dag krijgt. Vandaag krijg je mij, geniet daar dan van. Cynthia, alsjeblieft, doe niet zo moeilijk! Ik wil van jou genieten.'

'En samen uit eten gaan is dat niet?'

'Ook, maar we zouden méér van elkaar kunnen genieten!' Ze sloeg haar blik neer, want hij had natuurlijk gelijk. Het zou heerlijk zijn hem aan te raken, hem zijn overhemd uit te trekken, zijn naakte huid te strelen, zijn… Ze kreeg het plotseling erg warm en nam snel een slok van haar koele wijn. ''Karpet Diem' betekent niet pluk de dag. Het is een leuke woordspeling, maar letterlijk vertaald zou het zoiets

146

betekenen als 'de dag van het karpet' en dat is totaal iets anders.'

Hij zuchtte hardop.

'Ik ben meer voor de uitdrukking 'dies diem docet',' zei ze.

'En wat mag dat dan wel betekenen?'

'Letterlijk: de ene dag leert de andere. Dus door ervaring word je wijzer. Ik heb ervaring dat een relatie pijn kan doen en die ervaring leert me dat ik dat niet opnieuw wil.'

'Helemaal gelijk,' zei hij stralend. 'Dat zou ik ook niet willen, maar je kunt toch niet voorkomen dat het misschien gebeurt. Dat moet je met me eens zijn.'

Ze knikte. Dat was natuurlijk ook zo. 'Ik zou gewoon toch wat zekerder over jou en mij willen zijn, voordat we met elkaar seks hebben. Ik wil eerst het gevoel hebben dat het echt wat kan worden tussen ons.'

'Maar dat kan toch? Cynthia!' Hij schoof zijn bord aan de kant en haalde een klein doosje uit de binnenzak van zijn colbert. Hij schoof nu ook haar bord aan de kant en het stemmetje riep: Zie je dat? Hij beslist wanneer jij klaar bent met eten. Wat is dat voor man? Maar ze hoorde het stemmetje niet, keek verrast naar het doosje dat hij voor haar op tafel legde. 'Voor jou, omdat ik je zo lief vind!' Hij keek haar stralend aan.

Met trillende vingers pakte ze het op. Het kwam van een juwelier. Roger had haar nooit sieraden gegeven en al wist ze nog niet zeker of er een sieraad in zat, het feit dat hij iets voor haar gekocht had, was zo hartverwarmend, dat ze voelde dat ze overstag ging. Ze peuterde aan het doosje, maar kreeg het dekseltje er niet af.

Hij lachte. 'Is dat de opwinding die je voor mij voelt?' Hij pakte haar het doosje uit handen en opende het voor haar. Er lag een schitterend hangertje in op donkerblauw fluweel. Het fonkelde alsof er een diamantje in zat, het goud waar het steentje in zat was kunstig bewerkt. 'Echt mooi!' zei ze spontaan.

'Ja? Hè, dat is een pak van mijn hart. Ik was zo bang dat

ik je smaak misschien nog niet kende, maar het mag ge-
ruild worden.'

'Echt niet!' Haar handen gleden naar het kettinkje dat ze
nu om had, ze maakte het sluitinkje los en ving het hangertje op, legde het op tafel, haalde het hangertje uit het
doosje en zag toen pas dat het al aan een kettinkje hing –
een sierlijk, dun gouden koordje. Ze bekeek het sluitinkje
en deed Jakobs ketting toen om.

'Prachtig,' zei hij blij. 'Het staat je geweldig! Vooral bij dat
opgestoken haar.'

Cynthia schoot in de lach. 'Je bent gemeen, maar ik ga er
even vandoor.' Ze stond op, zag de schrik in zijn ogen,
boog zich naar hem toe en gaf hem een vluchtige kus op
zijn wang. 'Ik móét mezelf even in de spiegel bekijken. Tot
zo!'

In de toiletruimte schrok ze van haar eigen gezicht. Haar
wangen waren rood, haar ogen glansden. Ze voelde haar
hart kloppen in haar keel en haar lichaam reageerde nog
steeds op de blik in zijn ogen en het zachte strelen over
haar hand. Ze leek verliefd! Iedereen die haar zou zien zou
het ogenblikkelijk denken. Dat kon haast niet anders. Er
verscheen een glimlachje rond haar lippen. Was ze echt
verliefd? Ze keek naar het fonkelende hangertje dat vlak
onder haar sleutelbeenderen hing op haar naakte huid.
Wat lief van hem om zoiets moois te kopen. Duur was het
waarschijnlijk ook. Maar het voornaamste was dat hij iets
voor haar gekocht had. Dat had Roger nooit gedaan. Ja,
af en toe nam hij eens een bos bloemen mee. Zo eens per
jaar. Maar dat was het dan. Zelfs op haar verjaardag
dacht hij er niet aan iets voor haar te kopen. Roger was...
Stop! Ze keek zichzelf geërgerd aan. Roger was verleden
tijd en bovendien was het fout om mannen met elkaar te
vergelijken. Roger had zeker dingen gehad die leuker
waren dan Jakob. Je kon appels en peren ook niet met
elkaar vergelijken en al waren het allebei mannen, ze
waren zo compleet verschillend. Carpe diem, dacht ze

opeens. Moest ze dat doen? Genieten van de dag en van wat er op haar pad kwam?

Haar vinger gleed over het hangertje en ze voelde dat haar huid warm was. Ze voelde dat ze aangeraakt wilde worden. Aangeraakt en gestreeld. Het was zo lang geleden. Ze had er zin in. Ze had er behoefte aan. Ze knikte tegen haar spiegelbeeld. Ja, ze wilde!

Ze draaide de koudwaterkraan open en hield haar handen en polsen er even onder. Zacht depte ze haar wangen met haar koude handen. Ze haalde diep adem en glimlachte opnieuw. Ja, het was duidelijk – ze was verliefd.

Blij ging ze weer terug naar het restaurant. Zodra Jakob haar zag komen, stond hij op en lachte hij naar haar. Ze liep op hem af, kuste hem opnieuw op zijn wang. 'Het is een prachtig sieraad, dank je wel.'

'Fijn dat je het zo mooi vindt. Zeg, zullen we straks nog even naar een kroeg gaan? Er is ergens een leuke band. Misschien kunnen we nog dansen.'

'Graag!' zei ze spontaan. 'Ik ben gek op dansen!'

De muziek had een heerlijk ritme en Cynthia kon dan ook niet stilzitten en trok hem mee naar de dansvloer. Het bleek echter dat de band niet veel meer dansmuziek kon spelen dan een foxtrot, maar Jakob en Cynthia leefden zich erop uit. Hij liet haar voortdurend rondjes draaien en ze voelde dat haar opgestoken kapsel het begaf. De eerste lok lag al op een schouder. Het kon haar echter niets schelen. Ze genoot van het bewegen op muziek en liet zich door Jakob ronddraaien en vasthouden en zwieren. Toen de band aankondigde dat ze het laatste nummer zouden gaan spelen, trok hij haar dicht tegen zich aan en zo gleden ze over de dansvloer.

Zijn hand gleed over haar rug naar beneden, hield vlak boven haar billen op en drukte haar stevig tegen zich aan. Ze voelde hoeveel zin hij in haar had en dat verhoogde haar eigen opwinding. Zacht schuurde ze met haar bovenlichaam tegen het zijne aan. Hij drukte een kus in haar

149

nek, ze voelde zijn lippen branden, terwijl ze langzaam door de kleine ruimte zweefden op de maat van de muziek.

Zijn lippen gleden verder, van haar nek naar haar wang en eindigden op haar mond, waar ze warm en vochtig aanvoelden. Ze hield haar ogen gesloten en genoot van alles wat ze waarnam. Zijn lichaam warm en stevig tegen het hare, zijn aftershave in haar neusvleugels, zijn hand die niet stillag op haar rug maar steeds opnieuw van boven naar beneden gleed en weer terug. Zijn lippen op de hare, eerst teder, toen langzaamaan dwingender. Ze opende haar mond een stukje en voelde zijn tong langs haar lippen gaan, voelde zijn tong tegen de hare en voelde hoe haar hele lichaam in vuur en vlam kwam te staan. Goeie genade, ze was compleet vergeten hoe het was om vol hartstocht gezoend te worden. Ze wist echt niet meer dat dat zo heerlijk aan kon voelen. Haar knieën knikten en ze greep hem steviger beet om niet om te vallen. Ze stonden stil midden op de dansvloer terwijl de band de laatste tonen speelde.

Hij liet haar danshand los en pakte haar gezicht met beide handen beet, drukte opnieuw zijn lippen op de hare. Cynthia greep zijn beide armen beet om stevig te blijven staan, want het voelde alsof ze zweefde, alsof alles in haar lichaam weigerde te functioneren, alsof alleen hij en zij samen nog op de wereld waren, de rest bestond niet meer. De band zag het gebeuren en speelde nog een paar tonen extra, maar toen viel er een stilte in het zaaltje, die echter maar van korte duur was, omdat de barkeeper zijn eigen muziek weer opzette en de stemming die ontstaan was met donder en geweld verstoorde.

Jakob liet haar lachend los. 'We gaan,' zei hij. 'In deze herrie wil ik geen seconde langer blijven.'

Hand in hand verlieten ze de kroeg, maar een paar meter verderop nam hij haar opnieuw in zijn armen en ging hij verder waar hij binnen op de dansvloer gebleven was. Zijn lippen voelden zo heerlijk aan, zijn handen waren zo zacht en sterk tegelijk. Ze voelde ze over haar rug glijden, haar schouders vastpakken, haar hals strelen.

'Wat ben jij lekker,' zei hij hees. 'Sjonge, wat voel jij geweldig aan.' Hij begroef zijn gezicht in de paar loshangende lokken haar en ging toen met zijn vingers op zoek naar de speldjes die de andere lokken nog omhoog hielden. Toen stond ze daar voor hem met haar haren op haar schouders. 'Wat ben je mooi!' fluisterde hij vol bewondering. Zijn handen gleden door de lange lokken, hij draaide een krul rond zijn vingers, toen schoot hij in de lach. 'Het is me toch gelukt!'

Ze duwde hem lachend van zich af en schudde wild met haar hoofd, zodat alle haren op hun plek vielen. 'Je bent gemeen,' zei ze met fonkelende ogen en liep een eindje weg, maar hij had haar al snel ingehaald, greep haar bij haar nek en drukte haar mond tegen de zijne.

'We nemen een taxi,' hijgde hij in haar oor. 'We halen onze auto's morgen wel op. Kom, hier om de hoek is een standplaats.'

'Nee hoor,' zei ze opeens weer bij haar positieven. 'Ik wil morgen gewoon met mijn eigen auto naar kantoor.'

'Joh, doe niet zo flauw, laat je toch gaan. Geniet van wat we hebben en voelen.'

'Dat kan ook als ik met mijn eigen auto ga. Kom, het restaurant is vlakbij. Net hebben we dat ook gelopen, dat kan nu wel weer.'

'Poeh, ik ben niet zo sportief als jij.'

'Nou, dan wacht je hier, haal ik mijn eigen auto op en kom ik je halen.'

'Echt?'

'Ja, hoor.' Ze drukte een kus op het puntje van zijn neus en huppelde van hem weg. Haar voeten bewogen zo licht, haar lichaam danste over straat. Wow. Wat heerlijk om je zo te voelen! Ze was verliefd! En hij zoende zo heerlijk! Zo teder, zacht en toch intens. Ze sprong van de stoeprand en stak over. In de verte zag ze haar vertrouwde autootje staan. Ze pakte haar handtasje en zocht naar de sleutels. Er viel een lok voor haar gezicht en ze lachte, zwaaide hem weg met haar hand en zocht verder. Gelukkig, daar waren ze.

Ze opende het portier en stapte in en toen merkte ze pas goed hoe haar benen trilden en haar hart sneller klopte dan normaal. Ze zocht het contact om de autosleutel in te stoppen, maar haar vingers trilden ook. Ze lachte om zichzelf. Nu wist ze het weer. Zo was het om verliefd te zijn! Zo heerlijk verward, zweverig en vooral gelukkig. Juist toen ze de motor startte, werd er op haar raampje getikt. Ze schrok zo ontzettend, dat ze het gevoel had dat haar hart vergat te slaan. Ze keek opzij en zag een gezicht vlak bij het raampje. De hand die bij het gezicht hoorde, maakte een draaibeweging. Hij wilde dat ze het raampje opendeed. Ze keek hem met grote, verwilderde ogen aan. Wat moest hij? Toen pas begreep ze dat hij van de politie was. Zijn auto stond voor de hare. Ze kon haar raampje niet opendoen omdat ze de auto nog niet gestart had. Ze draaide de sleutel een slag om en drukte toen op het knopje van de elektrische raamopener. 'Wat is er?'

'U was toch niet echt van plan om weg te rijden, wel?' zei de agent nors.

'Natuurlijk wel!' Cynthia keek hem verward aan.

'U hebt te veel gedronken, mevrouwtje. Dan kunt u niet rijden. Als u nu uitstapt en een taxi neemt, scheelt dat een bekeuring en die is stukken hoger dan de ritprijs van een taxi.'

Ze fronste haar wenkbrauwen. Ze wilde immers geen taxi! 'Ik ga zelf rijden,' zei ze nukkig. Hè, wat een vervelende man. Hij stoorde haar ongelooflijk. Ze had zich zo heerlijk gevoeld.

'U bent aangeschoten, misschien wel dronken.'

'Doe niet zo raar. Natuurlijk niet! Dacht u nu echt dat ik dan achter het stuur kroop?'

'Ik heb u zien lopen en gewoon lopen kon u niet.'

'Nee, natuurlijk niet. Ik was blij en gelukkig. Ik móést wel dansen,' snauwde ze.

'Blij en gelukkig?'

'Ja, en u verpest mijn humeur.'

'Wilt u misschien even uitstappen? Dan kunt u mij uw rijbewijs laten zien en een blaastest doen.'

Ze deed wat hij zei, haalde haar rijbewijs uit haar tasje en dacht razendsnel na. Bij het eten had ze gedronken. Misschien iets te veel, maar ze waren lopend naar de kroeg gegaan en daar had ze alleen maar water gedronken. Ze had alle alcohol eruit gezweet tijdens het dansen. Nee, ze was niet dronken. Ze was verliefd. En dat zei ze dan ook.

De agent keek haar argwanend aan, hield haar toch de blaastest voor. 'Diep ademhalen en rustig uitademen,' zei hij.

Ze deed het en wachtte af.

'U hebt gelijk, u hebt bijna niets gedronken. Neem me niet kwalijk, u mag toch rijden.'

'Ik ben misschien geen puber meer,' mopperde ze, 'maar ook vrouwen van mijn leeftijd kunnen verliefd worden, hoor.'

'Ik heb het door,' zei hij lachend. 'Veel geluk dan maar!'

Hij liep weer naar de auto die voor de hare stond, stapte in en reed langzaam weg. Vermoedelijk op zoek naar anderen die wel te veel gedronken hadden.

Cynthia stapte in haar eigen auto en bleef doodstil achter het stuur zitten. Net had ze zich nog zo fantastisch gevoeld en nu leek het alsof alles voorbij was. 'Stomme agent,' siste ze, maar toen pas hoorde ze het stemmetje in haar hoofd. Het stemmetje dat ze tijdens het dansen heel in de verte ook gehoord had, maar dat gelukkig niet boven de muziek uitgekomen was. 'Prima, toch?' zei het stemmetje nu met een grijns.

Ze knikte. Precies. Het was prima dat haar hoteldebotelbui even over was. Als ze in die bui naar Jakob was gereden, had ze hem mee naar huis genomen en waren ze in haar bed beland. Terwijl ze zo zeker wist dat ze daar nog niet aan toe was.

Ze startte de auto, zocht hem op. Hij stapte mopperend in. 'Wat bleef je lang weg. Ik dacht dat je me had laten stikken.'

'Waarom? Dan ken je me nog niet. Beloofd is beloofd. Ik ben aangehouden door een agent en moest blazen.'

'O? En je mocht doorrijden?'

'Zeg, ik heb toch alleen maar water gedronken de laatste anderhalf uur.'

'Dat is zo.'

'Waar zal ik je afzetten?' vroeg Cynthia. 'Bij je eigen auto? Bij je huis?'

'Afzetten? Ben je gek. Je neemt me mee naar jouw woning.'

Ze schudde haar hoofd. 'Nee, Jakob. Het lijkt me heerlijk. Echt waar. Je kunt me helemaal gek maken met je ogen, je handen, je lippen, maar ik wil nog niet verder gaan. Dus waar breng ik je naartoe?'

'Schat, dat meen je niet!' Hij greep haar hand, trok haar naar zich toe en wilde haar weer kussen.

'Nee, nee, Jakob, ander keertje. Voor vandaag is het genoeg geweest.'

'Maar je vond het geweldig. Dat merkte ik aan je. Doe niet zo raar.'

Ze keek hem aan. Het was donker in de auto, maar buiten stond een lantaarnpaal die zijn gezicht zwak verlichtte. Keek hij teleurgesteld? Nee, hij keek boos. Hij kreeg niet wat hij wilde en was boos. 'Sorry, Jakob,' zei ze zacht. 'Ander keertje.' Ze maakte zich van hem los en startte de auto. 'Taxistandplaats dan maar?'

'Daar is de ijskoningin weer,' zei hij nukkig. Hij opende het portier. 'Die kan ik zelf ook wel lopend vinden.' De volgende seconde zat ze alleen in de auto. Ze trapte op het gaspedaal en reed weg, maar had moeite haar flat te vinden omdat de tranen over haar wangen stroomden. Nu was hij boos en dat was haar schuld. Waarom was ze ook zo eigenwijs en zo koel en zo afstandelijk en zo... IJskoningin. Ja, dat was het enige goede woord.

HOOFDSTUK 12

Diep in gedachten verzonken liep Cynthia door de gangen van Karpet Diem. Ze was net bij de chef Verkoop geweest en die was zo vriendelijk, haast slijmerig geweest dat ze niet wist wat ze ervan denken moest. Het had wel geleken alsof hij om haar gunsten smeekte, maar ze begreep alleen niet waarom. Wat moest hij van haar?

Ze hoorde niet dat ze geroepen werd. Ze dacht aan de karpetten die die dag verstuurd zouden worden naar Italië en dat ze Compagnia Tappeti zo maar even moest mailen. Misschien moest ze ook maar weer eens een afspraak maken met de directeur voor een persoonlijk gesprek. Ze had inmiddels nog een paar interessante adresjes in Italië gevonden. Dat moest te combineren zijn, en een reisje, daar had ze wel zin in.

'Ben je doof?' Malou trok aan haar arm.

Cynthia keek geschrokken op. 'Is er brand?'

'Nee, zeg,' schaterde Malou, 'maar ik heb je vijf keer geroepen. Waar zat jij met je gedachten?'

'In Italië,' zei ze naar waarheid. 'Ik moet zo even naar Tappeti mailen.'

'Dat zal wel. Jij liep gewoon te dromen van Jakob. Ha!'

Cynthia zei niets terug. Ze droomde juist met opzet van Italië om niet aan Jakob te hoeven denken, want dan sloeg haar hart op hol en raakte haar hoofd volledig verward.

'Ga je nog naar fitness vanavond?'

'Joh, het is donderdag. Stel niet van de stomme vragen.'

155

'Sorry. Ik wist niet dat je kwaad werd.'

'Sorry, ja. Neem me niet kwalijk.' Cynthia forceerde een glimlachje, streek over haar strak naar achteren gekamde haren, voelde even aan haar knotje en drukte toen haar bril met zwart montuur beter op haar neus. 'Hoezo?' Ze keek Malou vriendelijk aan en de jonge vrouw haalde opgelucht adem. 'Je bent er weer,' zei ze lachend. 'Nou, ik vond het zo leuk om iets met jou te drinken. Ga je na fitness mee naar die bar waar we met Martin waren? Josine gaat ook mee en misschien komen er nog een paar, maar dat weet ik nog niet zeker.'

'Kun je daar ook iets te eten krijgen?'

'*Yes*. Ze hebben hartstikke lekkere bamischijven. Van die pittige. Hm, het water loopt me al in de mond.'

Cynthia glimlachte. 'Dat is niet wat je noemt een warme maaltijd, maar voor een keer moet dat kunnen. Oké, afgesproken. Hoe komen we daar vanaf fitness?'

'Super! Nou, Josine wil wel rijden. Haar voorstel was dat wij na fitness naar huis gaan. Kunnen we ons snel omkleden en dan pikt zij ons op. Ze zal niet drinken en brengt ons ook weer naar huis.'

'Dat is aardig van haar. Oké, dan.' Ze glimlachte en liep door. Op haar kamer legde ze de papieren van de afdeling verkoop neer en begon aan een mail in het Italiaans.

Vanuit haar ooghoeken zag ze opeens dat er iemand naast haar stond. Ze keek geschrokken op. 'Lieve help, wat kun jij zachtjes sluipen, zeg.'

'Je schrok? Slecht geweten,' zei Jakob lachend, terwijl hij zich naar haar toe boog en een kus op haar wang drukte. 'Goedemorgen, schat. Heb je lekker geslapen?'

Het rood vloog haar op de wangen en het zweet brak haar uit. 'Jakob!' siste ze.

'Ja?' vroeg hij onschuldig. 'Mag dat niet? Ik dacht dat we samen wat hadden.'

'Maar niet op het werk.'

'Dat kunnen we toch niet voor ze stilhouden.'

Ze reed haar bureaustoel een stukje naar achteren, zodat

ze hem beter in de ogen kon kijken. 'Jakob, het was fantastisch gisteren, maar ik wil gewoon nog niet dat anderen het weten. Pas als ik zelf honderd procent achter mijn beslissing sta, mogen anderen het zien en weten.'

'Sta je dat nu dan nog niet? Meisje toch, wat doe je moeilijk.' Hij lachte haar stralend toe. 'Als ik je zoen, smelt je in mijn armen. Wat moet je dan nog zekerder weten? Hé, schat!'

Ze bloosde, want hij had gelijk en ze had die nacht nog vaak teruggedacht aan hem en telkens opnieuw gevoeld hoe haar lichaam daarop reageerde. Maar toch... IJskoningin. Zo had hij haar genoemd. 'Ik wil echt nog een beetje bedenktijd,' zei ze aarzelend.

'Oké, jij je zin, maar niet te lang en trouwens...' Hij ging op het puntje van haar bureau zitten. 'Er wordt toch al over ons gepraat.'

Dat zal wel, dacht ze. Dat deden ze immers graag. Maar opeens begreep ze het geslijm van de chef Verkoop. Hij wilde bij haar in een goed blaadje komen te staan, omdat zij met de toekomstige directeur ging. Ze glimlachte en schudde haar hoofd.

'Wat is er zo grappig?'

'Binnenpretje. Zeg, je houdt me van mijn werk.'

'Dat mag ik. Als enige mag ik dat.'

'Helemaal niet.' Ze zag zijn ogen ondeugend kijken en kon niet anders dan ook glimlachen.

'Je hebt je knotje weer op,' zei hij, 'maar ik weet nu waar de speldjes zitten en die trek ik er vanavond allemaal uit.'

'Moet ik bang worden?' vroeg Cynthia.

'Dat zou ik maar doen, ja!'

'Hm.' Ze drukte de bril beter op haar neus. 'Jakob, ik vroeg net om wat bedenktijd. Dat betekent dat ik niet meteen vanavond alweer met je uitga.'

'Ik wil ook niet met je uit. Ik wil jou thuis bezoeken. Hoe laat ben je terug van fitness?'

'Tegen achten.'

'Oké, dan zie je me. Moet ik iets te eten meebrengen?'

Bamischijf! Ze wist het weer. 'Nee, vanavond niet. Ik ga wat eten met Malou en Josine.'

'Vanavond?'

'Ja.'

'Toe, doe niet zo flauw. Je hebt me gisteren zo opgewarmd, Cynthia, laat me vanavond komen, alsjeblieft?' Hij keek haar zo smekend aan, dat ze bijna ja knikte en Malou af wilde zeggen, maar daar was het stemmetje weer. Ze zuchtte zacht. 'Nee, Jakob, ik heb met hen afgesproken en mag ik nou weer aan het werk gaan?'

'Ben je boos?' Hij keek verdrietig.

'Natuurlijk niet, maar ik heb het druk.'

'Ja, dat snap ik. Sorry, maar eh... kan ik niet mee vanavond dan?'

Ze keek hem aan, wilde haar hand uitsteken om hem over zijn wang te strelen. Hij keek zo warm, zo lief en zo smekend. 'Eh...'

'Oké, afgesproken dan. Ik zie je nog.' Opgewekt verliet hij de kamer, een beduusde en overrompelde Cynthia achterlatend.

'Zeg, wat hebben Jakob en jij nou samen?' was het eerste wat Josine vroeg toen ze met zijn drieën in de bar zaten. Cynthia schoot in de lach. 'Ik wil een bamischijf!'

'Die heb ik al besteld,' zei Malou lachend. 'Ze worden zo gebracht. Met wat patat en sla erbij. Goed?'

'Dus?' vroeg Josine met een serieus gezicht.

'Is het zo belangrijk?'

'Ja, er wordt gepraat op het werk en ik wil de waarheid weten.'

'Ben je boos?' vroeg Cynthia. 'Had jij...?'

'Nee, nee,' riep Josine uit, 'ik vind het maar niks om met de baas te gaan. Ik was net zo blij dat meneer Ratsma al zo oud was. Al die verhalen over mannen met hun secretaresses. Ik heb altijd gezegd: dat overkomt mij niet. Dus ik raakte knap verward toen Jakob liet blijken dat hij mij wel leuk vond. Ik voelde me ook gevleid natuurlijk, echt wel, maar zo is het beter. Dat hij met jou gaat. Dus: hoe zit het precies.' Ze glimlachte. 'Iedereen belt me de hele dag. Iedereen wil informatie.'

'Iedereen?' Cynthia keek haar met grote ogen aan. 'Poeh, ik kan wel een glas wijn gebruiken. Iedereen? Wat is dat nou voor onzin?'

'Mensen zijn nu eenmaal nieuwsgierig, vooral vrouwen,' zei Malou. 'Dus: vertel op.'

'Wilden jullie daarom dat ik meeging?'

'Ben je mal! We hebben gewoon zo'n lol gehad met jou. We vinden je een leuke meid. Maar we willen wel... je weet wel. Drie rode wijn graag,' riep Malou door de bar heen.

'Ik niet,' zei Josine. 'Ik rijd.'

'O, stom.' Ze stond op en liep op de bar af om het recht te zetten. Dat gaf Cynthia even de tijd om te bedenken wat ze zeggen zou. Want ze begreep dat alles wat zij zou zeggen morgen aan 'iedereen' doorverteld zou worden. 'Ik vind Jakob erg leuk, erg sympathiek. Ik mag hem graag...'

'Maar...?' riepen Malou en Josine tegelijk.

Hij gaat te snel! wilde ze roepen, maar ze hield zich in. 'Ik ken hem nog niet goed genoeg om zeker te weten of ik een relatie met hem wil.'

'Een relatie? Jippie! Dus jullie hebben een relatie!' zei Malou enthousiast. 'Ik wist het wel. Josine dacht van niet, maar ik heb toch gelijk. Ha!' Ze lachte opgewekt.

'Je hebt niet goed geluisterd,' zei Cynthia en schudde Malou aan haar arm, omdat ze naar anderen zat te kijken en haar glas ophief om met iemand in de verte te toosten. 'Luister eens, dat zei ik niet!'

'Dat weet ik wel,' siste Malou, 'maar ik heb mijn aandacht even bij die spetter daarginds nodig!'

Josine boog zich naar Cynthia toe. 'Is hij goed in bed?'

'Wie?' Cynthia keek om naar de spetter van Malou.

'Jakob, natuurlijk.'

'Nou zeg, dat vraag je toch niet.' Cynthia kleurde en dat

legde Josine verkeerd uit. 'Dus jullie hebben het al gedaan. Hij zet er wel vaart achter. Of deed jij dat? Haha. Maar ik gun het je, hoor. Van harte.' Ze stak haar glas water omhoog en lachte. 'Proost!'

'We hebben het nog nie...' begon Cynthia, maar ze besloot niets meer te zeggen. Het zou vermoedelijk niet helpen. Ze hoorden wat ze horen wilden. Of lag het aan haarzelf? Ze was niet ontspannen, kon nergens om lachen, had zelfs haar haren strak achterover gekamd in plaats van los te laten hangen. Ze was te krampachtig, ze voelde het wel, maar ze begreep het niet. Ze was toch juist zo blij met Jakob?

Ze zag de deur van de bar opengaan en keek naar de mensen die binnenkwamen. Jakob had 's middags nog zo gezeurd om het adres van deze bar, maar ze had het niet gegeven. Ze wilde in haar eentje uit, dat had ze nodig. Maar hij zei steeds dat Josine alles wist en hem die informatie gaf die hij nodig had. Stel dat zij... Ze had echt behoefte even alleen te zijn, even tot rust te komen, want hij zette alles op z'n kop in haar hoofd en in haar lichaam en daar had ze tijd voor nodig!

Tegelijk voelde ze zich schuldig, want hij had haar zo smekend aangekeken. Hij wilde zo ontzettend graag opnieuw met haar dansen en alleen dat woord al gaf haar de kriebels van de opwinding. De rillingen gleden door haar lichaam als ze terugdacht aan gisteravond. Die muziek, zijn lichaam, handen... Ze was op dat moment volkomen gelukkig geweest. Waarom trok ze zich nu dan weer terug?

'Vind je ook niet?' Malou stootte haar aan.

'Wat? Wat is er?'

'Sjonge, jij bent echt verliefd,' riep Malou lachend uit. 'Josine, moet je die ogen eens kijken. Ze is in de zevende hemel!'

Josine knikte ijverig. 'Ja, dat is wel duidelijk. Het werd tijd ook. Hoe lang werk je nu bij ons? Twee jaar al zeker? En al die tijd alleen. Het was dus echt hoog tijd. Ik zit nooit zo lang zonder vriendje. Dat kan ik niet!' Ze lachte opgewekt en Cynthia bestudeerde haar gezicht. Meende ze dat of hield ze haar voor de gek?

'Wat kijk je nou? Zeg ik iets verkeerds?'

'Ik denk dat ik wat serieuzer ben op het gebied van vriendjes,' zei Cynthia bedachtzaam.

'Moet je niet doen!' riep Malou uit. 'Je moet nemen wat je pakken kunt. Zie je die man daar achterin? Die vind ik te gek om te zien, vind je ook niet?'

Cynthia keek achterom, recht in twee prachtige donkere ogen. 'Hm. Best wel, ja.'

'Nou dan. Dacht je dat ik die liet lopen? Mooi niet.' Ze stond op. 'Tot zo,' fluisterde ze en wiegend met haar heupen liep ze op de knappe jongeman af. Cynthia glimlachte. Nee, zo'n flirt was zij nooit geweest. Dat zat er nu eenmaal niet in bij haar. Iedereen had zijn eigen manier van omgaan met mensen, maar het was wel leuk om te zien en Cynthia merkte dat ze er weer vrolijker van werd. Ze kon Jakob straks nog wel even sms'en en vragen of hij misschien morgenavond kon.

Dat kon hij echter niet. Hij had een afspraak met zijn vader en de notaris om de bedrijfsovername op papier te zetten en die kon hij niet verschuiven, hetgeen Cynthia ook erg logisch vond. Vrijdag op haar werk kreeg ze een mail van Josine, gericht aan alle medewerkers, met de datum waarop meneer Ratsma voor het laatst zou zijn en dat er een receptie gehouden zou worden. Of ze mee wilden doen met een groot cadeau, of ze een idee hadden wat hij hebben wilde en of ze een idee hadden hoe ze hem konden verrassen met een lied of een ander optreden.

Cynthia schrok van de datum. Dat was echt al snel. Nog maar drie weken! En dan was Jakob dus definitief de directeur. Een vreemd idee dat ze dan echt voor hem zou werken. Ze had zich behoorlijk aan de oude man gehecht, vond het prettig hem verslag uit te brengen en met hem te vergaderen. Of ze nu wel of niet een relatie met Jakob zou hebben, met hem aan het hoofd zou het allemaal anders zijn bij Karpet Diem en dat zou voor iedereen wennen zijn.

Ze had wel een idee voor een grappig cadeau en mailde naar Josine dat ze een bedrijfje kende waar ze vloerkleden op maat maakten en waar je je eigen ontwerp in mocht leveren. Het leek haar wel aardig een mooi karpet te geven met daarin de woorden 'carpe diem' geknoopt en dan met een andere kleur een K door de C en een t achter 'carpe', zodat er 'karpet diem' stond.

Josine vond het prachtig en vroeg haar of ze eens wilde uitzoeken wat het ging kosten. Zij zou ondertussen informeren wat de anderen ervan vonden. Ze zocht het telefoonnummer van het bedrijfje op internet op en wilde het nummer intoetsen, toen ze Jakob aan zag komen. Snel klikte ze op haar e-mailprogramma, maar daar zag ze Josines mail in beeld, dus klikte ze gehaast op het tekstprogramma, zodat dat op het beeldscherm van haar computer verscheen. Ze wilde niet dat Jakob zag waar ze mee bezig waren op kantoor. Het moest een verrassing blijven, ook voor hem.

Maar Jakob had heel goed gezien dat ze wat paniekerig met de computermuis geklikt had en liep om haar bureau heen en keek op haar computerscherm. Dat ergerde haar. Het was een blijk van wantrouwen en dat vond ze niet leuk.

'Waar ben je mee bezig?'

'Hoezo?'

'Mag ik dat niet vragen?'

'Het klinkt alsof ik me aan jou moet verantwoorden.'

'Over drie weken moet je dat ook.'

'Voor elk detail waar ik me mee bezighoud?'

'In principe wel en als je niets te verbergen hebt, is dat ook geen enkel probleem.'

'Dat is ook geen probleem. Je denkt toch niet serieus dat ik dingen zit te doen die niet door de beugel kunnen. Ik vind alleen de gedachte niet leuk dat ik me voor alles moet verantwoorden. Het lijkt alsof je me niet vertrouwt.'

'Schat, dat is toch niet zo. Van alle mensen hier op dit bedrijf vertrouw ik jou het meest, maar je deed zo raar, alsof ik het niet mocht zien.'

'Ik was en ben druk, dat is alles.'

'Maar wat deed je dan?'

'Ik zocht het telefoonnummer van een karpettenfirma in Nederland.'

Hij keek haar ongelovig aan en dat stak haar. Aan de andere kant wist ze zelf ook wel dat ze niet helemaal de waarheid sprak, ze wilde immers niet dat hij Josines mail zou lezen. Dus hij had misschien wel gelijk dat hij haar wantrouwde. Ze zuchtte, klikte op de internetpagina van de KPN en daar stond nog steeds het nummer van het karpettenbedrijf.

'Oké, oké,' zei hij. Hij legde zijn hand op haar schouder, streelde met zijn duim in haar nek en dat gebaar raakte haar zo, dat ze de reactie meteen in haar hele lichaam voelde. 'Ik vind je lief,' zei hij zacht. 'Heb je trouwens plannen voor het weekend? Ik zou graag zaterdagavond met je uitgaan. Er draait een erg goede film in het film-huis: *Liefde in tijden van cholera*.'

'Die heb ik al gezien,' zei ze.

'In Amerika ging ik nooit naar de film, dus ik loop achter. Vind je het erg om hem twee keer te zien?'

'We kunnen ook naar een andere film, die ik nog niet gezien heb. Dan kun jij altijd nog een keer in je eentje naar *Liefde in tijden van cholera*.'

'In m'n eentje? Wat zeg jij soms rare dingen. Cynthia, ik wil niets meer alleen doen. Ik wil alles samen met jou doen. Nou, ga je mee naar die film? Ja of ja?'

'Nee,' zei ze dwars. 'Ik ga niet vaak uit en als ik uitga wil ik graag ergens naartoe wat nieuw voor me is.'

'Jij bent soms echt een katje dat je met handschoenen aan moet pakken.' Hij lachte. 'Maar ik heb handschoenen, dus pas maar op! We kunnen zondagmiddag trouwens ook wel iets gezelligs doen samen. Vanavond komt mijn vaders notaris met het contract, morgenmiddag ga ik dat contract met mijn eigen notaris bespreken om te zien wat hij ervan vindt. Ik heb geen zin een kat in een zak te kopen.' Hij schoot in de lach om de woordspeling. 'Tenzij jij erin zit, haha. In elk geval ben ik morgen overdag druk, maar morgenavond niet en zondag ook niet.'

'Ik ga in het weekend vaak huizen bekijken,' vertelde ze nu toch maar. Ze vermoedde wel dat hij het raar zou vinden, maar als hij echt in haar geïnteresseerd was, moest hij het wel weten.

'Zoek je iets anders dan?'

'Nee, eerlijk gezegd niet, maar ik vind het gewoon reuze leuk om huizen te zien.'

'Zonder dat je zelf op zoek bent?'

Ze knikte. 'Dan bedenk ik hoe het zou zijn om in dat huis te wonen.'

Hij keek haar met een diepe rimpel op zijn voorhoofd aan. 'Is dat niet een beetje raar?'

'Niet raarder dan naar een film gaan die je al gezien hebt.' Oeps, dat klonk niet aardig en even schrok ze, tot ze ontdekte dat het ook niet aardig bedoeld was. 'Jakob,' zei ze nu met een warme glimlach, 'ik vind je echt een heel leuke man, maar je walst soms gewoon over mij heen en dat voelt niet goed. Vandaar dat ik mijn stekels dan opzet.' Opeens had ze het voor zichzelf op een rijtje. Dat was het. Hij hield weinig rekening met haar en haar gevoelens. Hij denderde maar door en kon nergens even bij stilstaan. Dat was wat het stemmetje haar steeds had willen zeggen. Nu wist ze het.

Hij keek haar met grote ogen aan. 'Dit slaat werkelijk nergens op, schat. Heb ik niet een prachtig hangertje voor je gekocht? Nou dan, speciaal voor jou. Ik wals nergens overheen, ik denk alleen nog maar aan jou!'

Hè, nu zat ze weer klem. Hoe deed hij dat toch steeds. Het was immers echt hartstikke lief geweest van dat hangertje. Afgezien van het geld had het ook tijd gekost en dat had hij toch maar mooi voor haar gedaan. 'Oké, dan gaan we naar *Liefde in tijden van cholera*. Het was immers een prachtige film. Ga jij dan zondag met mij een huis bekijken?'

'Alleen als je er met mij wilt wonen.'

In de drie weken die er nog restten tot aan de afscheids-receptie van directeur Ratsma zag Cynthia Jakob niet vaak. Eerst bleek dat meneer Ratsma met zijn zoon langs diverse bedrijven in Nederland, België, Duitsland en Denemarken wilde reizen om zijn opvolger persoonlijk voor te stellen. Op de dag dat hij terugkwam, vertrok Cynthia naar Italië waar ze tot en met maandag zou blijven. In het weekend was er een beurs die ze samen met de directeur van Compagnia Tappeti zou gaan bezoeken en ze had afspraken gemaakt met een drietal andere firma's in Italië. Jakob was echter de zondag voor haar terugkomst vertrokken naar Amerika om de laatste hindernissen te nemen aangaande zijn scheiding. Hij bleef een kleine week weg, waarin Cynthia het dringende verzoek kreeg even op en neer naar Engeland te vliegen want daar waren problemen. Uiteindelijk zouden ze elkaar zaterdag weer eens uitgebreid zien en Jakob had haar aan de telefoon lachend verteld dat hij een geweldige verrassing voor haar had.

In die weken echter had Cynthia voortdurend gestreden met haar gevoelens. Ze had zich fantastisch gevoeld toen ze als de keurige zakenvrouw de directeur van Compagnia Tappeti ontmoette, die meteen vaststelde dat ze er beter uitzag dan eerst. Charmanter, had hij gezegd. Zelf weet ze dat aan haar stralende ogen, want ze wist dat ze die had. Maar ook aan haar net iets vrouwelijker kleding. Het strakke, stijve knoetje had ze vervangen door opgestoken krullen en haar lange broek door een nauwe rok, waar-

onder haar slanke benen op de hoge hakken prachtig uitkwamen. Op het compliment van de Italiaan had ze glimlachend geknikt. '*Grazie!*' Ja, ze was veranderd. Nog
steeds heel zakelijk en to the point, maar tegelijk iets meer
gevoel tonend, iets vrouwelijker dus. Cynthia, met een
beetje Maria. En het voelde goed.

Waar ze niet zeker van was of het goed voelde, waren haar
gevoelens voor Jakob. Ze miste hem vreselijk op haar reizen. Vooral als ze alleen op een hotelkamer zat vlak voor
ze ging slapen. Deze keer had zij hem sms'jes gestuurd en
zelfs een keer gebeld. Ze genoot van zijn zachte, hese stem
door de telefoon en liet zich maar wat graag op die manier
in slaap praten. Ja, ze miste hem echt, maar die enkele
keer dat ze hem tussendoor zag, voelde ze haar stekels
toch weer overeind gaan staan. Het was waar: hij walste
over haar gevoelens heen. Wat zij dacht was niet belangrijk. Hij had besloten en zo zou het zijn. Maar tegelijk
wist ze dat het bij haar ook zo was. Als ze iets niet wilde,
deed ze het niet en als ze iets wel wilde, wel. Neem nou
dat huis dat ze die zondagmiddag had willen bekijken. In
de eerste plaats wilde Jakob niet dat zij ernaartoe reed,
maar moest ze bij hem instappen in de auto en in de tweede plaats had hij het huis volledig afgekraakt, terwijl zij
het zo mooi vond. 'Ik snap niet wat je eraan vindt om huizen te bekijken als je er niet wonen wilt.'

'Maar bedenk dan eens hoe het zou zijn om hier te wonen.
Heerlijk dromen en fantaseren. Stel je toch eens voor dat
ik daar een muziekkamer maak met mijn cd's en dvd's en
dan met dat uitzicht! Een grote bank tegen die muur met
veel kussens en dan onderuit gezakt luisteren of kijken en
op de achtergrond die bomen die voor de ramen staan.'

'Het huis is te oud en oninteressant en bovendien wil ik
niet dat de mensen jou zo zien.' Daar was ze vreselijk van
geschrokken. Wat bedoelde hij? Dat werd al snel duidelijk. Haar lange jurk die tot op haar enkels kwam en sierlijk rond haar benen wapperde. 'Je lijkt wel uit de vorige
eeuw. Kom, we gaan,' had hij gezegd, maar ze was niet

gegaan. Ze was gebleven. Zie je, zij was net zo eigenwijs. Dus hoe kon ze het hem kwalijk nemen dat hij het was? Heel even had ze toen aan Lesley gedacht die haar wel mooi vond in haar lange kleren. Maar dat was maar heel even. Lesley was te gevaarlijk. Tegen hem flapte ze er van alles uit, waar ze later spijt van had. Nee, aan hem mocht ze niet meer denken. En dat deed ze dan ook niet meer. Ze had geen psycholoog meer nodig. Ze was genezen, want ze wist wat ze wilde en daarom dacht ze alleen nog maar aan Jakob, de man op wie ze verliefd was. Toch?

Die zaterdag dat hij een verrassing voor haar had, twee dagen voor de afscheidsreceptie van de directeur die op maandag plaatsvond, werd ze wakker met een goed gevoel. Ze wist opeens zeker dat ze meer met Jakob wilde. Ze was er eindelijk aan toe. Ze had hem zo weinig gezien en zoveel gemist, dat ze echt heel sterk voelde dat ze hem wilde. Opgewekt stond ze op en nam een douche. Onder het hete water besloot ze dat ze hem zo zou bellen en vragen of hij haar thuis wilde ophalen. Dat zou dan de eerste keer zijn, maar ze verheugde zich erop. Oké, Jakob had zo zijn nukken, maar die had zij ook en samen moesten ze daar uit kunnen komen! Ze zou ervoor zorgen dat hij rekening met haar zou houden, maar dat moest zij ook met hem. Ze kon dingen alleen doen, nietwaar. Hij hoefde niet mee huizen te bekijken. Hij had vast ook wel dingen die hij liever alleen deed.

Terwijl ze zich afdroogde hoorde ze de telefoon overgaan. Snel sloeg ze haar ochtendjas om haar naakte lijf en rende naar de huiskamer.

'Ja?'

'Cynthia, je bent er weer.' Het was Josine. 'Alles goed?'

'Ja, prima. De problemen in Engeland vielen best mee, en bij jullie? Is het karpet voor meneer Ratsma op tijd klaargekomen?'

'Daar bel ik je over. Het is net bij mij thuis bezorgd. Ik wilde het niet op kantoor laten komen, want je weet maar nooit.'

'En?'

'Het is schitterend geworden! Echt prachtig. Dit moet hij wel mooi vinden.'

'Geweldig. Fijn dat het zo goed gelukt is.'

'Twee dames en een heer van de administratie gaan een stukje doen dat bij het karpet past. Ik heb nog contact gehad met mevrouw Ratsma en die heeft me het een en ander verteld en dat hebben ze in dát stukje verwerkt. Dat wordt vast en zeker lachen!'

'Schitterend. Ik verheug me erop.' Toch viel ze stil.

'Wat is er?'

'Nou ja,' zei Cynthia, 'ik vind het niet leuk dat hij weggaat, al mag ik Jakob graag, hij is toch meneer Ratsma niet.'

'Dat heb je precies goed gezegd,' vond Josine. 'Ik mis die ouwe nu al.'

Ze zwegen even, maar toen schoot het Cynthia te binnen dat ze Jakob had willen bellen. 'Kan ik verder nog iets doen voor het feest? Is alles geregeld of...'

'Ja, alles is geregeld. Je hoeft er alleen maar te zijn.'

'Fantastisch, Josine.'

'Ha, je bent een goede directiesecretaresse of je bent het niet.'

'En jij bent het wel,' zei Cynthia lachend.

'Ga je nog uit met Jakob dit weekend?'

'Ja, ik zou hem juist bellen, maar jij was eerder.'

'Oké, veel plezier dan. Ik zie je maandag.'

Ze verbraken de verbinding. Cynthia wilde naar de badkamer lopen om haar lange haren af te drogen die nog drupten van het douchewater, maar ze kreeg de kans niet. De telefoon ging alweer. Ze nam lachend op en riep: 'Jij hebt op de 5 gedrukt.'

'Klopt helemaal!'

'Oma, sorry, u had ik niet verwacht.'

'Maar ik heb wel op de 5 gedrukt. Lekker handig. Hoe is het met mijn favoriete kleindochter?'

Cynthia glimlachte. 'Heel goed, oma. Ik ben gisteren

teruggekomen uit Engeland en vandaag ga ik stappen.'

'Dat doet maar,' zei oma Maria vrolijk, 'maar ik ben blij voor je. Je klinkt zelfs eh… Zal ik het zeggen? Je klinkt verliefd.'

'Zo voel ik me ook, oma.'

'Zo, zo, dus toch. En wie van de twee is de gelukkige?'

Wie van de twee. Cynthia liet zich overdonderd op een stoel zakken. Wie van de twee? Jakob toch? O ja, ze had oma ook over Lesley verteld. 'Mijn nieuwe directeur. Vanaf maandag neemt hij het bedrijf over. Hij heet Jakob.'

'Leuk, meisje, daar ben ik echt blij om, maar laat niet over je heen lopen, hè?'

Wat bedoelde oma? Wat wist oma? Maar oma Maria ging al door. Ze lachte zachtjes. 'Hij wordt je baas, Maria. Op je werk moet je doen wat hij wil, zelfs als het tegen jouw ideeën indruist, maar houd die bazigheid voor het werk. Laat hem jou in je vrije tijd ook een kans geven de baas te zijn als er iets is wat jij niet wilt!'

'Oma…' Ze wist niet wat ze terug moest zeggen. Oma had zo gelijk! 'Wat kent u me toch goed,' zei ze zacht.

Ze hadden het nog even over oma zelf en over haar gezondheid, toen verbraken ze de verbinding en belde Cynthia naar Jakob. Haar haren hadden inmiddels geen handdoek meer nodig.

'Schat! Wat een verrassing dat je me belt of nee… Nee, zeg niet dat je afbelt. Ik had nog wel zo'n geweldige verrassing voor je.'

'Nee, nee, ik bel niet af. Ik bel juist om te vragen of je me thuis wilt ophalen.'

'Hè, hè,' lachte hij zachtjes. 'En mag ik dan ook even binnenkomen? Zien hoe je woont?'

'Ja, best,' zei ze zacht, want de manier waarop hij sprak benam haar de adem. Zijn stem kroop over haar huid, deed de haartjes overeind gaan staan, kroop verder haar buik in, haar borsten…

'En eh… mag ik dan ook… je slaapkamer zien?' Hij vroeg

het zo zacht, maar zo indringend, dat ze de rillingen van genot over haar rug voelde glijden. 'Zien wel,' fluisterde ze.

'Zien? Meer niet?'

'Dat kan na de verrassing wel,' zei ze lachend.

'Oké, daar houd ik je aan. Ik ben over een uurtje bij je. Goed?'

Ze knikte, maar realiseerde zich dat hij dat niet kon zien.

'Goed, tot straks,' zei ze schor. Ze haastte zich naar haar slaapkamer, stond aarzelend voor de kast. Het was zaterdag, jurkendag, maar hij had duidelijk gemaakt dat hij niet van lange jurken hield. Ze haalde een zwarte jurk die tot op haar knieën kwam tevoorschijn en trok die aan. Het was niet zo warm meer buiten, dus een zwarte panty zou er prima onder staan. Ze zocht de dunste die ze had, een glanspanty en trok ook die aan, maar voorzichtig, want ze wilde er niet nu al haaltjes in maken. Ze pakte zijn hangertje en deed dat om. Het diamantje fonkelde boven haar decolleté. Ze besloot een paar plukken haar op te steken en de rest los te laten hangen. Onder uit de kast haalde ze een paar hoge, zwarte pumps. Ze bekeek zichzelf tevreden en deed haar contactlenzen in. Dat was het enige wat hij mooi gevonden had aan haar, toen ze die lange jurk droeg. Maar nu kon hij toch niet protesteren? Ze hoorde het stemmetje roepen dat ze aan moest trekken waar ze zin in had, maar ze vond dat ze best wat water bij de wijn kon doen. Als hij niet van lange jurken hield, dan droeg ze die niet als ze met hem uitging. In een relatie moest je allebei wat toegeven. Ze bekeek zichzelf tevreden in de grote spiegel op haar slaapkamer. Ze zag er mooi uit. Mooi en sterk, vond ze. Sterk en toch zo vrouwelijk. Ja, ze zag er geweldig uit.

Dat was Jakob volledig met haar eens toen hij haar zag staan in de deuropening. 'Schat, wat ben je mooi! Ik denk...' Hij trok haar tegen zich aan en kuste haar op haar mond. 'Ik denk dat we die verrassing maar overslaan,' zei hij in haar haren. Hij duwde haar naar binnen, de gang in en opende een deur. Er was niet veel keus aan deuren en het was inderdaad de slaapkamer. Hij duwde haar naar haar grote bed, maar dat ging haar toch te snel. Ze duwde hem van zich af. 'Nee, eerst de verrassing en trouwens, allereerst een rondleiding. Kom, ik laat je mijn flat zien.'

'Schat, ik kan me niet nog langer inhouden. Je ziet er zo sexy uit, je bent zo verleidelijk!' Hij trok haar opnieuw tegen zich aan. 'Ik heb je gemist de afgelopen tijd,' zei hij hees.

'Ik jou ook,' zei ze zacht, 'en jij ziet er ook fantastisch uit!' Hun lippen vonden elkaar en Cynthia merkte hoe haar benen weer begonnen te trillen van de warmte en intensiteit waarmee hij haar kuste. Ze hield hem stevig bij zijn armen vast en liet het even over zich komen. Zijn handen die op onderzoek gingen, over haar rug gleden, haar schouders ontblootten, zijn lippen die een warme kus drukten op haar blote schouder, zijn handen die naar beneden gleden en voorzichtig haar rok omhoog scho-ven...'

Het stemmetje ging tekeer in haar hoofd. 'Nee, Jakob, nee. Eerst een rondleiding en dan je verrassing en dan...'

'Die verrassing loopt niet weg,' zei hij schor en trok haar weer naar zich toe. Hij greep haar jurk en trok die zo onverwachts van beneden naar boven over haar hoofd, dat ze niet in staat was te protesteren, maar toen ze in haar zwarte beha en slipje en de glanspanty voor hem stond, werd ze opeens kwaad. 'Dit is niet volgens afspraak. Dit wil ik niet. Niet zo snel. Ik wil dat we er de tijd voor nemen.'

'Cynthia, ik heb al weken gewacht op dit moment.'

'Nou, dan kunnen er nog best een paar uurtjes bij.' Ze greep haar jurk van de vloer en rende naar de badkamer waar ze hem weer aantrok en in de spiegel boven de was-tafel keek. Ze zag een boze blik in haar ogen. Hoe kwam dit toch? Ze had toch zelf ook zo veel zin gehad? Ze wilde

172

dit toch? Ja, ze wilde dit, maar niet nu. Straks, met een glas wijn en alle rust en tijd voor elkaar. Niet even vlug-vlug!

Ze zette een lok beter vast op haar hoofd en liep de gang in. Ze vond hem in de huiskamer waar hij volkomen ont-daan op de bank zat. 'Wat is er nou toch? We willen toch allebei hetzelfde?' Hij keek zo verdrietig dat ze zich schaamde en spijt kreeg. Ze ging naast hem zitten, pakte zijn handen vast en drukte er een kus op. 'Ja, ik wil dit ook, maar ik wil dat het geweldig wordt. Een glas wijn, iets te eten en vooral alle tijd. Snap je dat?'

'Nee,' zei hij als een klein verwend kind. 'Ik heb je al alle tijd gegeven.'

'Ik wil een voorspel, een heel lang voorspel.'

'Oké, jij je zin.' Hij stond op en liep naar de gang, open-de de buitendeur en bleef daar wachten. 'Kom je nog?'

Ze haastte zich naar de gang, pakte haar zwarte hand-tasje, stopte haar sleutels erin, greep een zwarte stola en sloeg die om. Daarna moest ze de trap afrennen, want hij was met de lift vertrokken zonder op haar te wach-ten. 'Kinderachtig ben jij,' zei ze, terwijl ze naast hem ging zitten in de auto.

'Jij niet, zeker?'

Maar terwijl ze naar de andere kant van de stad reden, veranderde zijn stemming en toen ze een brede straat inre-den, straalde hij. 'Let op,' zei hij opgewekt, 'hier komt de verrassing.'

Ze keek verbaasd alle kanten op, had geen idee wat hij bedoelde en zelfs toen hij stopte voor een schitterend heren-huis met zeker zeven slaapkamers en een bord met 'Te koop' in de tuin, begreep ze nog niet wat de verrassing was. 'Jij houdt toch zo van huizen kijken? Nou, dit huis mag je van top tot teen bekijken. Ik heb een afspraak gemaakt met de makelaar, dus we kunnen erin.'

'Erin?' Ze keek hem met grote ogen aan. 'En jij vindt mij stom... Sjonge wat lief van jou, zeg. Dat is echt lief. Dus ik mag alles bekijken, alle kamers in?'

'Ja, je gaat je gang maar en het leuke is, je mag net zoveel tijd nemen als je nodig hebt.'

'Boeh!' Ze stak het puntje van haar tong naar hem uit. 'Pestkop.' Maar ze lachte. 'Dit is echt lief van je, want het is werkelijk een schitterend huis. Wordt die makelaar niet kwaad als ik lang wil rondsnuffelen?'

'Nee, en als hij dat wel wordt, krijgt hij het met mij aan de stok.'

Cynthia stapte uit en voelde zich Maria. Ze huppelde op de stoep van blijdschap.

'Ja, zo kan die wel weer,' zei Jakob, die dat blijkbaar ongepast vond.

Ze liep op hem af, ging op haar tenen staan en kuste zijn neus. Toen zakte ze weer lager en drukte een liefdevolle kus op zijn mond. 'Je bent een schat!' zei ze blij, draaide zich om en liep door het hekje de voortuin in. 'Mooi, zeg. Duidelijk aangelegd door een vakman.' Ze knikte waarderend, keek naar het hoge huis en zag dat er zelfs op de zolderverdieping ramen waren, dakkapellen met ramen. Dus ook daar waren kamers. Het waren er misschien wel meer dan zeven! Wat een huis!

'Zo te zien valt het wel in de smaak,' zei Jakob glunderend.

'Ja, dit moet jij toch ook prachtig vinden?'

'Dat klopt. Ik vind het zelfs meer dan prachtig. O, daar zullen we de makelaar hebben.'

Cynthia herkende de man meteen. Het was meneer Everts. Het leek wel alsof die alle huizen in de stad en wijde omgeving in zijn pakket had.

De oudere man kwam enthousiast op hen af. 'Meneer Ratsma, daar bent u en dit is uw vrouw?' Hij keek haar aan en verstrakte. 'Maria?' zei hij aarzelend. 'U was toch met…'

'Ze wordt mijn vrouw,' viel Jakob hem in de rede. 'Althans, dat hoop ik. Ik moet haar nog vragen.' Hij lachte hardop.

Meneer Everts fronste zijn voorhoofd, maar zei verder gelukkig niets. Cynthia voelde zich even vervelend, want ze wist wat hij bedoeld had. U was toch met Lesley, had hij willen zeggen. Dat was niet zo. Ze was uit eigen beweging en alleen gekomen, maar ze kende Lesley wel en hij had gedacht… dat ze een stel waren. Nu bleek ze dus bij Jakob te horen. Wat moest hij wel niet van haar denken? Maar het volgende moment vergat ze alles, want meneer Everts zwaaide de grote eikenhouten voordeur open en ze stapten in een enorme hal waar vele deuren op uit kwamen en met een brede marmeren trap naar boven. In het midden van de hal hing een prachtige, grote kroonluchter, die precies bij het oude huis paste.

'Die moet er maar als eerste uit,' zei Jakob lachend. 'Ik houd niet van antiek.'

Cynthia hoorde amper wat hij zei, ze zweefde door de gang en koos een deur uit. O, om hier te mogen wonen! Ze voelde zich Maria en verdween in haar fantasieën. Kamer na kamer bekeek ze beneden, de grote huiskamer, de serre, de woonkeuken, de bijkeuken, het kantoortje en de slaapkamer. Uiteindelijk gingen ze naar boven over de brede trap waar een roodfluwelen loper op lag. 'Lieve help, wat een deuren!' riep ze uit.

Jakob trok haar mee. 'Dit is de grootste slaapkamer. Moet je zien wat een ramen. Tot op de grond.'

'Wow, om hier wakker te worden!' riep ze uit. 'Je kunt de vogels in de bomen zien zitten.'

'Ja,' zei Jakob, terwijl hij haar tegen zich aantrok, 'om hier wakker te worden en dan naast jou…'

'Ha,' lachte ze, 'dat zou echt te gek zijn!'

'Meen je dat?'

'Zeker weten,' lachte ze, maar ze had niet door dat hij het meende, gewend als ze was in huizen haar dromen en fantasie los te laten.

'Dus eh…' Hij greep haar opnieuw beet, keek even over zijn schouder en maakte een hoofdbeweging, waardoor de makelaar zich bescheiden terugtrok, 'je wilt hier wel met me wonen?' Zijn hand gleed over haar gezicht, zijn ogen keken haar indringend aan.

Toen pas begreep ze wat hij bedoelde. 'Jakob...'

'Wil je met me trouwen?' vroeg hij zacht.

'Jakob... Ik dacht... Ik dacht...'

'Ja of nee? Toe, schat, geef antwoord!'

'Ik had niet met die ogen naar dit huis gekeken,' zei ze verward. Ze maakte zich los uit zijn omarming. 'Ik dacht... ik fantaseerde maar wat.'

'Maar je kon je wel indenken dat wij hier samen...'

Ze knikte aarzelend.

'Dan zouden we toch ook kunnen trouwen? Ik heb alles geregeld in Amerika, ik ben nu echt vrij man. Cynthia, alsjeblieft, zeg ja!'

Ze liep op het grote raam af, keek tot haar verbazing recht in een vogelnestje waarin nog vier eitjes lagen, die duidelijk niet uitgebroed waren, want het was inmiddels oktober geworden en dan zaten vogels niet meer op nesten. Vier dode eitjes, vier jongen die niet uitgekomen waren. 'Kijk dan,' zei ze zacht.

Maar Jakob pakte haar opnieuw beet. 'Kom, laat ik je de rest zien.' Hij trok haar mee de andere kamers in. Aan de achterkant was een lichte kamer met een klein balkon. 'Dit vond ik de mooiste kamer voor een kinderkamer, wat vind jij?'

Toen stond haar hart stil, volkomen stil. Het was alsof ze een keiharde klap in haar gezicht kreeg, een schop in haar buik. Ze kon niet meer bewegen, ze voelde alle leven uit haar lichaam glijden. Trouwen... dode eitjes... kinderkamer...? KINDERKAMER? Ze zakte in elkaar en viel bewusteloos op de vloer.

Hoewel ze alweer bijgekomen was voordat de ambulance er was, wilden ze haar toch meenemen naar het ziekenhuis voor onderzoek. Haar ogen stonden vreemd en ze leek in shock. De arts vond echter geen aanwijsbare reden, maar hij wilde beslist dat ze een nacht overbleef om elk risico te vermijden. Cynthia vond alles best. Als versuft en verdoofd lag ze op het bed. Ze wist amper dat ze in een ziekenhuis lag. Daar maakte de dokter zich zorgen om. 'Ze heeft iets afschuwelijks meegemaakt,' zei hij tegen Jakob. 'Ze heeft even rust nodig.'

'Afschuwelijks? Belachelijk. Ik heb haar ten huwelijk vraagt. Is dat afschuwelijk?'

'Het deed haar misschien ergens aan denken,' zei de arts. 'Ik stel voor dat u nu weggaat. Bel over een paar uur maar eens op om te vragen hoe het gaat.'

Jakob keek hem opgelucht aan. Hij was blij dat de arts hem wegstuurde, want hij had het niet op ziekenhuizen. De geur die daar hing, overal zieke mensen. 'En als er toch iets gebeurt, belt u mij?' Hij haalde een kaartje uit zijn zak en stak het de arts toe. Hij wierp nog een blik op Cynthia die duidelijk weer weggezakt was en weg van de wereld en verliet de kamer. Met grote passen beende hij het ziekenhuis uit. Op de parkeerplaats greep hij zijn mobiele telefoon en toetste Lesleys nummer in.

'Jij bent psycholoog. Je móét me helpen!'

Ze ontmoetten elkaar tien minuten later voor de ingang van het ziekenhuis.

'Lesley, kerel, geweldig dat je zo snel kwam. Je bent een echte vriend.'

Lesley hield zich wat op afstand. Hij had geen idee waar Jakob op uit was. 'Laten we even in het restaurant gaan zitten voor een kop koffie.'

'Hier?' Jakob huiverde zichtbaar. 'Ik houd niet van ziekenhuizen en ook niet van restaurants in ziekenhuizen.'

'Oké, gaan we hier op het muurtje zitten.' Lesley liep van hem weg en ging zitten.

Jakob volgende meteen. 'Cynthia is niet goed geworden.'

'Cynthia... De vrouw met wie jij...'

'Ja, die.'

'Wat is er gebeurd dan? Vertel het precies. Elk detail kan belangrijk zijn.'

'Ik heb haar ten huwelijk gevraagd. Of nee, ik zal bij het begin beginnen. Ik woon nog steeds in een pension, maar

177

nu had ik een huis gevonden dat ik prachtig vond en dat ga ik kopen, maar ik wilde het eerst aan Cynthia laten zien. Dus daar gingen we vanmiddag naartoe. Ze vond het echt prachtig! In de grote slaapkamer heb ik haar toen ten huwelijk gevraagd.'

'En?'

'Ze zijn geen ja, maar ook geen nee. Ik wist niet goed wat ik ervan moest denken, maar toen sleepte ik haar mee naar de achterste kamer. Die vond ik zo geschikt als kinderkamer. Dus dat zei ik tegen haar. Ik vroeg of zij dat ook vond en toen zakte ze bewusteloos in elkaar.'

'En nu ligt ze hier? Wat zei de arts?'

'Dat ze iets afschuwelijks meegemaakt moet hebben. Ze kwam alweer bij voordat de ambulance er was, maar ze zakte steeds weg. Ik kreeg gewoon geen contact meer met haar en de dokter ook niet.'

'Iets afschuwelijks?'

'Ja, hoe durft hij,' zei Jakob fel. 'Ik heb haar alleen maar ten huwelijk gevraagd.'

'En de kinderkamer laten zien?'

'Nou en? Dat is toch normaal?'

Lesley zweeg. Voor hem zou het niet normaal zijn. Hij kon immers geen kinderen krijgen. En Cynthia? Wat was er met haar dat ze zo van de kaart raakte door een kinderkamer?

'Nou?' vroeg Jakob kortaangebonden.

'Het kan zo veel zijn.' verzuchtte Lesley. 'Je kunt het zo gek niet bedenken of het kan het zijn.'

'Wat bedoel je? Wat is er verkeerd aan een kinderkamer?'

'Niets natuurlijk, maar zij wil misschien geen kinderen of ze kan ze niet krijgen of ze heeft een abortus ondergaan of ze is als kind misbruikt en heeft zich voorgenomen zelf nooit kinderen te krijgen uit bescherming.'

'Doe niet zo mal. Cynthia is een gezonde vrouw en ze heeft een hele goede band met haar ouders. Ze bezoekt hen regelmatig.'

'Ik denk gewoon even hardop,' zei Lesley. 'Ik ken haar

immers niet, dus ik kan op een afstand de reden ook niet weten.'

'Ze heeft eens verteld,' schoot het Jakob te binnen, 'dat haar vorige relatie niet leuk geëindigd is. Hij schijnt erg lelijk gedaan te hebben of zo. Daar heeft ze een klap van gehad.'

'Wat is er dan precies gebeurd?'

'Dat weet ik niet, hoor.'

'Moet je dat dan niet weten als je met haar gaat trouwen?'

'Wat gebeurd is, is gebeurd, Lesley. Daar ga ik niet over zeuren. Ze ligt op kamer 231. Ga even met haar praten. Overmorgen neemt mijn vader afscheid met een feestje en word ik voorgesteld als opvolger. Dan wil ik dat Cynthia naast me staat als mijn toekomstige vrouw. Dus praat met haar en zorg dat ze gauw weer opknapt.' Jakob stond op. 'Ik wacht hier op je.'

Lesley bleef demonstratief zitten. 'Zo werkt dat echt niet, meneer Ratsma,' zei hij koel. 'Ik werk niet in dit ziekenhuis en zal eerst toestemming van de arts moeten hebben en die krijg ik vast niet, want ze hebben hier hun eigen psychologen.'

'Je kunt toch zeggen dat je een vriend van haar bent.'

'Ik ga niet liegen en zelfs als ik met haar zou mogen praten, kan ik haar niet dwingen dat ze maandag weer in orde is. Als jij denkt dat ze een psycholoog nodig heeft, is ze geestelijk in de war en zulke dingen hebben altijd tijd nodig.'

'Dat zal wel, maar jij bent goed, dus je kunt haar wel snel even klaarstomen. Ik kan daar toch niet in mijn eentje staan op die receptie van mijn vader!'

Lesley ergerde zich ontzettend. Wat een egoïst, dacht hij. Wat een arrogante egoïst, maar hij stond nu toch ook op. 'Oké, ik zal even met de arts praten. Kamer 231 zei je?'

Binnen vijf minuten was Lesley terug. 'Ze mag geen bezoek, ze moet uitrusten. Het spijt me, maar meer kan ik niet doen, behalve dan jou op het hart drukken voorzichtig met haar te zijn en niets te forceren of tegen haar zin in te doen. Dag!' Met grote passen die duidelijk ergernis uitdrukten liep Lesley over de parkeerplaats naar zijn auto. Ik laat me door die vent niet manipuleren, dacht hij grimmig. Hij had medelijden met Cynthia, al kende hij haar niet eens.

HOOFDSTUK 14

Josine klopte zacht op de deur, maar liep meteen naar binnen, greep de stoel die tegenover Cynthia's bureau stond, trok hem dichterbij en ging zitten. Ze keek Cynthia indringend aan: 'Wat is er?'
Cynthia registreerde dat het vreemd was, dat Josine bij haar langskwam, die verliet nooit haar plek, bewaakte de directie zoals een leeuwin haar jongen. Maar meer dan registreren deed haar hoofd niet. Ze was volkomen afgemat en Josine zag dat in haar blik. 'Cynthia, zeg het toch.'
Ze schrok van de ijskoude blik in de ogen van de vrouw die de laatste tijd behoorlijk ontdooid was. Ze was terug bij af, nee, verder weg zelfs!
'Niks,' zei Cynthia uiteindelijk.
'Dat maak je mij niet wijs. Malou mailde me dat het niet goed met je gaat en ze heeft gelijk. Ik zie het aan je. Er is iets gebeurd. Toe, vertel het!'
'Malou?'
'Ja. Jullie kwamen tegelijk op het werk aan, maar je zag haar niet eens. En je kleding! Je ziet er nog kouder uit dan eerst. Je blouse hoog gesloten. Waar is de verliefde Cynthia? De vrouw die ook gevoelens heeft. Dit kan zo niet. Vertel het.'
Cynthia's blik gleed langs Josine heen, door de glazen wand. Ze zag dat Malou stond en naar hen keek.
'Er is niks,' herhaalde ze.
'Weet je wat,' stelde Josine glimlachend voor, 'we gaan even buiten een sigaretje roken. Kom op, meid.'
'Ik rook helemaal niet.'

'Ik toch ook niet,' lachte Josine, 'maar we kunnen wel doen alsof. Wij hebben ook recht om af en toe even een frisse neus te halen.' Ze stond op, liep om het bureau heen en pakte Cynthia bij de elleboog. 'Ga mee. Buiten kunnen we ongestoord praten.'

Cynthia liet zich gedwee overeind hijsen en pakte het jasje aan dat Josine haar aanreikte. Gehoorzaam trok ze het aan en als een robot liep ze achter de vrouw aan. Ze voelde zich diep ellendig, ze voelde zich verslagen en volkomen in de war.

Buiten stond een harde wind, maar Josine nam haar mee de hoek van het gebouw om. Daar stonden twee mannen te roken, maar ze waren juist klaar, want ze trapten hun peuken uit. Ze keken verrast op. 'Sinds wanneer roken jullie?' zei de een.

Josine glimlachte. 'Alleen vandaag. Je moet immers alles een keer gedaan hebben? Dus wij roken vandaag.'

De mannen schudden grinnikend hun hoofd en vertrokken. Josine duwde Cynthia tegen de muur, zodat ze een steuntje in de rug had. 'Nu vertel je me wat er is. Zo kun jij niet werken en vanmiddag die afscheidsreceptie, daar kun jij zo ook niet naartoe!'

Cynthia keek naar beneden, zag haar zwarte lange broek met de zwarte schoenen eronder. Ze had zo haar best gedaan er goed uit te zien. 'Wat mankeert er aan mijn kleren?' mopperde ze.

'Cynthia, daar gaat het niet om. Het gaat om wat er in die kleren zit. Er is iets gebeurd waar je door van slag bent. Dat moet weg. Je moet met iemand praten. Als je niet met mij praten wilt, ga dan naar een ander, maar praat!'

Cynthia voelde zich warm worden door de oprechte belangstelling. Ze keek de vrouw, die een jaar of vier jonger was dan zij, aan en voelde dat haar ogen vochtig werden.

'Is het Jakob?'

'Ja,' zei Cynthia zo zacht dat Josine het niet hoorde, maar ze had de lippen zien bewegen.

'Wat heeft hij gedaan?'

'Niks.'

'Cynthia!' riep Josine uit. 'Praat!'

Er verscheen een grimmige trek op Cynthia's gezicht. 'Ik zeg het toch: niks. En hij had juist wél wat moeten doen.'

'Wat dan?'

Toen hield ze het niet langer vol om hard te zijn. Ze begon te huilen. De tranen stroomden over haar wangen. Ze kon zich niet meer inhouden. Josine was daarop voorbereid en stak haar een pakje papieren zakdoekjes toe, dat Cynthia aanpakte, het lukte haar echter niet het pakje open te krijgen.

'Geef maar terug,' zei Josine glimlachend. Ze haalde er een zakdoekje uit en stak het haar toe. 'Wat had Jakob moeten doen?'

'Ik ben zaterdagmiddag flauwgevallen.'

'Wat?' Josine keek haar met grote ogen aan. 'Hoe kwam dat. Je bent toch niet... Cynthia, ben je... Lieve help, daarom glansden je ogen zo. Je bent in verwachting! Meid, eh... Sjonge, dat had ik echt niet verwacht.'

Cynthia stopte prompt met huilen. Ze was zo perplex door Josines conclusie dat ze even helemaal vergat waarom ze net huilde. 'Doe niet zo raar! Natuurlijk ben ik niet in verwachting.'

'Niet?'

'Nee. Onmogelijk. We hebben het nog steeds niet gedaan, hoor! En dat is toch wel een vereiste dacht ik zo.'

Opnieuw trok er een waas voor haar ogen. Josine zag het, zag dat ze geen contact meer met haar had. Ze pakte haar weer bij de elleboog, schudde er zachtjes aan. 'Waarom viel je dan flauw? Cynthia, kwel jezelf niet zo!'

'Daar gaat het niet om,' verzuchtte ze en opeens kon ze zich niet langer inhouden. 'Het gaat om Jakobs reactie! Hij heeft me volkomen aan mijn lot overgelaten. Ik heb uren in dat ziekenhuis gelegen zonder dat hij iets van zich liet horen. Eerst vond ik dat wel prettig, want ik had tijd nodig om bij te komen, maar nadat ik een nacht geslapen had, met een slaappil, dacht ik: waarom komt hij niet? Waarom belt hij niet? 's Middags mocht ik naar huis. Ik ben met een taxi gegaan. Ik had geen zin hem te vragen mij op te halen. Als hij zelf niet kwam om te kijken hoe het met me ging... Pas 's avonds om elf uur kreeg ik een sms'je en vroeg hij of ik weer thuis was en of alles goed met me was. Toen was ik inmiddels zo kwaad dat ik er niet op gereageerd heb. Het is toch belachelijk? Hij heeft me ten huwelijk gevraagd! Hij wil met me trouwen en dan laat hij me zo in de steek? Wat denkt hij wel niet!' Ze wond zich opnieuw op, zag niet dat Josine haar met grote ogen aankeek.

'Ten huwelijk gevraagd?' vroeg ze perplex.

Maar Cynthia hoorde haar niet. 'Vanmorgen belde hij om zeven uur op. Belachelijk! Stel dat ik ziek in bed lag, dan wil je toch niet om elf uur een sms'je krijgen en om zeven uur gebeld worden. Hij is niet goed bij zijn hoofd!'

Josine was blij dat de woede eruit kwam. Beetje bij beetje begonnen Cynthia's ogen helderder te worden. De matte glans verdween en ze kwam duidelijk weer tot leven. 'En dat heb je hem vanmorgen gezegd?'

'Ha, die kans kreeg ik niet. Ik ben zo woest...'

Josine zag het.

Cynthia trilde ervan op haar benen, zocht steun bij de muur. Ze keek om zich heen, maar er was nergens een mogelijkheid om te gaan zitten en op de grond leek haar niets met haar mooie pakje aan. Dat moest schoon blijven voor de receptie.

Josine pakte haar beet, om haar steun te geven. 'Wat zei hij dan?'

'Hij zei alleen maar: 'O, gelukkig, je bent weer thuis! Daar ben ik blij om. Je mag van mij wel thuisblijven vanochtend, als je maar wel naar de receptie komt. Doe je dat?' Hij vroeg niet eens hoe het met me ging! Ik was zo kwaad, dat ik niets gezegd heb. Niets. Ik heb gewoon de verbinding verbroken.'

'Je hebt gelijk, wat onbeschoft!'

'Ik dacht... ik dacht... Als ik hem op het werk zie, sla ik hem in het gezicht, zo kwaad was ik, dus ik was blij dat ik hem nergens zag, want dat zou ik mezelf toch niet vergeven. Ik bedoel, die klap wel, maar dat ik mezelf op kantoor niet onder controle had.' Ze keek grimmig.

'En controle is het belangrijkste?'

'Niet dan? Als accountmanager Export mag je jezelf niet laten gaan.'

'Cynthia, je bent toch ook maar een mens. Je mag je best eens laten gaan. Vooral als je zo behandeld wordt.'

'Ik neem ontslag.'

'Dat doe je niet! Je vond dit zo'n leuke baan en je bent hartstikke goed.'

'Maar ik kan niet onder hem werken. Ik wil hem nooit meer zien. Ik blijf tot de receptie en zal me gedragen voor meneer Ratsma, daarna leg ik een brief bij Jakob op het bureau dat ik me ziek meld en niet meer terugkom.'

'Laat je niet wegpesten!' vond Josine.

'Ik moet wel. Ik zou er niet tegen kunnen hem elke dag te zien.'

'Maar je was toch zo gek op hem? Is dat over? Ik dacht dat jullie...'

Cynthia ontweek Josines onderzoekende blik en zweeg.

'Heb je 'ja' gezegd toen hij je vroeg?'

'Nee, ik had nog niets gezegd. Ik was te verbaasd. Het ging me te snel. Daar was ik echt nog niet aan toe.'

'En dat accepteerde hij?'

'Ik weet het niet. Hij probeerde me over te halen door... Nou ja, toen viel ik flauw en liep alles verkeerd. Ik ben vooral woest op mezelf. Woest dat ik erin getuind ben. Vanaf dat ik gistermorgen in het ziekenhuis wakker werd en me afvroeg waarom hij niets van zich liet horen, heb ik me zitten opwinden. Ik zag hem opeens met heel andere ogen. Weet je...'

Opeens zag ze in waar ze mee bezig was. Ze kreeg er een kleur van. 'Josine, sorry, ik wilde hem niet zwart maken. Hij is ook jouw baas. Sorry, dit wilde ik niet.'

'Meid, wat geeft het. Je zegt het goed: hij is mijn baas. Dat is wat anders dan mijn vriend en dat wilde ik toch niet, weet je nog.'

'Ja, maar jij moet wel elke dag voor hem werken en daarom kan ik beter...'

'Ga nou door. Het is goed je hart te luchten. Ik zie aan je dat het je goed doet.'

Cynthia was blij dat Josine aandrong, want ze zat zo vol opgekropte woede, die moest er eigenlijk echt wel uit. 'Hij heeft me voortdurend gemanipuleerd. Ik ben zo stom geweest. Ik snap niet dat ik het niet doorhad. Hij walste de hele tijd over mij en mijn gevoelens heen. Het draaide alleen maar om hem. Hij is gewoon een grote egoïst! En ik ben een grote stommeling. Hij vond mijn lange jurk niet mooi en dus trok ik die niet meer aan. En meer van dat soort belachelijke dingen. Hij draaide het altijd zo dat ik me schuldig ging voelen tegenover hem. Belachelijk! Waarom zou ik me schuldig voelen als ik wel van een lange jurk hou? Ik ben zo stom geweest.'

'Liefde maakt blind,' zei Josine vergoelijkend.

'Dat zal wel, maar ik houd niet van hem.'

'Je was wel verliefd.'

'Klopt, maar ik denk nu dat ik niet verliefd op hem was, maar meer op het gevoel. Het was heerlijk me zo te voelen. Dat gevoel was heerlijker dan hij.' Ze keek nors en zuchtte, pakte ongevraagd het pakje zakdoekjes uit Josines hand en peuterde er een nieuwe uit. Ze snoot haar neus, wreef haar wangen droog. 'Ja, ik ben vooral boos op mezelf.'

'Dat is dom. Iedereen kan zich vergissen, maar daar hoef je niet boos om te zijn. Het is jammer dat het gebeurd is, maar je bent weer een ervaring rijker. Zo moet je dat zien.'

Cynthia keek Josine aan en was verrast door haar woorden. 'Je bent lief,' zei ze zacht. 'Dank je.'

'Ik mag je graag. Dan krijg je dat.' Josine lachte. 'Misschien moet je maar doen wat Jakob zei. Naar huis gaan en terugkomen voor de receptie. Je ogen zijn rood en

je oogmake-up is doorgelopen. Bovendien vind ik dat je iets anders aan moet trekken. Het lijkt alsof je naar een begrafenis gaat. Dat heeft meneer Ratsma niet verdiend.'
'Je hebt gelijk. Het moet een gezellig feestje worden, dan moet ik me ook gezellig kleden.'
'Precies. Zal ik een taxi voor je bellen of kan je zelf wel rijden?'
'Ik mankeer niets,' zei ze nukkig.
Josine glimlachte. 'Dan ga ik wel even naar boven om je tasje met je autosleutel op te halen. Goed? Dan zien ze niet dat je gehuild hebt.'
'Ik moet nog mails beantwoorden. Er zat een belangrijke mail in mijn mailbox vanmorgen.'
'Dat kan je thuis toch ook doen? Je hebt toch je laptop? Of staat die op kantoor?'
'Wat kan mij het ook schelen.' Ze lachte schamper. 'Ik ga hier immers weg. Jakob zoekt het zelf maar uit. Ja, haal mijn tasje maar op. Graag. Het ligt in de bovenste la rechts. Kan ik trouwens nog iets doen voor die receptie?'
'Nee, alles is geregeld. Je moet er gewoon voor drie uur zijn, want we verwachten meneer Ratsma klokslag drie uur, dus je hebt nog tijd zat om bij te komen en je om te kleden.' Josine glimlachte en liep weg, haastte zich naar boven waar ze een kort knikje aan Malou gaf, haalde het handtasje op en liep weer naar beneden. 'Alsjeblieft.'
'Weet je, hij houdt misschien niet van ziekenhuizen. Er zijn veel mannen die niet van ziekenhuizen houden, maar dan had hij nog wel kunnen bellen, toch?'
'Je hebt volkomen gelijk, maar nu ga je naar huis. Neem een bad als je een bad hebt of nee, neem een koude douche en trek een leuke jurk aan. Dat heb je nooit op je werk, maar dat staat je prima en vergeet Jakob. Hij is al die woede niet eens waard.'
Cynthia liet zich gewillig naar haar auto duwen en reed daarna weg van kantoor, maar ze wilde niet naar huis. Ze was opeens bang voor de muren die op haar af zouden komen. Ze voelde dat ze het allerliefst naar haar oma toe

wilde en tegen haar aan wilde kruipen. Sterke vrouw? Hoe had ze kunnen denken dat ze dat was. Eén verkeerd woord en ze stortte in. Als ze niet 's middags naar die receptie moest dan reed ze nu linea recta naar haar oma, maar, zoals Josine gezegd had, dat had meneer Ratsma niet verdiend. Die was altijd vriendelijk geweest, altijd belangstellend en meelevend. Voor zover ze hem mee had laten leven dan.

Ze besloot naar een hotel te rijden waarvan ze wist dat ze er 's morgens een uitgebreid ontbijt serveerden. Ze voelde opeens zo duidelijk dat ze nog niets gegeten had die ochtend en dat een flink ontbijt haar goed zou doen. Even niet op de calorieën letten, maar gewoon eten waar ze zin in had. Ze parkeerde op de parkeerplaats achter het hotel en liep naar binnen, regelrecht naar de toiletten. Daar zag ze dat Josine gelijk gehad had, haar ogen waren rood en haar mascara doorgelopen. Ze depte haar gezicht en ogen met koud water, haalde haar make-upspullen uit haar tasje en werkte alles weer perfect bij. Er was een sliertje haar los gegaan. Ze zette het weer zorgvuldig vast, streek over haar haren die strak naar achteren gekamd waren en samengebonden in een knotje, bekeek zichzelf, drukte de zwartomrande bril steviger op haar neus en rechtte haar rug. Op haar mouw zat een wit pluisje, vermoedelijk van een papieren zakdoekje. Ze plukt het eraf, bekeek de rest van haar zwarte jasje en haar zwarte broek, maar dat zag er allemaal keurig uit. Met opgeheven hoofd, kaarsrechte rug en haar afstandelijke masker op haar gezicht liep ze de gang in op zoek naar de ontbijtzaal. De geur van gebakken eieren kwam haar tegemoet en ze hoefde niet lang na te denken wat ze kiezen zou. Ze laadde een bord vol met eieren en spek, twee broodjes, boter, een paar plakken kaas en bracht het naar een leeg tafeltje. Daarna liep ze terug om koffie en grapefruitsap te halen.

Ze zag niet dat iemand in de hoek haar ongegeneerd zat te bekijken. Iemand wiens ogen alleen maar groter en groter werden.

Het eten deed haar goed. Sjonge, wat had ze een honger gehad zonder het te weten. Ze zuchtte zacht terwijl ze voelde hoe haar lichaam reageerde op de gebakken eieren en spek. Hier was ze echt aan toe geweest! Ondertussen gingen haar gedachten toch weer terug naar Jakob, maar ze kon nu aan hem denken zonder dat het op haar gezicht te lezen was. Het had haar ongelooflijk goed gedaan alles tegen Josine te spuien en ze voelde een warme gloed van binnen omdat ze zich realiseerde dat ze nu echt een vriendin had en dat die vriendschap zou blijven, ook als ze niet meer bij Karpet Diem werkte. Maar wat was ze stom geweest en wat had ze zich slecht gevoeld. Alsof ze een enorme opdonder gehad had en dat was helemaal niet zo, besefte ze nu pas. Ze had het namelijk de hele tijd geweten, het stemmetje in haar achterhoofd had haar voortdurend gewaarschuwd, maar ze had niet willen luisteren. Ja, een keer had ze geprotesteerd en gezegd dat hij over haar heen walste, maar daar was het bij gebleven. Ze had het al die tijd geweten, maar zich niet verzet. Het was waar, ze was verliefd geweest op het gevoel verliefd te zijn, maar op Jakob was ze nooit verliefd geweest. Hoe had ze zo dom kunnen zijn? Josine zei dat ze ook maar een mens was. Dat was zo. En elk mens maakte fouten, dus waarom zij niet? Ze merkte dat een voorzichtige glimlach haar ooghoeken bereikte, maar dat was maar van erg korte duur, want het volgende moment dacht ze aan haar baan, die ze kwijt was. Of zou ze er kunnen blijven werken? Was dat mogelijk? Eigenlijk gunde ze het hem niet dat zij vertrok. En Josine had gelijk, ze hield zo van deze baan. Ze zuchtte zachtjes, dronk haar kopje leeg en stond op om nieuwe koffie te halen, maar er stond en man bij het koffieapparaat. Ze wachtte in gedachten op haar beurt, maar toen hij zich naar haar omdraaide en glimlachte, wilde ze dat ze door de grond kon zakken. Nee, hij niet en vooral niet nu, nu ze zo labiel was, dat kon ze er niet bij hebben. Ze keek hem kil aan alsof ze hem niet herkende en ze hoopte dat hij het begrijpen zou en weg zou lopen, maar dat deed hij niet.

'Dag, mag ik je iets raars vragen?'

Ze draaide zich naar het koffieapparaat, hield haar trillende kopje eronder en drukte met moeite op de knop van zwarte koffie.

'Heb jij een zus die hier woont? Een tweelingzus misschien?'

'Ik ben enig kind,' zei ze zo onvriendelijk dat hij wel moest begrijpen dat ze niet om een praatje verlegen zat. Ze durfde zich niet om te draaien, hem niet aan te kijken en hoopte vurig dat hij weg zou lopen, maar ze hoorde geen voetstappen.

'Je doet me zo aan iemand denken,' zei hij zonder op haar vijandigheid te letten. 'Al vanaf dat je binnenkwam. Heb je echt geen zus?'

'Waarom zou ik daarover liegen,' snauwde ze en liep langs hem heen, terug naar haar tafeltje, waar ze haar tasje pakte en ermee naar de uitgang liep. Ze wilde weg zijn voor hij doorhad dat ze het zelf was. Ze kon Lesley op dit moment echt niet gebruiken.

HOOFDSTUK 15

'Schat, wat zie je er fantastisch uit! Alleen jammer dat je mijn hangertje niet om hebt.'

Had hij echt een bord voor zijn kop, vroeg Cynthia zich in stilte af. Had hij dan echt niet door dat ze woest op hem was?

'En leuk dat je een jurk hebt aangetrokken,' ging hij doodgemoedereerd verder. 'Je komt wel naast mij zitten, neem ik aan?'

'Ik heb met Josine en Malou afgesproken,' loog ze. Ze draaide zich om en liep weg. Ze voelde een glimlach over haar gezicht trekken. Misschien was het wel logisch dat hij niet zag dat ze woest was, want eerlijk gezegd voelde ze zich ook niet meer woest. Ze voelde zich eigenlijk geweldig. Van het ene op het andere moment van hem genezen. Ze kon alleen nog maar op hem neerkijken. Ergens was hij zelfs wel zielig dat hij niet doorhad hoe hij haar in de steek gelaten had, maar medelijden voelde ze niet. Ze had Lesley gezien! Lesley! En al had ze gedaan alsof ze niet wist wie hij was, haar hart was zo tekeergegaan dat ze dacht dat iedereen het had moeten horen bonken. Thuis had ze een hete douche genomen en terwijl het water over haar lichaam stroomde en ze zich langzaam insmeerde met geurige zeep, waren alle puzzelstukjes op hun plaats gevallen.

Ze was nooit verliefd geweest op Jakob, maar wél op Lesley. Dat had ze alleen niet aan zichzelf willen toegeven. Bang als ze was dat hij dwars door haar heen zou kijken. Terwijl ze dat juist zo nodig gehad had. Iemand die haar gevoelens wél wilde begrijpen, er open voor stond. Ze zou geen ontslag nemen bij Karpet Diem, want ze had het opeens door. Ze kon wel vluchten voor Jakob, maar nooit voor haar eigen gevoelens. Ze was weggelopen van Lesley, maar dat had niet geholpen. Haar eigen gevoelens waren meegelopen. Ergens anders opnieuw beginnen betekende niet dat ze overal vanaf was, want ze nam haar levensbagage ook daarheen weer mee. Dat bleek maar al te duidelijk toen ze flauwgevallen was. Weg van Roger, weg van haar vorige bestaan, maar toch met haar gevoelens van vroeger. Wat had ze zich goed gevoeld toen ze eindelijk alles doorhad. Goed en sterk. Zelfs zo sterk dat ze automatisch een lange jurk uit de kast haalde en aantrok. Het kon haar niets schelen wat Jakob daarvan zeggen zou, maar ze realiseerde zich dat bij die jurk een grote hoed hoorde en ook haar contactlenzen. Dat kon ze de directeur niet aandoen, die zou niet weten wat hij zag. Nee, het werd een kortere jurk, met bril en half opgestoken haar. Een mix van Cynthia en Maria. Vrouwelijk en zakelijk, maar bovenal zelfverzekerd, want zo voelde ze zich nu de puzzel klaar was. Niemand kon haar klein krijgen, ook Jakob niet, want ze was niet klein te krijgen!

'Wow, zeg!' riep Malou uit toen ze haar zag. 'Wat is er met jou gebeurd?'

Cynthia lachte. 'Lang verhaal en weet je wat? Ik vertel het je binnenkort!' Cynthia wist opeens dat ze erover kon praten. Over haar verleden en over haar heden en was het niet Malou die Josine naar haar toegestuurd had die ochtend? Was het ook niet Malou die haar 'vriendin' genoemd had?

'Spannend,' zei Malou lachend, 'maar ik weet het misschien al.'

'O ja?'

'Je gaat trouwen.'

'Echt niet,' zei Cynthia lachend, maar even betrok haar gezicht. 'Hoezo? Waarom denk je dat? Zeggen ze dat?'

'Omdat Jakob er ook zo stralend uitziet.'

'Doet hij dat?'

Malou schaterde. 'Heb je dat niet gezien?'

'Eerlijk gezegd niet, nee. Hij interesseert me niet meer,' zei ze er zacht achteraan.

'Hè? Nou, dan moet je me dat verhaal echt maar gauw vertellen. Nou ben ik opeens razend benieuwd.'

'Sjonge, Cynthia, knappe prestatie,' zei Josine, terwijl ze lachend op haar afkwam. Ze stak haar hand uit en legde die even op Cynthia's arm, kneep er zachtjes in. 'Je ziet er geweldig uit.'

'Jullie hebben je ook omgekleed,' protesteerde Cynthia.

'Ze interesseert zich niet meer voor Jakob,' zei Malou. 'Snap jij dat?'

Cynthia begreep dat Josine niets had doorverteld van wat zij allemaal gezegd had en dat was een heerlijke ontdekking. Josine was een echte vriendin.

Josine knipoogde en vroeg toen aan Cynthia: 'Heb je die brief nog geschreven?'

Cynthia begreep dat ze de ontslagbrief bedoelde en schudde haar hoofd. 'Ik heb me bedacht.'

'Goed, geweldig! Je hebt groot gelijk. Fijn.'

'Waar hebben jullie het over?' vroeg Malou.

'Ander keertje,' zei Cynthia. 'Er is nu geen tijd.'

Dat klopte. Het hoofd PZ nam een microfoon ter hand en begon te praten. 'Als iedereen nou even ergens gaat zitten, dan halen we meneer Ratsma op, die beneden met zijn vrouw zit te wachten. Zodra hij binnenkomt zingen we het lied dat...'

Zou ze hem 's avonds bellen? vroeg Cynthia zich ondertussen af. Ze had moeite zich te concentreren op wat er gebeurde. Ze zat zo vol van Lesley. Ze wilde hem weer ontmoeten en ze wilde hem spreken. Ze zou hem meteen vertellen wat er met haar aan de hand was, waarom Roger haar niet meer wilde. Dat had ze bij Jakob ook moeten doen. Dan had hij haar vast niet ten huwelijk gevraagd en was er een boel narigheid voorkomen, maar ze had niet geweten hoe ze het had moeten zeggen. Hij had haar de kans niet gegeven over haar verleden te praten en ze had geen geschikt moment kunnen vinden. Ze had het niet over haar lippen kunnen krijgen, want stel dat hij net zo zou reageren als Roger? Maar dat zou Lesley niet. Hij zou misschien teleurgesteld zijn, maar hij zou haar nooit uitlachen of krenken. Hij zou begrip voor haar hebben en misschien wilde hij haar niet, hij zou het netjes houden. Hij was zo anders dan Jakob, zo compleet anders. Die lachte je gewoon uit als hij iets raar vond. Dat deed Lesley niet.

O, stop, dacht ze geschrokken. Het mooie karpet werd aangeboden. Ze ging op het puntje van haar stoel zitten om het te zien. Ze had er zelf voor gezorgd, maar ze had het resultaat nog niet kunnen zien. Vanaf deze afstand zag het er in elk geval prachtig uit en het leek erop dat meneer Ratsma er echt erg blij mee was. 'Dat krijgt een ereplekje in mijn rustkamer,' zei hij en schoot in de lach. 'Ja, want een werkkamer heb ik nu niet meer nodig.'

'Witte blouse!' riep er opeens iemand keihard vanuit een hoek. 'Witte blouse?'

Iedereen keek verbaasd rond. Wat gebeurde er?

'Cynthia Vossen,' riep iemand anders vanuit een andere hoek.

'O ja. Cynthia. Sta even op, wil je?'

Geschrokken kwam ze overeind.

'Cynthia Vossen,' zei de man, 'werkt hier nu twee jaar. Oranje stropdas!'

Stilte. Iedereen fronste zijn wenkbrauwen, keek vragend om zich heen.

'Oranje stropdas?'

'Bersee van Verkoop'

'Aha, Bersee, laat je even zien, man. Werkt hier nu acht jaar. Hawaï-overhemd?'

'PZ-man,' riep de ander grinnikend.

Meneer Ratsma keek verward van de een naar de ander. Hij stond iets hoger en kon zien wie er riepen, maar hij begreep het niet.

'Vijftien jaar, vanaf het begin dus. Krijtstreepjespak?'

'Ik!' riep de chef Verkoop, terwijl hij overeind sprong. 'En ik werk hier ook vanaf het begin.'

'Roodkleurig fluwelen lint?'

'Dat is van mij!' riep een jonge vrouw van de administratie, 'en ik werk hier vier maanden.'

De een na de ander werd opgenoemd. Totaal meer dan vijftig namen van mensen die bij Karpet Diem werkten of gewerkt hadden en iedereen was aanwezig. Als laatste riep de eerste man: 'Zwarte string?'

'Jijzelf' riep de ander lachend.

'O. Echt? Haha. Dus ik heb hier de langste tijd nu gewerkt.' Hij kwam tevoorschijn, net als de ander. De eerste had een redelijk groot pakket onder de arm. Het kon eigenlijk niet anders dan een opgerold karpet zijn. De tweede een piepklein pakketje dat niemand gezien zou hebben als er niet een knots van een strik op zat. Ze liepen samen naar meneer Ratsma toe. 'Zwarte veter?' riep de eerste.

'Ja, precies!' riep meneer Ratsma. 'Zwarte veter! Die was ik laatst kwijt. Iemand heeft het gepresteerd die uit mijn schoen te halen, terwijl mijn voet erin zat. Ik vond het een knap staaltje werk, maar ik was wel van plan de dader op staande voet te ontslaan. Ik stond mooi voor schut.'

'Ha, bof ik even,' lachte de tweede. 'U bent mijn baas niet meer, dus u kunt me niet ontslaan.'

'Hé, dat geldt dan voor mij ook,' zei de eerste opgewekt.

'Maar ik heb nieuwe veters voor u gekocht.' Hij stak hem het kleine pakje met de grote strik toe en meneer Ratsma haalde er twee zwarte veters uit. 'Je wordt bedankt,' zei hij grinnikend, 'maar waar was het nou goed voor?'

'Hiervoor,' zei de eerste. Hij legde zijn pakket op de vloer en scheurde het papier open en rolde er een bont gekleurd karpet uit van zo'n anderhalf bij anderhalve meter. Dat het nou echt mooi was, kon je niet zeggen en meneer Ratsma stond er even met een vraagteken op zijn gezicht naar te kijken, maar plotseling begreep hij het. 'Is dit een Zweeds kleed?' vroeg hij met grote ogen.

'Ja, een echt Zweeds kleed, maar hier gemaakt.'

Meneer Ratsma liep op het kleed af, pakte het en voelde eraan en zijn gezicht vertoonde een grote grijns. 'Dit vind ik echt mooi! Echt ontzettend mooi. Hartelijk bedankt!'

Het was echter duidelijk dat verder niemand er iets van begreep, dus pakte de eerste de man de microfoon. 'Op een van onze eerste inkoopreizen waren Ratsma en ik in Zweden,' zei hij. 'Zweden is hét land van de karpetten. Vaste vloerbedekking kennen ze daar niet. Iedereen heeft een houten vloer of desnoods een vloer van zeil. Dat was eeuwen geleden al zo. Echt warm was dat natuurlijk niet aan de voeten, dus gingen de huisvrouwen in de lange, donkere winters karpetten maken. Rijk waren de meeste mensen toen niet en dus knipten ze oude kledingstukken in lange dunnen stroken, die knoopten ze aan elkaar en daarvan weefden ze een karpet. Je ziet die bontgekleurde vloerkleedjes ook wel bij Ikea liggen. Die zijn nu nage-maakt, maar vroeger ging het echt zo en als je dan eens de pee inhad of je verveelde je, ging je zo'n vloerkleedje bekij-ken en kwamen allerlei herinneringen boven aan de dag waarop je juist dat overhemd droeg of die lange broek of je zus die ene zondagse jurk. We vonden dat allebei een grappig verhaal en daar moest ik laatst weer aan denken. In dit vloerkleedje zit van ons allemaal iets. We hebben niemand overgeslagen en het is dan ook een kleedje van ons allemaal voor u! Alstublieft.'

'Schitterend,' riep meneer Ratsma uit en het was duidelijk dat hij het meende, zijn ogen leken zelfs vochtig, hij was echt geroerd. 'Dan leg ik dit op mijn mijmerkamer, voor als het me toch te zwaar wordt om hier niet meer elke dag te zijn.' Hij glimlachte. 'Voor als ik jullie mis dus.'

'Nou, dan kan je het beter als beddensprei gebruiken,' zei zijn vrouw, 'want ik weet nu al dat jij ze elke dag zult mis-sen en er niet van kunt slapen!'

'Dat zie je wel goed,' zei hij glimlachend tegen zijn vrouw. Hij pakte de microfoon over en keek zijn personeel aan. 'Ik ben blij dat ik nog minstens een dag in de week hier zal zijn als adviseur, want ik heb wel even een afkickperiode nodig. Ik heb het hier altijd enorm naar mijn zin gehad, omdat hier alleen maar goede mensen werken. Geweldig dat jullie twee zulke prachtige cadeaus voor me gemaakt hebben. Mijn cadeau voor jullie is een stuk simpeler. Geld. Ik heb vandaag voor iedereen een extraatje overgemaakt. Ik hoop dat ik geen fouten heb gemaakt.' Hij lachte. 'Ik heb namelijk voor elke maand dat jullie hier werkten tien euro overgemaakt.'

'Voor elke maand?' riep het hoofd PZ. Ze zagen hem rekenen. Vijftien jaar, twaalf maanden in een jaar. Keer tien euro. 'Wow!' riep hij verheugd uit.

Meneer Ratsma grijnsde. 'Voor sommigen is het niet veel, maar je moet het ook zien als een extraatje en vooral als een vorm van waardering. En nou over tot de orde van de dag. Gelukkig kan ik mijn bedrijf overdoen aan mijn zoon.' Met zijn ogen zocht hij naar Jakob. 'Dat had ik nooit durven hopen, maar het toeval hielp me een handje. Jakob, kom eens hier.'

Jakob sprong galant overeind en kwam met soepele passen op zijn vader af. Hij straalde met zijn hele gezicht en zelfs Cynthia moest toegeven dat hij er vreselijk aantrekkelijk uitzag en op datzelfde moment kon ze ook niet meer boos zijn op zichzelf. Het was logisch dat ze voor zijn charmes gevallen was. Dat zou haast iedereen doen.

'Jullie kennen Jakob al, maar ik wil toch even heel in het kort iets over hem zeggen. Hij is ons enige kind, hij is achtendertig jaar. Hij heeft tien jaar in Amerika gezeten en was daar getrouwd. Door zijn scheiding is hij weer thuisgekomen, waar mijn vrouw en ik erg blij om zijn. Jakob heeft geen kinderen, maar wel een enorme portie ambitie en ik ben ervan overtuigd dat hij dit bedrijf nog veel groter gaat maken.' Hij klapte in zijn handen en alle aanwezigen deden mee.

Jakob boog vriendelijk voor het publiek en toonde zijn innemendste lach. 'Dank u, dank u,' zei hij en pakte de microfoon van zijn vader af. 'Ik moet nog iets toevoegen aan de informatie van mijn vader. Ik ga namelijk binnenkort weer trouwen en dat kunnen jullie maar beter meteen weten, want het is met iemand die hier werkt.' Hij keek stralend om zich heen. Zijn ogen zochten Cynthia. Toen hij haar gevonden had, keek hij haar warm aan. 'Cynthia, kom je even bij me staan?'

Cynthia bleef stofstijf zitten. Het voelde alsof ze lood in haar schoenen had, alsof haar jurk vastgelijmd zat aan de stoel.

'Cynthia, schat? Hoor je me niet?' riep Jakob door de microfoon.

Josine en Malou keken haar aan. In de ogen van Josine blonk iets van angst. Hoe moest dit nou aflopen? Cynthia had zich net nog zo sterk gevoeld. Tot haar grote verbazing zag ze opeens dat Cynthia toch opstond en dat er zelfs een kleine glimlach om haar lippen verscheen.

'Ja, daar is ze, mijn toekomstige bruid.'

De mensen begonnen te klappen, maar Cynthia hief haar hand op en iedereen hield op. Ze begreep zelf niet waar ze de moed vandaan haalde, maar had ze niet eerder die dag bedacht dat hij haar niet meer klein kon krijgen? Ze opende haar mond, keek hem indringend aan en begon met enige stemverheffing te praten zodat iedereen het verstaan zou. 'Toen ik hier net was, sprak ik met een klant die zeer geïnteresseerd was in onze karpetten. Ik was dolblij en vertelde het vol enthousiasme aan meneer Ratsma, in de overtuiging dat die klant een heleboel karpetten zou bestellen, maar meneer Ratsma temperde mijn enthousiasme meteen. Hij zei namelijk dat interesse wel leuk was, maar bepaald nog geen garantie voor een uiteindelijke bestelling. Ik heb hier nu twee jaar met ontzettend veel plezier voor meneer Ratsma gewerkt.' Ze keek de directeur warm aan, maar zag dat Jakob ongeduldig begon te worden. 'In die jaren heb ik geleerd dat meneer Ratsma volkomen gelijk heeft. Een klant kan nog zoveel belangstelling tonen, het gaat pas door als de bestelling zwart op wit staat. En zo is dat ook met een huwelijk. De een kan nog zo graag willen en in zijn enthousiasme zelfs denken dat het doorgaat, het gaat toch echt pas door als de ander ook 'ja' zegt en, Jakob, dat heb ik niet gedaan. Het spijt me dat ik je hier in het openbaar moet teleurstellen, maar dat ligt gelukkig niet aan mij. Ik zal met veel plezier voor je werken, maar meer dan werken zal ik niet voor jou.' Ze liet zich op haar stoel zakken, zocht met haar hand naar die van Josine, die hem stevig beetpakte. 'Goed, zeg! Hartstikke goed,' fluisterde ze. 'Knap!'

In de zaal bleef het even doodstil, maar uiteindelijk nam mevrouw Ratsma het woord. 'Mánnen...' riep ze op vertwijfelde toon uit. 'Er zijn dingen die ze nooit leren!'

Iedereen begon te lachen en een enorm geroezemoes steeg op tot het hoofd PZ op de microfoon tikte. 'Sorry, nog een zakelijke mededeling. Het buffet en de drankjes staan klaar. We bieden meneer en mevrouw Ratsma wat aan, daarna mag iedereen zichzelf bedienen.'

Cynthia bleef zitten, al stond iedereen op om een drankje te halen. Ze had het gevoel dat haar voeten haar niet dragen konden. Tot haar verbazing zag ze mevrouw Ratsma op haar afkomen. 'Kan ik jou even onder vier ogen spreken?' vroeg ze. Haar ogen stonden vriendelijk, maar Cynthia was toch bang voor wat er komen zou. Als moeder zou ze het wel opnemen voor Jakob en ze had hem af laten gaan waar iedereen bij was.

'We kunnen wel even naar mijn kamer gaan,' zei ze. 'Al heeft die glazen wanden.'

'Dan nemen we de kamer van mijn man eh... zoon, moet ik nu zeggen.' Ze ging Cynthia kordaat voor. Ze wist blijkbaar de weg, al had Cynthia haar nog nooit eerder gezien. 'Ga zitten,' zei ze en knikte naar de stoel voor het bureau. Zelf nam ze plaats op de stoel erachter.

Cynthia keek haar afwachtend aan en voelde zich volkomen overdonderd door haar eerste woorden.

'Ik heb grote bewondering voor je,' zei mevrouw Ratsma. 'Zondag was Jakob bij ons en hij vertelde dat hij jou

gevraagd had. Mijn man was reuze enthousiast, want die kent jou en weet wat je in je mars hebt. Het vreemde was dat Jakob alsmaar niet zei dat jij toegestemd had. Hij herhaalde keer op keer dat hij jou gevraagd had. Dus uiteindelijk vroeg ik wat jouw antwoord was geweest. Toen haalde hij lachend zijn schouders op. 'Ach, ze viel flauw en moest naar het ziekenhuis, maar als ze bijkomt, zegt ze heus wel ja.' Ik heb natuurlijk geen idee waarom je flauwviel. Dat lijkt me wel een wat te heftige reactie op een huwelijksaanzoek, maar dat is mijn zaak niet. Ik was verbijsterd, dat kan ik je wel zeggen. Ik zei: 'Wat doe je dan hier als ze in het ziekenhuis ligt? Dan moet je aan haar bed zitten!' Maar nee, zeg, hij hield niet van ziekenhuizen. Ik heb hem met afgrijzen aangekeken. 'Jakob, Jakob,' zei ik hoofdschuddend. 'Het is dat je mijn zoon bent, anders had ik je nu de deur gewezen, maar juist omdat je mijn zoon bent, vind ik dit nog veel erger. Wat heb ik fout gedaan toen ik jou opvoedde?' Hij lachte me uit en dat deed pijn. Het doet vooral pijn dat hij mijn zoon is. Ik herken hem niet meer. Misschien is er in Amerika meer gebeurd dan hij durft toe te geven. Misschien komt het allemaal wel weer goed, want zo gevoelloos was hij vroeger niet. In elk geval wil ik graag zeggen dat ik grote bewondering heb voor jou. Hij heeft je in een afschuwelijk parket gebracht en je hebt je er fantastisch uit gered. Ik hoop ook van harte dat het je lukt hier te blijven werken, want van mijn man hoorde ik dat je het hier reuze naar je zin hebt.' Ze stond op, stak haar hand naar Cynthia uit. 'Mijn excuses voor mijn zoon en houd je goed!'
Cynthia keek haar totaal perplex na. Ze had zelf geen woord gezegd, maar ze voelde zich enorm gesterkt. Door Jakobs moeder nota bene! Langzaam kwam ze overeind. Ze moest dit even laten bezinken. Die kans kreeg ze niet, want Jakob gooide woest de deur open. 'Hoe durf je me zo voor schut te zetten. Voor het voltallige personeel! Je had op zijn minst mee kunnen spelen en later kunnen zeggen dat je je toch bedacht hebt.'

'Ik heb me niet bedacht. Ik had namelijk helemaal niet 'ja' gezegd en hoe had dat dan gevoeld? Eerst van iedereen felicitaties aannemen en dan tegen iedereen zeggen dat het toch niet doorging?'

'Dan had ik kunnen zeggen dat ik me bedacht had. Nu sta ik voor schut.'

Ze keek hem met open mond aan en besefte dat het waar was: hij was een egoïst. Ze pakte haar handtasje, deed het open en haalde er een doosje uit. 'Alsjeblieft, Jakob, je hangertje. Ik was er erg blij mee, maar het lijkt me beter dat ik het teruggeef. Ik wil niets meer van je.'

'Noem de reden. Waarom? Wat bezielt je?'

'Je hebt niet een keer gevraagd waarom ik ben flauwgevallen. Je hebt me niet een keer bezocht, niet eens gebeld in het ziekenhuis. Je hebt me niet een keer gevraagd hoe het met me gaat. Je interesseert je niet voor mij. Daarom.'

Ze zag dat hij wilde protesteren, maar ze gaf hem de kans niet. Ze liep langs hem heen, de kamer uit, terug naar het feestgedruis, waar ze vrolijk een glas rode wijn uitkoos en een toastje met heerlijke garnalen in haar mond stopte.

HOOFDSTUK 16

Lesley kon de ontmoeting met de vrouw in het hotel niet meer uit zijn hoofd zetten. Hij moest weliswaar daarna meteen naar zijn werk, maar elke vrije seconde dacht hij aan haar. Ze had alles wat Maria had en toch was ze compleet het tegenovergestelde. Blauwe ogen, blond haar. Maar Maria droeg geen bril, de vrouw wel. Een slank postuur, maar Maria bewoog zich soepel, dansend, de vrouw stijf en krampachtig haast. Bij Maria kon je de gevoelens van het gezicht aflezen, deze vrouw had een afgemeten uitdrukking, een masker van koelheid. En toch... toch was ze precies Maria. En ook weer helemaal niet.

Het ergste was de blik in haar ogen. Een doodse blik, alsof ze niet meer leefde, alsof ze zich verborg voor de rest van de wereld, niemand mocht bij haar naar binnen kijken. Oké, Lesley wist dat hij misschien wat overdreef, maar hij was nu eenmaal psycholoog en probeerde uit de kleinste aanwijzing de meeste gegevens te halen.

Maria... Hij had de afgelopen weken vaak aan haar gedacht. Hij kon haar gewoon niet vergeten. Al had hij zichzelf voortdurend wijsgemaakt dat het beter was dat ze niet verder met elkaar omgingen, in de allereerste plaats voor haar. Niet omdat hij te gevaarlijk voor haar was, zoals ze zelf had aangegeven, maar omdat hij... ach... Hij was inmiddels verhuisd naar zijn nieuwe woning en tot zijn eigen schrik had hij van die mooie, lichte kamer boven geen sportkamer gemaakt, maar er zijn computer neergezet en een aantal boekenkasten. Hij had nooit een werkkamer overwogen, maar door Maria's spontane uitbarsting had hij nu een werkkamer, waar hij ging zitten als hij nog wat na wilde lezen over zijn vakgebied en waar hij de nieuwste tijdschriften voor psychologie en psychiatrie bewaarde. Meestal gleden zijn gedachten naar Maria, maar hij wist dat hij haar besluit moest respecteren en accepteren.

Alleen vandaag, na de ontmoeting aan het ontbijt in het hotel waar hij zichzelf heel af en toe verwende met hun luxueuze ontbijt, kon hij haar helemaal niet meer uit zijn gedachten zetten. De vrouw had hem zo sterk aan haar doen denken en hij wist opeens duidelijk dat hij haar miste. Haar vrolijke lach, haar lieve ogen, haar heldere stem en vooral haar formuleringen.

'Je luistert niet eens,' hoorde hij opeens een vrouw met stemverheffing zeggen.

Hij keek geschrokken op. 'Eh…'

'Zie je, je was heel ver weg!'

Hij merkte dat hij onderuit gezakt was, ging weer rechtop in zijn stoel zitten en keek schuldbewust naar de vrouw die tegenover hem zat. 'Je hebt gelijk. Het spijt me. Zou je alsjeblieft nog eens opnieuw willen beginnen?'

Ze schoot in de lach. 'Je bent tenminste eerlijk. De meeste mensen zouden zeggen dat ze heus wel luisteren en dat je maar door moet gaan met je verhaal. Is ze mooi?'

'Wie?'

'De vrouw aan wie jij dacht!'

'Was het zo duidelijk?' Hij zuchtte. 'Het spijt me echt. Zoiets mag niet gebeuren.'

'Ach, verliefdheid is zo ingrijpend, dat snap ik zelfs.' Ze lachte wrang, want haar verhaal ging er juist over dat zij altijd verliefd werd op de verkeerde en ze wilde weten waarom.

Lesley glimlachte. 'Bedankt voor je begrip. Ik zal dit gesprek niet in rekening brengen. Wil je dan nu alsjeblieft toch nog een keer opnieuw beginnen?'

Een paar uur later kon hij eindelijk zijn computer uitzetten en zijn kamer afsluiten. Ook de rest van de dag was het moeilijk geweest zich te concentreren op zijn cliënten en hij had zelfs tijdens een van de gesprekken het besluit genomen Maria die avond te bellen. Hij kon toch minstens eens vragen hoe het met haar ging. Daar school toch geen kwaad in? Bovendien had ze gezegd dat ze niet aan een relatie toe was en ze waren nu weken verder, misschien was ze het nu wel. Maar hij zou zich zeker niet opdringen, hij zou echt heel vrijblijvend bellen, alsof hij toevallig weer eens aan haar dacht.

Hij parkeerde de auto voor zijn huis, stapte uit en liep op het flatgebouw af. De sleutel paste niet in het slot, hoe hij het ook probeerde. Hij keek naar de deur die toch dezelfde van altijd was.

'Kom je er niet in?' vroeg een oudere man.

'Nee, het lijkt wel of er een nieuw slot in zit.'

'Dat is niet zo.' De man bekeek Lesley nu onderzoekend, argwanend zelfs. 'Woon je hier wel?'

'Natuurlijk, zeg. Al...' Zijn mond viel open, toen barstte hij in een schaterende lach uit. 'Goeie genade, wat was ik in gedachten verzonken toen ik hierheen reed. Ik woonde hier vroeger en ik ben blijkbaar volkomen automatisch naar mijn vorige adres gereden. Logisch dat de sleutel niet past. Sorry, hoor!' Lachend draaide hij zich om en ging weer in zijn auto zitten. Wat een stommiteit! Wat een blunder! Hij startte de auto en dacht aan wat zijn cliënte 's middags gezegd had: verliefdheid is zo indringend. Ze had gelijk, hij was verliefd. Hij was eigenlijk al weken, maanden verliefd, maar had het nooit echt willen toegeven, omdat het bij voorbaat een onmogelijke liefde was.

Hij reed naar zijn nieuwe woning en voelde de blijdschap van het huis, waar hij zich zo veel meer op zijn gemak voelde dan in de flat. Toch ontbrak er iets, nee, iemand: Maria.

Hij keek op zijn horloge. Het was net zes uur geweest. Hoe laat kwam iemand die op kantoor werkte 's middags thuis? Waarschijnlijk eerder. Hij liep naar zijn werkkamer, de warmste en prettigste kamer in zijn huis, en haalde het briefje tevoorschijn waarop hij destijds haar telefoonnummer geschreven had. Zonder nog verder na te denken toetste hij het nummer in. De telefoon ging over en zijn hart klopte in zijn keel, maar de telefoon bleef overgaan en ze nam niet op.

Niet thuis, dacht hij teleurgesteld. Tenzij... Hij liet zich in de stoel zakken die in de uitbouw van de kamer stond. De zon bescheen nog net een heel klein hoekje. Tenzij ze een nummermelder had en zag dat hij het was die belde. Hoewel ze natuurlijk ook heel best nog boodschappen kon doen, want daar had ze natuurlijk overdag geen tijd voor. Hij liep naar de keuken, haalde een flesje bier uit de koelkast, maar zette het weer terug. Stel dat ze hem wél wilde ontmoeten die avond, dan wilde hij niet naar drank ruiken. Hij pakte een pak sap, schonk een groot glas vol en liep ermee naar boven. Daar drukte hij op de herhaaltoets van de telefoon. Hij hoorde de piepjes die aangaven dat het nummer opnieuw gekozen werd, maar ze nam nog steeds niet op.

Hij besloot een cd op te zetten. Het huis was te stil. Hij kon gewoon zijn eigen gedachten horen, zijn verlangen horen schreeuwen. Als ze niet met hem wilde praten, dan was dat goed, dat moest dan maar, maar dat wilde hij eerst graag van haarzelf horen en niet door een telefoon die alsmaar niet opgenomen werd. Hij koos een rustig muziekje uit en liet zich weer in de stoel zakken, nam een paar slokken vruchtensap en drukte opnieuw op de herhaaltoets. Weer de piepjes en toen... bleek ze in gesprek te zijn. Zijn hart sloeg een tel over. Ze was thuis! Dat kon niet anders. Ze was er. Als straks de telefoon weer niet opgenomen werd, wist hij dat ze het deed omdat ze zijn nummer herkende. Hij werd zo ongeduldig, dat hij meteen alweer op de herhaaltoets drukte. In gesprek. Opnieuw de herhaaltoets. In gesprek. Maria! riep zijn hart. Leg op! De herhaaltoets. In gesprek. De herhaaltoets. Vreemde stilte. Hij luisterde gespannen, in afwachting van de bezettoon, maar hij hoorde dezelfde piepjes van net. Er werd een

205

nummer gekozen, maar dat kon niet. Zijn nummer was al gekozen. Stilte. Vreemde stilte. 'Hallo?' probeerde hij tegen beter weten in.

'Ja?' hoorde hij een verbaasde stem.

'Maria? Ben jij daar?'

'Lesley!' Ze schreeuwde zijn naam bijna in zijn oor.

'Ja. Ja, ik ben het. Maria! Hoe... Wat...'

'Hoe kan dat nou? Ik belde je, maar je was steeds in gesprek en nou ging hij niet eens over!'

'Belde je mij?' Hij viel even stil. Belde zij hem? 'Maar ik belde jou de hele tijd. Jíj was in gesprek en toen opeens...'

'Dus we belden elkaar steeds op hetzelfde moment?'

'Twee zielen...' mompelde hij verward. Zíj belde hém! Hij kwam overeind, voelde zich plotseling zo rusteloos dat hij door de kamer begon te ijsberen. 'Waarom belde je mij, Maria?'

'Omdat... omdat... Dus jij belde mij? Maar hoe wist je mijn nummer dan? Ik had toch *31* gedraaid? Dan kun je mijn nummer niet zien.'

Opeens begreep hij het. Hij lachte. 'De eerste keer wel, maar de tweede keer niet.'

Ze schoten tegelijk in de lach en het was een bevrijdende lach.

'Ik zag je vanmorgen wel in het hotel,' zei ze. 'Maar ik was op dat moment niet in staat om met je te praten.'

'Dus... dus jij was het zelf? Maria, toch. Wát is er met je gebeurd? Waar is de vrolijke dansende vrouw gebleven?'

'Ik ben zo stom geweest, Lesley. Zo stom. Ik ben verliefd geweest op de verkeerde. Maar soms zie je pas achteraf hoe fout iets is. Ik dacht vandaag... ik voelde... Lesley, mag ik je zien? Ik denk dat ik dan beter kan praten dan door de telefoon.'

'Meen je dat echt?'

'Ja.'

'Sta je daar zelf achter? Maria, ik wil niet dat je er spijt van krijgt.'

'Ik wil heel graag met je praten,' zei ze slechts.

Hij viel even stil en zij liet hem stil zijn.

'Ik wil niets liever dan jou zien,' zei hij uiteindelijk.

Ze zuchtte van opluchting. 'Heb je al gegeten? Ik namelijk nog niet.'

'Ik ook niet! Weet je dat ze in dat hotel niet alleen heerlijke ontbijtbuffetten hebben, maar ook heerlijke diners?'

'Ha,' lachte ze, 'dat kun jij wel zeggen, maar…'

'Je gelooft het pas als je het zelf geproefd hebt.'

'Precies!'

'Hoe laat?'

'Nu!'

'Nu!'

Lesley rende naar de badkamer, kleedde zich snel uit en nam een heel korte, maar verfrissende douche. Hij schoor zich, deed aftershave op en trok schone kleren aan. Toen sprong hij in zijn wagen en reed naar het hotel.

Maria zat er al, al moest hij toch twee keer kijken voor de zekerheid. 'Je draagt een bril.' Hij stak zijn beide handen naar haar uit. Zij pakte ze beet. Even stonden ze doodstil naar elkaar te kijken, toen glimlachten ze.

'Wilt u alvast iets drinken?' vroeg de ober storend.

'Wil je een grappa?' vroeg Lesley haar.

'O, graag. Wat leuk, zeg. Die heb ik laatst nog in een behoorlijk grote hoeveelheid gehad.' Ze lachte, liet zijn handen los en ging weer zitten. 'Ik heb trouwens net ook al wijn gehad, dus als je vindt dat ik naar alcohol ruik, dan komt dat daardoor. We hadden een belangrijke receptie op het werk omdat onze directeur met pensioen gaat en ik wist toen nog niet dat ik jou vanavond zou ontmoeten.' Ze keek hem verontschuldigend aan. 'Ik heb me trouwens ook niet omgekleed voor ik hierheen kwam. Ik vond dat ik er best goed uitzag en ik was opeens helemaal zenuwachtig door jou en kon niet beslissen wat ik dan wel aan zou trekken.'

Hij knikte. 'Ik ook, maar dan door jou. En je ziet er prachtig uit. Maar je moet eerst even vertellen waar jij zo veel grappa drinkt.'

207

'Maak je maar geen zorgen, hoor. Ik drink zelden veel, maar ik was laatst op zakenreis in Italië en daar kreeg ik grappa bij de lunch en bij het diner. Echt lekker!' Ze lachte.

'Op zakenreis?' Hij keek haar vol verbazing aan. 'Ik dacht dat je op kantoor werkte.'

'Doe ik ook. Ah, kijk, daar is de grappa. Mag ik de fles ook zien?'

De ober fronste zijn wenkbrauwen, maar liep toch weg om al snel met de fles terug te komen.

'Dank u,' zei ze opgewekt. 'Als ie lekker is onthoud ik het merk.'

Ze hieven hun glaasjes. 'Proost!'

Ze namen een slok en bleven elkaar in de ogen kijken.

'Je ziet er zo anders uit met die bril. Ik moet er even aan wennen. Ook aan je half opgestoken haar. Gelukkig is de blik in je ogen wel weer goed. Dat was vanmorgen...'

'Vanmorgen telt niet,' zei ze. 'Ik was echt mezelf niet, Lesley. Ik zei het al door de telefoon, ik heb een ontzettend stomme fout gemaakt. Nou ja, niet onoverkomelijk, maar wel stom. Ik dacht dat ik verliefd was op iemand van het werk, maar dat was ik helemaal niet. Hoe moet ik het uitleggen...'

'Wacht even, Maria, je hoeft niets uit te leggen. Bovendien moe...'

'Wilt u de menukaart?' De ober scheen alweer niet door te hebben dat hij stoorde. Verward namen ze de kaarten van hem aan.

'Je moet niets aan mij uitleggen,' ging Lesley verder, terwijl hij de kaart gesloten voor zich op tafel legde. 'Je bent niets verplicht, maar ik wil jou heel graag eerst iets zeggen, iets belangrijks.'

'Nee, nee, niets belangrijks zeggen, voordat ik...'

'Maria!'

'Ik heet niet Maria,' fluisterde ze. 'Nou ja, eigenlijk wel, maar toch weer niet. Officieel heet ik Cynthia Maria, maar iedereen noemt me Cynthia, behalve mijn oma, die zegt Maria.'

De gedachten tolden door zijn hoofd. Cynthia... receptie... directeur met pensioen... Jakob. 'Jakob? Ben jij de Cynthia van Jakob Ratsma?'

'Dat is toch geen goede vriend van jou?' vroeg ze en voelde zich opeens verslagen. Dat zou ze vreselijk vinden.

'Nee, nee, nee,' haastte hij zich te zeggen. 'Meer een vage kennis, maar hij vertelde me... Ben jij die Cynthia? Ik kan het even allemaal niet meer volgen. De dingen die hij over jou zei, pasten totaal niet bij de Maria die ik ontmoet had. Ze leek zelfs totaal het tegenovergestelde.'

'Dat klopt ook. Dat wilde ik je graag uitleggen.'

'Maar Jakob heeft je ten huwelijk gevraagd. En trouwens, Maria, je was flauwgevallen. Je lag in het ziekenhuis? Hoe gaat het nu?'

Haar ogen schoten vol tranen. 'Dat je dat vraagt...' fluisterde ze. 'Dat jij dat vraagt...'

'Cynthia, de ijskoningin... Zo noemden ze jou op het werk, vertelde Jakob me.'

Ze knikte en zweeg. Ze wist gewoon niet waar ze moest beginnen. Ze wilde hem alles vertellen, alles, maar dat hij Jakob kende, verwarde haar. 'Ik wil het zo graag aan je uitleggen, Lesley, ik...'

'Hebt u al besloten?' De ober.

Cynthia Maria keek hem met een getergde blik aan. 'Ik wil heel graag een grote schaal met olijven en een schaal met stokbrood en kruidenboter.'

'Als voorgerecht?'

'Dat weet ik nog niet, maar dat is waar ik nu zin in heb.'

'En meneer?'

'Nog een grappa, graag.' Hij stak zijn hand uit naar haar en pakte de hare. 'Maria, luister.' Hij glimlachte. 'Sorry, maar ik heb je wekenlang Maria genoemd in gedachten, ik vind het moeilijk om nu ineens Cynthia te zeggen. Ik begrijp dat er van alles gebeurd is de afgelopen weken en ook voordat ik je ontmoette was er al van alles gebeurd.

Ik wil heel graag alles weten, maar ik moet je eerst zelf iets zeggen.'

Ze schudde driftig haar hoofd. 'Nee, ik moet jou eerst iets zeggen. Iets echt belangrijks. Iets...'

'Toch wil ik eerst,' hield hij vol, 'want ik denk namelijk dat je mij niet meer wilt zien als je weet wat ik ga zeggen en ik zou het vreselijk vinden als je nu al je gevoelens op tafel legt en ik dan pas zeg wat ik zeggen wil. Dan krijg je spijt dat me je zo veel verteld hebt, begrijp je?'

Ze keek hem onderzoekend aan, opende haar mond, sloot hem weer, maar zei het toch: 'Zoiets heb ik ook,' zei ze zacht.

'O?' Even was hij van zijn stuk. Net wist hij nog precies wat hij zeggen wilde, maar dit verraste hem.

De ober zette een schaal met olijven tussen hen in en een mandje met brood. 'De kruidenboter komt eraan,' zei hij. Met haar roodgelakte nagels pakte ze een groene olijf en stopte hem in haar mond. 'Hm, heerlijk,' zei ze peinzend. 'Soms is genieten zonder te weten het mooist. Als je erbij nadenkt dat een olijfboom pas vruchten draagt als hij een paar honderd jaar oud is, als je bedenkt hoeveel werk er verzet is om die boom vruchten te laten dragen en om de vruchten eraf te krijgen en in een potje te krijgen, dan smaakt hij opeens niet meer.'

'De kruidenboter en uw grappa. Verder nog iets?'

'Ja, ik wil ook nog graag een grappa,' zei ze.

Lesley glimlachte. 'Wat zei je dat prachtig en je hebt gelijk. Alles te weten maakt niet gelukkig, maar toch moet ik het je vertellen. Ik ben namelijk onvruchtbaar. Ik kan geen kinderen verwekken en als je toch nog gehoopt had op kinderen, moet je dus nooit iets met mij beginnen. Tenzij je wilt adopteren. En ik vind dat je dit móét weten voordat je je hart en ziel open en bloot voor mij op tafel legt.'

Haar mond viel open en ze deed hem niet eens dicht. Ze keek hem met grote, haast uitpuilende ogen aan. 'Onvruchtbaar?' herhaalde ze fluisterend. 'Je bent...' Er begon iets te fonkelen in haar ogen. Dat de ober een nieuw glas grappa voor haar neerzette had ze niet eens door. 'Je kunt geen ki...' Ze grijnsde. Ze begon te lachen. Plotseling klonk haar schaterlach door het restaurant. 'Dat meen je niet!' riep ze lachend. Ze kon zich niet inhouden en gierde het uit. 'Je bent echt...?' De tranen biggelden over haar wangen van het lachen. 'O, Lesley, toch. Niet te geloven!' Hij zat haar als verstijfd aan te kijken. Hij had van alles verwacht, maar niet dat hij zo uitgelachen zou worden. Dit was de vreemdste reactie die hij zich voor kon stellen. Ze had boos mogen worden of medelijden mogen hebben, maar dit? Net toen hij iets wilde zeggen, stopte ze met lachen en barstte in snikken uit. 'Sorry,' riep ze. 'Sorry!' Ze kwam overeind en wilde langs hem heenlopen, waarschijnlijk naar het toilet, dacht hij, maar hij greep haar beet en trok haar bij zich op schoot. 'Wat is er zo lollig?' vroeg hij streng.

'Het spijt me,' snikte ze. 'Het spijt me echt.' Ze wreef over haar wangen, zette haar bril af en wreef over haar ogen, vergat dat die mooi opgemaakt waren en maakte zwarte strepen van de mascara. 'Ik lachte jou niet uit, echt niet.' Ze huilde zo dat haar schouders ervan schokten en al begreep Lesley er niets van, hij kon niets anders doen dan haar dicht tegen zich aandrukken en als een klein kind over haar rug strelen. 'Stil maar, Maria, stil maar.'

Die woorden hadden een bijzondere uitwerking. Even dacht ze dat ze het kleine meisje was dat bij oma Maria was, maar ze realiseerde zich heel snel dat ze in een restaurant zat bij Lesley op schoot. Toch gaf hij haar precies hetzelfde gevoel als oma kon doen, precies hetzelfde rustgevende gevoel. Ze zuchtte diep, haalde adem en draaide haar hoofd zodat ze hem aan kon kijken. 'Ik kan ook geen kinderen krijgen,' zei ze zacht.

HOOFDSTUK 17

De ober stak zijn opluchting niet onder stoelen of banken toen hij begreep dat het rare stel vertrekken wilde zonder echt gegeten te hebben. Hij keek hen vanuit de hoogte aan tijdens het afrekenen. Er kon geen glimlachje af.

Buiten bleek het te regenen en Lesley aarzelde een moment. Natuurlijk wilde hij haar graag meenemen naar zijn huis of met haar meegaan, maar het leek hem beter dat ze op een neutrale plaats verder zouden praten. Hij vermoedde namelijk dat er nog wel meer tranen zouden vallen, dus was ook een café of kroeg niet geschikt. 'Zullen we in mijn auto gaan zitten en daar verder praten?'

'Goed.'

De auto stond vlak naast het hotel. Hij rende erheen en opende het portier aan haar kant, zodat ze snel in kon stappen en niet al te nat werd. Daarna liep hij om de auto heen en ging achter het stuur zitten. Het lampje dat was gaan branden bij het openen van de portieren ging langzaam uit, maar Lesley drukte op het knopje zodat het bleef branden. Hij keek haar met een warme lach op zijn gezicht aan. 'Die reactie had ik dus nooit verwacht. Niet dat je begon te lachen, maar vooral niet dat je zou zeggen dat jij ook geen kinderen kunt krijgen. Maar ik geloof dat ik wel snap waarom je begon te lachen.' Hij bleef haar warm aankijken. 'Ik heb de bof gehad toen ik vijftien was. Maar ik kwam er tijdens mijn huwelijk pas achter dat het zulke gevolgen gehad had. Mijn vrouw wilde een eigen kind en dus ging ze bij me weg.'

Ze lachte verrast. 'Bij mij was het net zo! Ik heb vijf jaar samengewoond met Roger. Vier jaar hebben we geprobeerd zwanger te worden. We wilden graag kinderen, dus ik stopte met de pil, er gebeurde niets. De dokter...'

Ze werd onderbroken doordat Lesley een vinger op haar lippen legde. 'Weet je nog waarom je mij niet meer wilde zien? Ik was te gevaarlijk voor je. Ik liet je dingen zeggen die je niet wilde zeggen. Maria, je hoeft me niets te vertellen, echt niet!'

'Maar ik wíl het zeggen. Ik wíl dat je het weet!'

'Maar ik wil niet dat je er spijt van krijgt.'

'Lesley... Ik was stom, ik wil juist heel graag praten. Met jou! Ik wil dat je alles van mij weet.'

'Echt?'

'Ja! Dus vertel ik de rest ook. Het erge, waar ik zo mee zat.' Ze was even stil, ging toen weer verder. 'Ik raakte dus niet zwanger ook al gebruikte ik de pil niet meer. De dokter zei dat ik een jaar geduld moest hebben. Nog steeds niets. Nou, toen begon de ellende. Van het ene naar het andere onderzoek, maar tussen elk onderzoek zat telkens zoveel tijd, dat er zomaar een jaar voorbij was. Ik bleek een ontsteking aan de eileiders te hebben.' Ze zuchtte. 'Al die onderzoeken, ik kreeg er wat van. Steeds weer de spanning van de uitslag waar je zo lang op moest wachten. Nou ja, een uur was al lang, laat staan een paar dagen. Uiteindelijk ben ik geopereerd. De dokter zei dat de kans klein was dat ik dan zwanger werd, maar er was een kans. Het moest alleen wel binnen een jaar gebeuren, want na een jaar zou het weer hetzelfde met mijn eileiders zijn en zouden de eitjes er weer niet doorheen kunnen. Nou, na een jaar was ik nog niet zwanger. Toen barstte de bom. Roger werd kwaad.' Ze draaide haar hoofd en keek Lesley aan. 'Dat begrijp ik nog steeds niet en dat heeft me zo ontzettend gekwetst en pijn gedaan, zo verschrikkelijk. Ik kon er eerst met niemand over praten, zelfs met mijn oma niet, maar die heeft me zover gekregen dat ik naar een psycholoog ging. Dat heeft wel geholpen, maar ik was er nog steeds niet echt overheen. Dat is de afgelopen weken pas gebeurd.' Ze glimlachte. 'Opeens kon ik afstand nemen, maar ik zie het nog duidelijk voor me. Het is ergens te gek voor woorden. Daarom ook denk ik dat ik me er zo voor schaamde en het niet durfde te zeggen, dat ik er zo ontzettend kapot van was. Hij kwam thuis en ik had gekookt. Ik zette juist de schaal met spaghetti op tafel toen hij binnenkwam. Hij keek op zijn mobiele telefoon en zei: 'Inderdaad, ik had het goed. Het is vandaag precies een jaar geleden dat je geopereerd bent.' Toen zette hij een doosje op tafel. Dat was een zwangerschapstest. Hij dwong me in een kopje te plassen en toen voerde hij de test uit. Ik voelde me volkomen overrompeld. Hij deed zo raar, zo ijzig. Zo kende ik hem helemaal niet! Hij was opeens een vreemde voor me. Hij bestudeerde de test en na drie minuten gaf hij het ding zo'n klap dat het door de kamer vloog. 'Je bent niet zwanger!' schreeuwde hij. Nou, dat wist ik zelf ook wel. 'Je bent een mislukte vrouw. Je bent waardeloos! Ik kan niks met jou. Ik vertrek en waag het niet ooit nog contact met me op te nemen.' En toen liep hij met woedende passen de kamer uit, liep naar de slaapkamer waar blijkbaar al een koffer met kleren klaarstond in de kast en verdween het huis uit.'

Lesley was zo geschokt door het verhaal dat hij niets wist te zeggen. Hij pakte haar hand en hield hem stevig vast. Hij schudde alsmaar zijn hoofd. 'Het is toch niet voor te stellen,' mompelde hij. 'Och, och, Maria toch.'

'Ik viel in een diep gat. Ik voelde me echt mislukt en waardeloos. Mijn lichaam liet me in de steek en daardoor was ik geen goede vrouw voor Roger. Ik was echt niets waard! Ik huilde de hele dag, kon niet meer werken, raakte mijn baan kwijt, moest verhuizen omdat ik de huur niet meer kon betalen. Lieve help, wat een puinhoop werd het. Echt een geluk dat mijn oma me naar een psycholoog stuurde. Met ontzettend veel moeite begon ik hem mijn verhaal te vertellen. Een halfjaar na die avond kreeg ik een geboortekaartje over de post. Roger was vader geworden. Ik wist niet dat er nog diepere gaten bestonden, maar daar kwam ik toen achter. Een halfjaar, Lesley. Een halfjaar! Zij was dus al drie maanden zwanger voordat hij bij mij wegliep! Hoor je dat?' Maria keek hem boos aan, maar herstelde zich. Ze glimlachte. 'Sorry. Ik ben natuurlijk niet boos op jou en Roger kan inmiddels de pot op, maar hij heeft me diep beschadigd.'

'Dat begrijp ik, ja. Dat begrijp ik echt wel.'

'Gelukkig zei de psycholoog iets goeds toen ik dit tegen hem stond te schreeuwen.' Ze lachte. 'Ik kon me echt niet meer inhouden. Ik was zo kwaad, zo ontzettend kwaad. Vreselijk. Maar hij zei dat Roger mij dus alleen maar mislukt en waardeloos had genoemd om een smoes te vinden om bij me weg te gaan. Als er iemand grote problemen had, dan was hij het. Hij schaamde zich vast dat hij iemand anders zwanger gemaakt had en wist niet hoe hij dat vertellen moest en dus gaf hij mij de schuld. Dat was de gemakkelijkste weg. Nou ja, ik denk niet dat dat helemaal waar was. Ik denk dat Roger gewoon… ach, ik wil het eigenlijk niet meer over hem hebben. Ik heb vijf jaar met hem samengewoond en vijf jaar van hem gehouden en we hebben het ook fijn gehad samen, daarom was het des te moeilijker dat hij zo kwaad werd. Maar het moeilijkste was dat ik wist dat ik nooit meer een nieuwe relatie zou krijgen, omdat niemand een vrouw wil die geen kinderen kan krijgen. Ik dacht weleens, dat ik misschien als ik vijftig was en een man van vijftig zocht, dat het dan geen probleem meer zou zijn, maar het duurt eigenlijk nog best lang tot ik vijftig ben en…'

'En je wilt toch nu wel een vriend?'

'Ja.'

Hij sloeg zijn armen om haar heen en trok haar dicht tegen zich aan. 'Lieve, lieve Maria,' zei hij in haar haren. Toen lachte hij en duwde haar van zich af om haar aan te kunnen kijken. 'Ik snap dat je zo moest lachen. Ik was ook bang dat je me niet wilde als je wist dat ik onvruchtbaar was. Ik was vast ook in lachen uitbarsten als jij het als eerste verteld had. Ik wilde je zo graag weer ontmoeten, beter leren kennen, ik heb de afgelopen weken zo naar je verlangd, ik was tot het uiterste gespannen toen ik je weer zag en zo verschrikkelijk bang dat je me meteen al niet zou willen. Zo moet het bij jou ook geweest zijn. Ja, dan begin je te lachen als blijkt dat de ander precies hetzelfde euvel heeft! Dat zijn de zenuwen.'

Ze schrokken op omdat de regendruppels opeens wel erg hard tekeergingen op het dak en op de voorruit. 'Hoe ben jij hier eigenlijk?' vroeg hij.

'Met een taxi. Mijn auto staat bij kantoor. Ik dacht: na drie glaasjes wijn... En Josine wilde me heel graag thuis brengen.'

'Oké, dan rij ik nu naar een pizzeria. Ze hebben er misschien geen grappa, maar wel iets wat snel klaar is. Ik heb honger! En eh... maak je niet bezorgd. Ik had niets gedronken voor ik kwam en mijn tweede glaasje heb ik niet leeggedronken.'

Ze glimlachte. 'Ik maak me ook geen zorgen als jij wat doet.'

In de pizzeria was het nog rustiger dan in het hotel. Misschien ook wel logisch. Het was immers maandag. De echte Italiaanse ober was een en al hoffelijkheid en bracht hen naar een tafeltje in een afgeschermde hoek. Op de een of andere manier zag hij aan hen dat ze alleen wilden zijn. Hij keek hen vragend aan.

'*Vorrei una grappa, per favore,*' zei Cynthia lachend.

'*Prego!*' Hij keek Lesley aan.

'Ja, ja, ook een grappa graag als je dat hebt en een lekkere pizza. Ik heb honger. Doe maar een die snel klaar is.'

'Voor mij ook,' lachte ze.

'Zeg niet dat je Italiaans spreekt.'

'Waarom niet?'

'Omdat Italië mijn favoriete land is, maar van de taal bak ik nog steeds niets.'

'Ha, ik spreek het hartstikke goed!'

'Dat scheelt dan weer,' zei hij met een grijns op zijn gezicht. 'Kun jij de bestellingen doen als we zover zijn.'

'Lesley!' Ze gaf hem een liefdevolle por over de tafel heen tegen zijn borstkas.

Hij lachte, maar keek toen weer ernstig. 'Ik zou toch graag nog willen weten waarom er twee vrouwen waren. Cynthia en Maria, één vol gevoel en één koud en zakelijk.'

Ze vertrok haar gezicht. 'Dat was ook de gemakkelijkste weg. Ik zette gewoon een masker op. Het was honderd keer gemakkelijker om een koele, succesvolle zakenvrouw te spelen dan een gevoelige, emotionele vrouw. Dus op kantoor was ik koel, afstandelijk. En eh... succesvol werd ik pas later, dat was ik natuurlijk niet meteen.' Ze lachte en haar lach raakte hem in het hart. Ze kon zo spontaan zijn, zo gemeend open en lief. 'Ik trok mijn haren strak achterover en bond ze tot een knotje, ik zette een bril op en trok zakelijke pakjes aan, lange broek, colbert. Maar echt happy voelde ik me er niet in, dus in de weekends deed ik precies het tegenovergestelde. Maar dat was ook gemakkelijk, want dan ging ik huizen bekijken en kende ik niemand. Op kantoor zag ik de mensen natuurlijk elke dag. Als ik niet op zakenreis was.'

'Ja, wat ben je precies van beroep?'

'Accountmanager voor de export.'

'Wow, klinkt erg duur.'

'Is het ook. Het is een fantastische baan. Ik mag zelf beslissen waar ik naartoe reis en wanneer. Het is echt te gek. Maar...' Ze zuchtte en vertelde hem over haar veranderingen van de laatste tijd. Dat ze niet meer óf Cynthia wilde zijn óf Maria, maar dat ze zichzelf weer wilde zijn. Hij begreep haar zo goed.

'Jij hebt aan een half woord voldoende,' merkte ze op.

'Ik ben niet voor niets psycholoog.'

'Hm.'

De ober kwam twee pizza's brengen. Hij kuchte bescheiden om zijn aanwezigheid kenbaar te maken. Ze lachten hem toe, want hij was zo anders dan de vorige ober. Hij vroeg of ze wijn wilden drinken bij de pizza en ze bestelden een karaf rode wijn.

'Ik hoef toch niet meer te rijden,' zei ze vrolijk. Maar nadat ze de helft van haar pizza op had, begon ze hem over Jakob te vertellen. Over haar stommiteit om te denken dat ze op hem verliefd was, over zijn huwelijksaanzoek en de reden waarom ze flauwviel. 'Ik had het hem natuurlijk moeten vertellen dat ik geen kinderen kon krijgen, maar ik heb steeds tegen hem gezegd dat hij te snel ging, dat ik tijd nodig had, maar die gunde hij mij niet. Toen liet hij mij de kinderkamer zien en toen ging het compleet mis in mijn hoofd. Ik wist dat ik het zeggen moest en ik wist dat hij mij dan niet meer wilde. Ik voelde me opeens weer mislukt en waardeloos en viel flauw.' Er gleed een vreemde grijns over haar gezicht. 'Ik was bang voor jou, omdat ik er bij jou dingen uitflapte die ik nog niet had willen zeggen. Bij Jakob lukte het me niet die dingen te zeggen die ik wel moest zeggen. Ik ben blij dat het voorbij is, maar hoe het verder moet? Hij zal me vast ontslaan, want hij is woest op mij.'

Dat deed hij echter niet, maar hij jutte haar wel voortdurend op meer karpetten te verkopen. Hij was nooit tevreden met haar prestaties. Het kon Cynthia echter niets schelen. Ze voelde zich ontzettend gelukkig. Ze wist nu dat ze écht verliefd was en dat die verliefdheid beantwoord werd door Lesley. Hij was gewoon de ware.

Malou had het meteen gezien en kwam, samen met Josine, haar kamer op, die dag na de receptie en nadat ze Lesley opnieuw ontmoet had. Ze wilden er alles van weten.

Maar Jakob zat op de loer en stuurde hen weg, zodat er nog een paar dagen overheen gingen voor ze alles kon vertellen en daar was ze best blij om. Het moest raar overkomen om de ene dag als toekomstige vrouw voorgesteld te worden en de volgende dag verliefd te zijn op een ander. Ze moest haar woorden zorgvuldig kiezen om duidelijk te maken hoe dit zo gekomen was. Al lukte dat niet best, omdat ze tot over haar oren verliefd was, zo bleek de donderdag na de fitness toen ze met zijn drieën wat zaten te drinken.

Malou en Josine waren ontzettend blij voor haar. 'En je laat je niet wegpesten door Jakob,' zei Josine met een strenge blik.

'Nee,' lachte Cynthia, 'wees daar maar niet bang voor. Hij krijgt mij niet klein en ik vind deze baan gewoon te leuk om op te geven en als hij toch vervelend is, ga ik gewoon op reis!'

Dat Malou erg weinig zei die avond, viel Cynthia niet op omdat ze zelf zo vol zat van Lesley en dat Malou in de weken daarna haar nooit meer mee uitvroeg, viel haar ook niet op, omdat ze toch veel liever met Lesley uitging, maar die dingen schoten haar een halfjaar later wel te binnen, toen haar een merkwaardige verrassing te wachten stond.

Ze kwam terug van een paar dagen Parijs. Ze had het er opnieuw heerlijk gehad. Ze had meneer Bovet weer ontmoet die haar met een waarderende blik bekeken had. 'U bent veranderd,' had hij vol bewondering gezegd. 'Minder zakelijk, meer vrouwelijk.' Ze had gelachen en haar hand door haar loshangende haren gestreken om haar vrouwelijkheid te benadrukken, maar van binnen lachte ze nog harder, omdat hij het grootste contract ondertekende wat hij ooit ondertekend had. Minder zakelijk? Het zou wat. Ze wist het nu alleen beter te combineren.

Op de terugweg ging ze langs haar ouders en oma Maria, die haar ogen uitkeek. 'Meisje, toch, wat zie jij er geweldig uit! Wat maak je me blij.'

'Hij heet Lesley, oma.'

'Dat weet ik al eeuwen,' lachte oma. 'Je kunt niet ophouden over hem te praten. Rijd maar snel door, want je zult hem wel gemist hebben.'

Dat was waar, maar ze hadden dagelijks contact gehad. Ze belde hem vanaf haar hotelkamer en vertelde wat er overdag gebeurd was en ze luisterde naar zijn verhalen. Ze voelde zich zo goed, zo geweldig goed. Hij was geduldig, had zo veel begrip, was teder, lief, maar spannend en interessant, intelligent. Hij had ook zelf van alles te vertellen en ze konden hele discussies hebben over muziek, over de politiek en het milieu en vooral over Italië waar hij al vaker was geweest dan zij.

Nu belde ze hem vanuit de auto en hij klonk zo heerlijk spontaan toen hij doorhad dat zij het was. 'Waar ben je? Ben je al terug?'

'In de buurt van Utrecht. Nog een uurtje rijden dus.'

'En eh? Kom je dan hierheen? Heb je al gegeten? Zal ik iets lekkers voor je koken? Of wil je naar je eigen huis?'

'Nee, nee, ik wil jou zien en eh... voelen. Ik kom graag!'

Ze verbrak de verbinding en glimlachte. Vroeger had ze ervan genoten weer thuis te komen in haar eigen flat, waar ze zich veilig voelde en thuis tussen haar eigen spullen. Maar tegenwoordig was ze echt liever bij hem. Niet alleen omdat hij zo'n heerlijk huis had met prachtige, sfeervolle kamers waar ze zich vanaf het eerste moment op haar gemak gevoeld had. Zijn huis, waar zij inmiddels ook al een beetje haar stempel op gedrukt had, omdat Lesley dat gevraagd had – wat fleurige kussens op de bank, een paar beeldjes op de vensterbank, een kleed voor de open haard – zodat het allemaal net nog een tikkeltje gezelliger geworden was. Nee, in de eerste plaats om hem, omdat hij haar zo echt het gevoel gaf dat ze welkom was, dat hij om haar gaf, van haar hield. Maar tegelijk liet hij haar los en vrij. Als ze op reis ging, zei hij niet een keer dat hij haar zou missen. Dat zou een claim op haar leggen en haar het gevoel geven dat ze eigenlijk niet weg mocht. Nee, Lesley liet haar volkomen vrij om te doen en laten wat ze zelf wilde. Maar als ze terugkwam van een reis, liet hij haar wel voelen hoe hij naar haar verlangd had en hoe blij hij was haar weer te zien. Maar nooit verwijtend. Nooit claimend. Ze was echt gelukkig met hem en toen ze zijn straat inreed, merkte ze dat haar hele lichaam reageerde op de gedachte dat hij zo de deur voor haar open zou doen en haar in zijn armen zou sluiten.

De tafel was gedekt. Er stonden brandende kaarsen op en bij haar bord stond een rode roos. Hij was echt lief! En het eten was heerlijk. Na het eten stond hij op en pakte haar hand. 'Kom,' zei hij, 'ik moet je iets vertellen.' Hij nam haar mee naar het kleed voor de open haard, die brandde en trok haar naar beneden. Even keken ze samen naar de vlammen, toen vonden hun lippen elkaar en gingen hun handen op onderzoek uit.

Pas vele minuten later schoot het haar te binnen dat hij iets had willen vertellen.

'Ja,' zei hij met een scheve grijns. 'Twee dingen zelfs en misschien schrik je van allebei wel.'

Ze keek hem vol verwachting aan. Wat kon hij bedoelen? Waar kon ze van schrikken?

'Ik ben gisteren gebeld door Jakob,' zei hij.

Jakob! Kon hij haar dan toch niet met rust laten? Op het werk ging het de laatste tijd erg goed. Hij bemoeide zich bijna helemaal niet meer met haar. Zelfs zakelijk leek het alsof hij geen belangstelling meer had voor wat ze deed. Als ze een leuke order had binnengesleept kwam er soms niet eens een mailtje met een felicitatie, zoals zijn vader altijd minimaal gedaan had. Maar ze had dat alleen maar prettig gevonden na die eerste weken waarin hij haar voortdurend had opgejut nog meer te presteren en telkens liet blijken niet tevreden te zijn. Het was een verademing hem niet meer voortdurend in haar deuropening te zien staan met die onderzoekende, peinzende en vooral verwijtende blik. Ze had zelfs een moment gedacht dat hij een andere vrouw had ontmoet die nu al zijn belangstelling kreeg, maar dat was dus toch niet zo, dacht ze, want waarom belde hij anders naar Lesley? Ze keek hem verward aan. 'Weet hij dan dat wij iets hebben? Dat heb ik hem nooit verteld en ik weet zeker dat Malou of Josine...'

'Nee, ik denk niet dat hij dat weet. Daar belde hij niet

om,' zei Lesley met een grijns. 'Hij vroeg me of ik zijn getuige wil zijn op zijn huwelijk.'

'Wat? Gaat hij trouwen?'

'Ja, hij heeft een ander gevonden.'

'Nou, dat is echt geruststellend,' zei ze lachend. 'Dan ben ik dus echt van hem af. Wat heb je gezegd?'

'Ik heb 'nee' gezegd. Hij is mijn vriend niet en dat zal hij ook nooit worden, al heeft hij dat niet door.'

'Om mij hoef je dat niet te laten, hoor. Ik ga gewoon niet mee!'

'Ik denk dat je wel degelijk zult gaan.'

'Hoe bedoel je? Ik hoef toch niet per se naar het huwelijk van mijn baas?'

'Misschien niet, maar toch wel naar het huwelijk van een van je beste collega's?'

Ze keek hem met grote ogen aan, kon hem niet volgen.

'Ze heet Malou, zijn aanstaande vrouw.'

'Malou?!' riep ze uit. 'Malou?!' Toen begon ze te lachen. 'Die stiekemerd. Wat achterbaks. Om me nooit iets te vertellen! Maar ik begin opeens erg veel te begrijpen. Daarom vroeg ze me niet meer mee en daarom ontweek ze me. O, die stiekemerd. Ik zal haar morgen eens bellen en de huid vol schelden.' Maar ze lachte terwijl ze het zei. 'Zij passen misschien wel heel goed bij elkaar. Oké, Malou is een heel stuk jonger, maar ik weet dat ze vanaf het begin gek op hem was en ik weet dat ze een typetje is dat niet over zich laat lopen. Zij staat haar mannetje. Beter dan ik.'

'Onzin,' zei Lesley beslist. 'Jij laat ook niet over je lopen. Je bent zo veranderd de laatste tijd. Ik ben er voor honderd procent van overtuigd dat jij ook niets tegen je zin in doet en niet met je laat spelen. Daarom durf ik het tweede ding ook wel te vertellen.'

Ze ging verzitten, zodat ze hem nog beter aan kon kijken. Wat zou dat tweede ding dan nog zijn?

'Er is iets vervelends gebeurd op de praktijk. Ik wil je natuurlijk graag alle details vertellen, maar in het kort komt het hierop neer dat een van mijn collega's een cliënte heeft die tegen haar zin in zwanger is geworden. Ze wil het kindje niet, maar ze wil ook geen abortus.'

Ze keek hem gespannen aan. Waar ging dit naartoe?

'Hij stelde haar voor het kindje ter adoptie weg te geven aan mensen die zelf geen kinderen konden krijgen. Dat idee stond haar wel aan. Toen hij het mij vertelde...'

'Lesley!' riep ze uit. 'Meen je dat?'

Hij knikte zo aarzelend, dat ze bijna niet zag dat hij knikte.

Haar gezicht begon te stralen! Haar ogen fonkelden van blijdschap. 'Mag ik... Mogen wij...? Kunnen wij het krijgen?'

'Dat kunnen we gaan proberen, ja.'

'Dus... dan word ik moeder?'

'Alleen als ik de vader mag zijn.'

Ze begon hardop te lachen. 'Is dit tegelijk een verkapt huwelijksaanzoek?'

Hij keek haar stralend aan. 'Ik wist wel dat je me door zou hebben. Jij hebt mij altijd door!'

Dat Cynthia Maria het uren later zo warm had dat ze ervan gloeide, kon niet aan de open haard liggen, want die was al lang geleden langzaam uitgegaan.